풍운제일보

풍운제일보 1

송진용 新무협 판타지 소설

초판 1쇄 찍은 날 § 2003년 6월 25일
초판 1쇄 펴낸 날 § 2003년 7월 5일

지은이 § 송진용
펴낸이 § 서경석

편집장 § 문혜영
편집 § 장상수 · 유경화
마케팅 § 정필 · 강양원 · 이선구 · 김규진 · 홍현경

펴낸곳 § 도서출판 청어람
등록번호 § 제1081-1-89호
등록일자 § 1999. 5. 31
어람번호 § 제2-0223호

주소 § 경기도 부천시 원미구 심곡1동 350-1 남성B/D 3F (우) 420-011
전화 § 032-656-4452 팩스 § 032-656-4453
E-mail § eoram99@chollian.net

값 7,500원

ISBN 89-5505-722-9 04810
ISBN 89-5505-721-0 (SET)

풍운제일보

송진용 新 무협 판타지 소설

風雲第一堡

1 매기자(賣技者)의 길

1

도서출판
청어람

❶ 매기자(賣技者)의 길

시작하면서

무언가 이야기를 떠올리고 생각하다가 주절주절 중얼거리기 시작한 사람은 누구나 꿈을 꾸고 있는 것이다. 처음에는 아리송하여 실체가 있는 듯 없는 듯하지만 그때쯤 이야기는 그 사람에 의해서 조금씩 살아나 형체를 갖추어가기 시작한다. 이것은 마치 태중에서 새 생명이 수태되어 골격과 조직을 하나씩 갖추어가는 것과 같다.

어떤 이야기는 그렇게 여러 날과 달을 거쳐서 겨우 세상에 나오기도 하고, 어떤 이야기는 단 며칠 만에 만들어져 세상에 내던져지기도 한다.

이야기꾼은 덧없는 허공에서 항상 무언가를 잡아내고, 그것을 조금씩 깎고 다듬으며 살을 붙여 나가는 동안만 이야기꾼일 뿐이다. 그리고 그는 그동안의 꿈에 흠뻑 빠져서 세상의 번잡한 것들을 다 잊고 산다. 그걸로 충분히 보상받은 것이다. 드디어 이야기가 세상에 내던져지고 나면 그에게 돌아오는 것은 꿈에서 깨어났을 때의 그 허탈함뿐이다. 더 무엇을 기대할 수도 없다.

늘 깨어난 뒤의 허탈함과 허망함이 두렵고 싫으면서도 나는 어느새 꿈을 꾸는 일을 그만둘 수 없게 되어버렸다. 이야기꾼이 된 것일까? 아니면 아직도 흉내를 내고 있는 그림자에 불과한 것일까?

이 이야기는 한 열흘 만에 뼈와 골격을 만들어 갖게 되었으니 빠르다면 무척이나 빠른 셈이다. 이제부터 이것을 아주 세밀하게 그리고 조심스럽게 다듬어 나가려고 한다. 손에 잘 드는 칼을 쥔 능숙한 조각가는 아니지만 지금쯤은 그래도 제법 마음에 드는 물건을 깎아낼 줄 아는 재주가 생겼다고 스스로를 추켜본다.

내가 꿈꾼 이야기의 구도는 간단하다.

세상에 군림하는 거대한 힘의 실체가 있고, 그것으로부터 소외당한 채 어두운 곳에 숨어서 숨죽이고 살아가는 군상들이 있다. 우리의 운명을 상징했다고 해도 좋고, 지금 우리가 사는 삶의 모습을 빗댄 것이라고 해도 좋다. 정의니 불의니 이런 말들은 하지 않기로 하자. 가진 자와 갖지 못한 자 정도라면—꼭 맞는 것은 아니지만—그런대로 어울릴 것도 같다.

어쨌든, 모든 것을 누리고 있는 그 힘은 스스로의 권위를 더욱 공고하게 하려 할 것이고, 그것에 눌려 있는 군상들에게는 두 종류가 있을 수 있다. 힘에 편승하는 자가 되어서 더불어 특혜를 누리고 싶어하는 자와 아예 그것을 송두리째 뒤엎어 버리고 스스로 새로운 권위를 만들어 지니려고 하는 자가 그들이다. 아니, 제삼의 생각을 하는 엉뚱한 자도 있을 수 있겠다. 그자는 이렇게 말할 것이다.

"다 빌어먹을 짓이야. 내가 갖지 못하는 건 너도 가져서는 안 돼. 뭐? 그래도 꼭 그것을 손에 쥐겠다고? 좋아, 내가 다 부숴주지. 아무것도 없는 공백의 상태가 나는 좋아. 너도 그렇게 되고 말걸?"

우리는 이런 자를 무정부주의자라고 냉소적으로 말해 버리기도 한다. 하지만 나는 꼭 그가 틀렸다고 주장하고 싶지는 않다. 그가 그렇게 생각하고 있다면 적어도 그에게는 그것이 절대의 가치일 것이기 때문이다. 세상의 다

양성 속에서 사는 우리는 그것도 인정해 주어야 한다.

　그 세 부류의 서로 다른 길에 스스로의 운명을 맡겨 버린 사람들의 이야기를 해보고 싶었다. 어느 것이 옳고 그른지는 나도 모른다. 하지만 내 이야기 속에서 분명한 가치 판단의 기준은 있을 것이다. 그것을 찾아내고 옳고 그름을 분별해 내는 것은 이 이야기를 읽는 독자 제현 각자의 몫이다. 절대의 가치라는 것은 없다는 편에 손을 든 나이기 때문이다.

제1장 귀역(鬼域)

귀역(鬼域)

버림받고 외면당하는 자들이 그들의 혈기를 마음껏 풀 수 있는 곳
그렇지 못하다면 그들은 사방으로 흩어져 세상을 어지럽게 하고
결국은 그것이 군웅성에까지 해가 되어 돌아올 것이다

날이 저물고 있었다.

먼 하늘을 가로질러 힘겹게 달려온 태양이 어느덧 서쪽 산마루에 걸 터앉아 한낮의 시간을 뒤로하고 가쁜 숨을 내쉬었다. 그 숨결에 닿은 하늘이 점점 붉은빛으로 물들어갔다. 처음에는 맑은 물에 홍옥을 담아 놓은 듯 은은하게 비치더니 갈수록 붉은 기운이 짙게 배어나 황홍색(黃 紅色)으로 아름답게 물들었다.

그 화려한 산정(山頂)에 영웅비(英雄碑)라고 불리는 석비(石碑) 하나 가 우뚝 솟아 멀리서 몰려온 구름을 붙잡아두고 있었다. 그것은 거대 한 바윗덩어리를 통째로 깎아 만든 것으로 높이가 무려 십여 장에 달 했는데, 바늘처럼 뽀족한 끝이 하늘을 찌르고 있었다.

사람들이 그것을 영웅비라고 부르는 것은 그것에 강호를 질타하는 절대자들 백 명의 이름이 새겨져 있기 때문이었다. 때문에 달리 백인

비(百人碑)로도 불리는 그것을 중심으로 하여 방원(方圓) 오천보(五千步)에 달하는 거대한 성곽(城郭)이 산허리를 감싸고 있었다. 높고 낮은 전각의 지붕들이 처마를 맞대고 있었으며, 망루(望樓)와 다락이 곳곳에 솟아 있고, 고루(鼓樓)에서는 하루 두 번 웅장한 북소리가 울려 퍼져 하계(下界)의 새벽과 저물녘을 지켜주었다.

군웅성(群雄城)이었다.

안휘성(安徽省) 남단 구화산(九華山) 중 영취봉(靈鷲峯) 정상 부근에 세워져 있는 그 웅장한 성채는 무림의 성지(聖地)였다. 일 년에 한 번, 중양절(重陽節)을 맞아 성문이 활짝 열리면 그곳에 들어가는 사람들이 구름처럼 산봉우리를 에워쌌다. 그들은 비석에 이름이 적혀 있는 일백 영웅들을 접견하고 군웅성의 웅자(雄姿)를 두루 구경하는 것을 최상의 기쁨으로 여겼다. 재수가 좋아 멀리서나마 군웅성주이자 천하제일인(天下第一人)인 무존(武尊) 대무광(戴武光)의 모습이라도 볼 수 있게 된다면 그것은 평생의 영광이었다.

군웅성에서는 일 년에 한 번 문을 여는 그날, 새로이 입성(入城)할 청년 고수들을 받아들이기도 했다. 천하 각지에 모래알처럼 흩어져 있는 문파와 방회에 적을 두고 있는 자들은 물론, 홀로 사승(師承)을 받아 독보강호하는 자들에게도 그 영광은 고루 주어졌다.

한 해에 열 명의 청년 고수들이 입성하였는데, 그들에 대해서는 군웅성에서 직접 선별하고 심사하여 중양절이 시작되기 석 달 전에 미리 통지해 주었다. 군웅성의 사자로부터 입성 통지를 받은 자는 개인의 영광은 물론 사문과 가문의 영광이 크게 빛났다. 강호에 몸담고 있는 수많은 신진 고수들 중 단연 독보적이라는 것을 세상으로부터 인정받는 일이기도 했기 때문이다.

때문에 강호의 성지이면서 청년 고수들의 선망의 대상이기도 한 그 군웅성이 지금 석양을 등지고 은은한 단풍 빛으로 물들어가고 있었다.

멀리서도 뚜렷이 보이는 영웅비가 조금씩 어둠에 잠겨가고 있을 때 산자락을 감싸고 있는 깊은 수림(樹林)을 타고 안개처럼 낮게 깔려드는 노랫소리가 들려왔다.

我尋平原乘雨馬 빗속에 말을 몰아 넓은 들을 헤맨다.
驛東石田蒿塢下 역 동쪽 마을 밖은 황폐한 자갈밭일 뿐
風長一短星蕭蕭 바람이 드세고 해는 져 별도 드문데
黑旗雲濕懸空夜 검은 깃발인 듯 먹구름이 하늘 가득 뒤덮어
左魂右魄啼肌瘦 처량한 혼백들의 울음소리 여기저기 흩어지누나.
酪瓶倒盡將羊炙 깨진 사기 조각에 양고기라도 구워 달래볼까나.
蟲棲雁病蘆筍紅 벌레며 기러기 깃들어 숨죽이고 갈대 잎도 붉게 타는 밤
廻風送客吹陰火 회오리바람이 도깨비불을 몰아와 나를 떠미네.

산그늘이 더욱 빠르게 밀려 내려왔다. 울창한 송림 사이에 나 있는 소로(小路)는 적막한 기운에 싸여 조금씩 가라앉아 가고 있었다. 나뭇가지에 가려져 보이지 않는 저쪽 어둠 속에서 노래를 따라 한가롭게 따각거리는 말발굽 소리가 다가왔다.

마지막 구절이 시작될 즈음 그의 모습이 보이기 시작했다. 갈색의 윤기가 흐르는 말 위에 한가롭게 앉아 있는 청년이었다. 남색 경장 위에 흑포(黑袍)를 둘렀고, 머리에는 죽립을 눌러 써서 면목을 잘 알아볼

수 없었다. 뻣뻣한 수염이 자라 있는 턱이 각지고 단단해 보였는데, 허리에 한 자루의 칼을 차고 있었다.

그가 노랫가락을 따라 손가락으로 가볍게 칼집을 두드리는 소리가 단조로웠다. 음성은 낮고 무거웠으나 맑아서 듣기에 좋았다.

흥얼거리던 그가 문득 노래를 멈추고 가볍게 한숨을 쉬었다.

"그때 장평 너른 들에서는 사십만 명이나 죽었다지……. 그들의 처참한 비명 소리가 하늘에 닿았을 텐데 과연 하늘은 무엇으로 응답했을까……."

산서성(山西省) 남쪽에 있는 장평(長平)은 그 옛날 진(秦)나라의 장수 백기(白起)가 조(趙)의 병사 사십만 명을 몰살시킨 곳으로 유명했다.

청년이 부르고 있던 노래는 뒷날 이하(李賀)라는 젊은 문사가 그 장평을 지나가며 그곳에서 있었던 처참한 살육을 생각하고 읊은 것으로, 〈장평전두가(長平箭頭歌)〉라는 것이었다. 수백 년의 세월이 흘러 백골들마저 다 삭아 없어졌겠지만 아직도 그때의 화살촉들은 녹슨 채 더러 흙에 묻어 나왔던 것이다. 이하는 그 화살촉을 주워 들고 그것을 적셨을 누군가의 피와 한을 생각하다가 참을 수 없는 비애를 느꼈으리라.

청년이 갓을 조금 들어 올리고 하늘을 올려다보았다. 자신의 의문에 대한 대답을 들으려는 것 같았다. 하지만 머리 위를 날아 둥지로 돌아가고 있는 새들의 처량한 지저귐이 있을 뿐 수백 년 전이나 지금이나 하늘의 대답 같은 건 있을 리가 없었다.

우울해진 청년이 다시 시선을 돌려 울창한 나뭇가지 사이로 언뜻언뜻 드러나 보이는 산정의 영웅비를 바라보았다. 그의 단단한 턱이 조금 흔들린 것 같았다. 죽립 아래의 어둠 속에 박혀 반짝이는 눈 속 깊은 곳에서 싸늘한 기운이 일렁였다. 까마귀 한 마리가 숲 너머에서 쉰 목소리로 처량하게 울며 날아갔다.

　단조로운 말발굽 소리도 점점 멀어졌고, 숲에는 다시 깊은 고요가 덧쌓였다. 스멀스멀 모여들었던 땅거미가 어느새 짙은 재색으로 숲을 온통 가라앉히고 있었다. 무덤 속 같은 적막이었다.

＊　　　＊　　　＊

　어둠 속에서 물 흐르는 소리가 났다.

　낮은 풀벌레들의 울음소리가 물소리에 섞여 축축하게 젖어들고 있었다. 풀잎들이 이슬을 이고 가만가만히 흔들렸다. 바람은 이제 하루가 다르게 식어갔다. 대지의 온기도 머지않아 사라지고 차가운 하늘에서는 첫눈이 준비되고 있을 것이다.

　배를 묶어둔 삼줄을 풀어 든 청년이 그것으로 주저하는 말 엉덩이를 철썩 때렸다. 한 번 투레질을 한 말이 머리를 흔들고 나서 네 발을 차례로 경중거리며 목판을 밟고 건너갔다. 배가 삐걱거리며 흔들렸다. 뒤따라 오른 청년이 목판을 걷어내고 나서 한쪽에 길게 누워 있는 상앗대를 잡았다.

　차가운 강물 위를 스쳐 가는 뱃전에서 비린 냄새가 났다. 말은 젖은 나무틀에 코를 비비며 더운 김을 내뱉었고, 청년은 말없이 상앗대를 찔러 배를 나아가게 할 뿐이었다. 철썩거리는 물결 소리가 멀어지자 잠시 숨죽이고 있던 풀벌레들이 다시 조심스럽게 울어대기 시작했다.

　강안(江岸)의 흐린 불빛이 검은 물에 비쳐 일렁거렸다. 물결에 쓸리며 일그러지고 퍼져 나가는 그것을 들여다보기라도 하는 듯 말이 물낯바닥에 젖은 눈을 기울이고 이리저리 기웃거렸다. 청년은 삿대를 한 번 힘껏 찔러 배를 밀고 나서 그것을 놓고 다시 삼줄을 찾아 손에 쥐었다. 버드나무들이 줄지어 서 있는 언덕이 눈앞이었다.

장명등(長明燈)이 밝혀져 있는 주루까지는 아직도 이십여 장이 남았는데 왁자한 소리들과 함께 달착지근한 술 냄새가 바람결에 실려왔다. 코를 벌름거려 그 냄새를 맡는 청년의 입가에 살짝 웃음이 번졌다. 말도 쉴 곳을 찾아온 게 기쁜지 연신 머리를 끄덕이며 걷는 발걸음이 경쾌해져 있었다.

"뭐야? 이 밤중에 누군가 했더니 두위(杜偉) 아니라고?"

어둠 속에서 불쑥 튀어나온 자가 바지춤을 여미며 바쁘게 다가왔다. 삼십 대의 장한이었는데 털북숭이 얼굴이 벌겋게 달아 있었다. 말고삐를 비틀어 매던 두위가 돌아보자 장한이 누런 이를 드러내고 활짝 웃었다.

"맞군! 이게 얼마만이야?"

"장 노대, 아직도 여기 있었소?"

"염병할, 초선이 그년의 바람기 때문에 한 발자국도 움직일 수가 없다네. 내가 잠시라도 안 보이면 그새를 못 참고 딴 놈들에게 추파를 던지니…… 아예 눈깔을 파버리려고 해도 마음이 모질지 못해서……."

너스레를 떨며 다가온 장한이 두위의 아래위를 샅샅이 훑어보더니 껄껄 웃으며 그의 어깨를 쳤다.

"멀쩡하군. 이번 일은 쉬웠던 모양이야? 자, 자, 무사히 돌아왔으니 들어가서 신고식을 해야지. 주머니도 두둑해졌을 테니 말이야."

그에게 등을 떠밀려 만금루(萬金樓)로 향하는 두위의 눈에 비로소 따뜻한 기운이 감돌았다. 활짝 주루의 문을 열어젖힌 장 노대(張老大)가 먼저 버럭 소리부터 질렀다.

"잡놈들아, 여기 누가 왔는지 좀 봐라!"

갑자기 얼굴 가득 왈칵 끼쳐 오는 후끈한 열기와 술 냄새, 음식 냄새들이 두위의 정신을 멍하게 했다. 앵속(罌粟) 태운 연기로 뿌옇게 흐려져 있는 주청 안이 거짓말처럼 조용해졌다. 사람들의 시선이 모두 문쪽으로 향했다.

"두위다."

누군가가 그렇게 말했다. 그 말이 곧 모두의 얼굴에 웃음으로 번져갔다.

"살아서 돌아왔군!"

"별일 아니었던 모양이야."

"이봐, 두위. 그렇게 멀쩡한 모습으로 돌아오면 쑥스럽지 않나?"

"설마 싸우러 가서 진탕 술만 마시다가 온 건 아닐 테지?"

한꺼번에 왁자하게 떠들어대는 소리로 주청이 떠나갈 듯 소란스러워졌다.

"잡놈들아!"

장 노대가 눈을 부라리며 버럭 소리쳤다. 사람들이 모두 의아한 시선으로 그를 바라보았다. 더러는 입을 삐죽이는 것이 무어라고 한마디 비아냥거려 주고 싶어 안달이 난 듯한 자들도 있었다. 장 노대가 한 번 더 눈을 부라리고 나서 웃으며 말했다.

"두위가 한잔 사겠단다."

그 한마디에 곧 와, 하는 함성이 진동해 들보가 다 들썩거릴 지경이되었다.

"왜 이렇게 시끄럽지?"

흐린 유등 아래 비스듬히 누워 있는 노인의 깡마른 몸이 더욱 작아 보였다. 그가 물고 있던 곰방대를 내려놓으며 웅얼거렸다. 눈빛이 개개 풀려 있는 것이 앵속에 흠뻑 취해 있는 모습이었다. 여인이 다리를 주무르던 손을 놓고 말없이 일어섰다. 긴 치맛자락 쓸리는 소리가 부드럽게 들렸다. 심지 타는 매캐한 냄새 속에 한줄기 청량한 향기가 섞였다.

내실 밖으로 나갔던 여인이 곧 돌아와 다시 노인의 다리를 주무르기 시작했다. 그녀의 꽃잎 같은 입술이 살짝 들춰지더니 영롱한 음성이 흘러나왔다.

"두위가 돌아왔어요."

"음……."

노인이 건성으로 머리를 끄덕이고 다시 곰방대를 끌어당겨 입에 물었다. 몇 모금 푸른 연기를 깊이 빨아들인 그가 더욱 몽롱해진 눈으로 여인을 돌아보았다.

"이번 일은 비교적 쉬웠던 모양이군. 네 근심이 사라져서 좋겠다."

"두 달 만이에요."

여인이 짐짓 토라진 얼굴로 노인을 흘겨보았다. 살빛이 희고 눈매가 고왔다. 갸름한 턱에 이르는 볼의 곡선이 부드러운 것이 보기 드문 미인이었다.

일을 마치고 돌아오는 데 두 달이나 걸렸다는 것을 일깨워 줌으로써 여인은 두위가 하고 온 일이 결코 쉽지 않았을 것이라고 항변한 것이다. 노인이 흘흘 웃었다.

"그놈에게는 한 달이면 충분한 일이었어. 나머지 한 달 동안은 아마 그곳에서 다른 계집을 품느라고 세월 가는 줄 모르고 있었던 모양이다."

"핏!"

여인이 잔뜩 토라져 입술을 내밀고는 발딱 일어섰다.

"이년아, 허리는 안 주무를 거냐?"

"아예 목을 주물러 드릴까요?"

생긴 것과는 달리 표독스런 여인의 한마디에 노인이 머리통을 움츠렸다. 다시 한 번 흥! 하고 쌀쌀맞게 코웃음을 친 여인이 찬바람을 일으키며 나가 버리자 노인이 주름으로 뒤덮인 얼굴 가득 웃음을 떠올렸다.

"그놈이 또 한차례 피바람을 일으켰겠군. 잘됐어. 경험이라는 건 많이 쌓을수록 좋은 것이지."

두위는 이곳에서 장장 천여 리나 떨어진 강서성(江西省) 의황현(宜黃縣)까지 갔다 온 길이었다. 그곳에는 양모춘(楊慕春)이라는 자의 양가장(楊家莊)과 서문룡(徐紋龍)의 서가장(徐家莊)이 곡성탄(谷星灘)을 사이에 두고 서로 대립하고 있었다. 그 두 사람은 오래된 호족이면서 앙숙이기도 했다. 해마다 두 집안 사이에 싸움이 벌어졌는데 서로의 세력이 엇비슷하여 늘 피해가 나기만 할 뿐 좀체 승패를 가리지 못했다.

그런데 이번에는 심상치 않았다. 그 균형을 단번에 깨뜨려 버리겠다는 듯 서가장에서 외지의 무사들을 고용해 들였던 것이다. 그들은 낭객(浪客)의 무리들이었다. 양가장의 장정들이 용맹하고 힘이 있다고 해도 촌구석의 무리에 지나지 않는 그들이 칼끝에 목숨을 걸고 살아온 자들을 상대할 수는 없었다.

첫 번째 싸움에서 큰 피해를 입은 양가장의 장주 양모춘은 뒤늦게 그 사실을 알고 서문룡의 비겁함에 이를 갈았다. 그는 곧 집사를 내보냈다. 장정 몇 명과 함께 죽기 살기로 서가장의 포위를 뚫고 나온 집사는 그 길로 말을 달려 이곳, 규화강(葵花江)변의 만금루(萬金樓)로 헐레벌떡 뛰어들었다. 거기에 가면 솜씨 좋은 무사들을 살 수 있다는 것을 그는 어디에서인가 들어 알고 있었던 것이다.

그러나 천릿길을 단숨에 달려온 집사에게 사람들은 하나같이 냉담하기만 했다. 그가 제시한 은자 이백 냥이라는 돈이 조금도 매력적이지 못했기 때문이다. 사람들은 누구나 황금 한 관을 요구했고, 집사는 울상을 한 채 머리를 설레설레 젓기만 했다.

돌아가는 양을 구경만 하고 있던 두위가 선뜻 나섰다. 사람들이 모두 비웃었지만 두위는 개의치 않았다.

"그러잖아도 답답하던 참이었거든. 가서 바람이나 좀 쐬고 오지 뭐."

칼 한 자루를 달랑 들고 일어서는 그를 보며 집사는 기가 막혀 벌어진 입을 다물지 못했다. 만금루의 사내들이 일제히 두위를 손가락질하며 껄껄 웃었다.

"일 년씩이나 하는 일 없이 빈둥거리더니 드디어 주머니가 궁해진 모양이다."

"그렇게 싸구려로 칼을 팔기 시작하면 나중에는 개 값밖에 못 받을걸?"

그 무렵 두위는 무얼 하는지 일 년이 넘도록 만금루에 틀어박혀 꼼짝하지 않고 있었다. 사람들은 그의 주머니에 가득 찼던 돈이 이제는 다 떨어져 간다는 것을 잘 알았다. 하지만 아무리 곤궁해도 결코 은자 이백 냥에는 내 목숨을 맡기지 않으려는 것이 만금루에 모여 있는 떠돌이 무사들의 자존심이었다. 하루의 목숨을 장담할 수 없고, 세상의 멸시와 천대를 견디며 살아야 하는 모진 인생인 것이다. 자존심마저 내버린다면 그들에게는 삶이 너무 무의미했다.

"저, 적어도 다섯 명은 있어야……."

집사가 울상을 지으며 말하자 사람들이 모두 배꼽을 쥐고 뒹굴며 웃어댔다.

"이봐, 너는 설마 시골 장정들을 앞세워서 현성(縣城)이라도 털려는 것은 아니겠지?"

보다 못한 장 노대가 나서서 눈을 부라렸다. 집사는 더 말하지도 못했다.

"저 빌어먹을 놈들 열을 데려가는 것보다 두위 한 명을 데려가는 게 백배 낫다. 너는 봉을 잡은 거야. 제기랄, 그런데 고작 은자 이백 냥이라니…… 저놈도 제정신이 아니지 뭐야. 암튼 어서 꺼져 버려, 재수없다!"

그렇게 해서 어깨가 축 늘어진 집사를 따라 칼 한 자루를 들고 만금루를 나섰던 두위가 두 달을 소식 없이 보내고 다시 어슬렁거리며 돌아온 것이다. 아침에 집을 나갔다가 저녁에 돌아온 사람인 듯 태연한 것이 처음 그가 말했던 대로 그저 잠시 바람이라도 쐬고 온 것만 같았다.

"말해 봐. 정말 아무 일도 없었던 거야?"

술잔을 기울이고 난 반천수(潘泉壽)가 의뭉스런 얼굴로 두위를 흘겨보며 넌지시 물었다. 두위가 두터운 입술을 열고 살짝 웃어 보였다. 가지런한 치아가 드러났다.

"없어."

"몹쓸 친구로군."

눈을 흘긴 반천수가 투덜거렸다.

"그럼 양가장에서는 돈이 썩어났던 모양이다. 그랬기에 이백 냥이나 되는 은자를 그저 집어준 거겠지."

"맥없이 놀고 먹다 온 것은 아니다. 공돈을 받은 일은 없어."

"그렇지? 그럼 말해 봐. 대체 몇 놈이나 찍어버린 거야? 치열했어? 쓸 만한 놈은 있던가? 어디서 온 놈들이었지? 도와준 사람은 있었어? 아니면 정말 혼자서 다 해버린 거야?"

이때라는 듯 반천수가 얼굴을 바싹 붙이고 숨 쉴 새도 없이 물어댔다. 그의 붉은 입술이 재빠르게 나풀대는 것을 멍하니 바라보던 두위가 입맛을 다시고 눈살을 찌푸렸다. 한번 이렇게 물고 늘어지면 떼어놓을 수 없는 친구라는 것이 귀찮기도 했지만 또 매정하게 뿌리칠 수 없기도 했다.

사람들이 귀반악(鬼潘岳)이라고 부르는 반천수(潘泉壽)는 보기 드문 미남이었다. 균형 잡힌 몸매에 어디에 내놔도 눈이 번쩍 뜨일 만큼 잘생긴 그가 살귀(殺鬼)라고 한다면 누구도 믿지 않을 것이다. 하지만 그는 살귀가 맞았다. 검 한 자루를 손에 쥐면 아무도 그를 당하지 못했다. 갈수록 창백해지는 안색 때문에 더욱 붉어 보이는 입술을 악물고 휘두르는 그의 살검(殺劍) 앞에서 목숨을 부지해 내는 자가 없었다.

시를 읊조리고, 추녀 아래 서서 빗소리에 눈시울을 적시며, 늦은 봄날 시드는 꽃을 안타까워하는 그가 왜 검만 쥐면 그처럼 귀기(鬼氣)에 사로잡히는 건지 알 수 없었다. 평소의 행동과 그 미려(美麗)한 용모에 비추어 그건 불가사의한 일이기만 했다.

처음 그가 등 뒤에 검 한 자루를 메고 찾아왔을 때 사람들은 모두 남장여자(男裝女子)라고 여겼다. 놀림을 받으며 만금루에 빌붙어 산 지 어느덧 일 년. 이제는 누구도 그를 놀리려고 하지 않았고, 그에 대하여 음심(淫心)을 품지도 않았다. 사람들은 그의 처연한 미소와 감상적인 그늘 속에 숨겨져 있는 살벌함을 눈치 챈 것이다. 그가 품고 있는 검은 뽑히면 반드시 피를 보았다. 검을 쥔 그의 손에 자비와 용서란 없었기 때문이다.

그는 역사 속에서 미남(美男)으로 이름 높은 서진(西晉) 때의 문인(文人) 반악(潘岳)이나, 초(楚)나라의 송옥(宋玉)과 비견될 만한 아름다움을 지녔으면서 동시에 아수라(阿修羅) 같은 자였다.

반천수가 눈을 반짝이며 뚫어지게 바라보았다. 두위는 멋쩍은 생각에 슬그머니 그의 시선을 피했다.

"서가장에는 여섯 놈이 와 있었다. 어디서 온 놈들인지는 나도 몰라. 제법 재간을 지닌 자들이었지."

"그래서?"

반천수가 자기의 일처럼 흥분되는지 입술마저 핥으며 다그쳤다. 두위의 무용담을 듣고 싶어 안달이 나 있는 게 분명했다. 두위는 이 친구가 그동안 심심했던 모양이라고 생각했다. 하지만 그를 만족시켜 줄 만한 무용담 따위는 있지도 않았다. 잠시 곤란한 얼굴이 되어 머뭇거리던 두위가 마지못한 듯 입을 열었다.

"도착한 날은 별채에서 편히 쉬고 다음날 어슬렁거리고 나가서 놈들을 불러냈지."

"여섯 놈 모두? 병장기는 뭘 쓰고 있었지? 검을 쓰는 놈도 있었겠지?

어땠어? 세던가?"

반천수의 흥분은 점점 고조되고 있었다. 그가 이제는 주먹마저 불끈 움켜쥔 채 다시 쉬지 않고 물었다. 그는 언제나 검을 쓰는 자들에 대해서 관심이 많았다. 자신의 솜씨와 비교해 보고 싶어서 안달이 나 있는 것이다.

"두 놈이 검을 썼다."

"제기랄, 뜸들이지 말고 빨리 말하라구. 누구 숨넘어가는 꼴 보려고 그래? 비싸게 굴 생각이면 재미없어!"

두위가 말꼬리를 끌자 반천수가 발끈해서 눈을 부라리며 더 다가들었다. 멱살이라도 움켜쥘 기세였다. 소리없이 웃어 보인 두위가 시큰둥하게 말했다.

"제일 먼저 그놈들의 목을 쳐버렸다. 영 싱거웠어."

"쳇, 죽일 놈. 나쁜 놈 같으니. 너는 그때 내 생각을 했겠지? 그렇지? 틀림없어. 그랬으니까 다른 놈들은 놔두고 제일 먼저 검을 든 놈들부터 조졌겠지. 넌 나한테 감정이 많은 게 분명해. 언제고 단단히 골탕을 먹여주고 말 테다, 나쁜 놈."

침을 튀기며 욕을 하는 동안에도 반천수의 눈은 여전히 가라앉지 않은 흥분을 싣고 번쩍거렸다.

"다음으로 쌍극(雙戟)을 쓰는 놈과 철편(鐵片)을 휘두르는 놈을 노리고 뛰어들었다. 생각보다 너무 쉬웠어. 한 번에 한 놈씩이었으니까. 나머지 두 놈은 뒤도 돌아보지 않고 달아나 버리더군. 아침나절에 산보삼아 나가서 그 길로 끝내 버렸다. 양모춘이 약속한 은자 이백 냥을 건네는데 받기가 영 미안하더구만. 한 일이라고는 고작 칼을 네 번 휘두른 것밖에 없었거든."

"쳇, 별 싱거운 놈 다 봤네."

눈을 흘긴 반천수가 그래도 아쉽다는 듯 입맛을 다셨다. 잔뜩 기대했었는데 두위의 그 몇 마디는 정말 싱겁기 짝이 없었던 것이다.

"다음에는 내가 나갈 테다. 가서 칼을 든 놈을 만나면 더 볼 것 없이 그놈의 멱줄부터 댕강댕강 끊어놓고 말 테다. 두위 요놈, 두위 요놈 하고 소리치면서 말이다. 하하……!"

반천수가 생각만 해도 즐거운 듯 탁자를 두드리며 크게 웃어댔다. 쓴 입맛을 다시며 그를 물끄러미 바라보던 두위가 술병을 들었다.

"너는 꼭 내가 따라주는 술을 마셔야만 직성이 풀리는 거냐?"

그때까지 한쪽에 말없이 앉아서 그들의 말을 듣고만 있던 거구의 사내가 씩 웃고 빈 잔을 내밀었다. 마치 한 마리의 검은 곰이 웅크리고 앉아 있는 듯한 몸집이었다. 온통 구레나룻으로 뒤덮인 얼굴과 그 속에 박혀 있는 두 개의 화등잔만한 눈이 그를 더욱 짐승처럼 보이게 했다. 만금루 제일의 덩치와 힘을 자랑하는 역사(力士) 마석산(馬石山)이었다.

그는 언제나 말이 없었다. 처음 보는 사람은 벙어리가 아닌가 하고 의심할 정도였다. 닷새 밤낮을 함께 지내면서도 한마디의 말도 들어보지 못한 적도 있었다. 하지만 그는 말을 심하게 더듬을 뿐 벙어리는 아니었다. 장애라고 해야 할 만한 말더듬이 지나친 부끄러움이 되어서 그의 입을 막아버린 것이다.

그는 꼭 말해야 할 때가 아니면 좀체 입을 열려고 하지 않았다. 대신 두 눈이 모든 생각들을 말해 주었다. 두위는 그의 소처럼 커다란 눈 속에서 그가 하고자 하는 말들을 다 찾아냈다. 그래서 마석산이 말을 하지 않고 있어도 답답한 줄을 몰랐다.

단번에 술을 마셔 버린 마석산이 이번에는 두위의 잔을 채워주었다. 그 모습을 물끄러미 바라보던 반천수가 쳇, 하고 혀를 찼다.

"꿀 처먹은 놈아, 내 잔은 잔이 아니고 흙덩어리냐?"

벙어리라는 욕이었다. 다른 사람으로부터 그런 욕을 들었다면 당장 자리를 박차고 일어나 백 근이나 나가는 거부(巨斧)를 휘둘러 대갈통을 쪼개놓았을 마석산이었지만 반천수에게는 언제나 한풀 꺾여 있었다.

그가 두툼한 입술을 열어 씩, 웃어 보이고 반천수의 잔에도 술을 따랐다. 투박하기가 솥뚜껑 같은 손이 학 모가지 같은 병목을 쥐고 조심스럽게 술을 따르는 모습이 우스꽝스럽기 짝이 없었다.

한 번 그를 흘겨본 반천수가 단번에 잔을 비우고 이번에는 자신이 술병을 잡았다. 그의 계집처럼 길고 마디 고운 손가락이 병을 기울여 마석산의 잔을 채워갔다. 마석산이 눈을 부릅뜬 채 넋을 잃고 반천수의 그 희고 투명한 손가락들을 바라보고 있었다.

*   *   *

"귀역(鬼域)입니다."

칠흑의 어둠 속에 멀리 보이는 불빛을 가리키며 말하는 자가 있었다. 백의에 백색 영웅건을 썼고, 어깨에 두르고 있는 피풍의(披風依) 또한 백색이었다. 어둠 속에서 그의 살빛마저 하얗게 반짝이는 듯했다. 그가 불빛을 가리킨 손을 거두고 공손히 머리를 숙였다. 타고 있는 말까지도 백마였는데, 주인의 공경하는 마음에 동화된 듯 얌전하게 네 발을 멈추고 서 있었다.

그의 조금 앞에는 흑마를 타고 있는 노인이 있었다. 검은 수염이 가

습 앞까지 늘어져서 그의 풍채를 더욱 당당해 보이도록 했다. 세상 사람들이 검신(劍神)이라고 부르며 공경하고 두려워해 마지않는 진사후(陣獅侯)였다.

그는 군웅성(群雄城)의 삼전(三殿) 중 제일위(第一位)에 놓여 있는 정의전(正義殿)의 전주(殿主)로서 무존(武尊) 대무광(戴武光)에 이어 군웅성의 이인자라는 어마어마한 신분을 가지고 있기도 했다. 그 진사후(陣獅侯)가 갈색 장삼 자락을 한번 떨치고 나서 백의의 청년을 돌아보았다.

"도욱."

"하명하소서."

"너는 저곳을 어찌 생각하느냐?"

"속하는 세상에서 없어져야 할 곳이라고 생각합니다."

도욱이라고 불린 백의청년은 말하는 것이 깨끗하고 절도가 있었다. 언제나 간단명료하고 분명해서 노인은 그것을 마음에 들어했다. 그의 솜씨는 물론, 일 처리하는 법 또한 그와 같았던 것이다. 진사후는 하도욱(河道旭)에게 임무를 맡겨서 한 번도 실망해 본 적이 없었다.

"가본 적이 있느냐?"

"그럴 필요를 느끼지 못했습니다."

"그렇다면 오늘 가서 겪고 느껴보거라."

"존명!"

백의청년 하도욱에게 진사후의 말은 곧 법이었다. 짧고 힘있게 대답한 그가 한 손을 번쩍 들었다. 등 뒤의 숲 속이 갑자기 소란스러워지더니 삼십여 필의 말들이 차례로 나왔다. 하나같이 눈부신 백마였고, 하나같이 백의를 차려 입은 청년들이었다. 그리고 하나같이 출중하고 영롱한 영웅의 기도를 띠고 있었다. 그것은 꾸미려고 해서 되는 게 아니라 저절로 몸에 배어 있는 자신감이고 자부심이었다.

철벽을 둘러친 듯 진사후를 겹겹이 에워싼 백마들이 투레질을 하며 천천히 언덕을 내려가기 시작했다. 발 아래 달빛을 받아 번쩍이며 조용히 흐르는 규화강(葵花江)의 검은 물결이 내려다보였다. 그리고 그 너머 강안에 장명등의 불 그림자를 드리운 채 어둠 속에 가라앉아 있는 만금루(萬金樓)의 이층 다락이 을씨년스럽게 솟아 있었다. 그들이 귀역(鬼域)이라고 부르는 바로 그곳이었다.

"자, 자, 이쯤 해두자, 잡놈들아. 하루 밤새 두위를 아예 거덜낼 셈이냐? 염치가 있어야지."

장 노대가 성큼 탁자 위로 뛰어올라 가 소리쳤으나 사람들은 뉘집 개가 짖느냐는 듯 돌아보지도 않았다. 먹고 마시고 떠드는 일에만 온통 정신이 팔려서 곁에 누가 왔는지, 누가 가는지도 몰랐다.

"개자식들아!"

화가 난 장 노대가 술병을 들어 냅다 던져 버렸다. 그것이 벽에 부딪쳐 요란한 소리를 내며 박살이 났다. 그제야 멀뚱한 눈으로 장 노대를 바라본 사람들이 일제히 욕을 해대기 시작했다.

"장가야, 미친 거냐? 왜 지랄 발광을 해?"

"저 자식은 술만 처먹으면 개가 된다. 우리 모두 상대하지 말자."

"네놈 주머니에서 돈이 나오는 것도 아닌데 왜 핏대를 세우고 난리야? 두위가 네 서방이라도 되는 거냐?"

그 말에 모두가 와, 하고 웃음을 터뜨렸다. 장 노대의 검은 얼굴이 더욱 검어졌다. 그가 철사 같은 수염을 빳빳이 곤두세운 채 부르르 치를 떨었다. 둥둥 팔을 걷어붙이자 온통 굵은 상처들로 징그럽게 뒤덮여 있는 강철 같은 팔뚝이 불빛을 받아 번쩍이며 드러났다.

"어떤 쥐새끼냐? 이리 썩 나오지 못해? 모가지를 비틀어 버리고 말 테다!"

"새색시인 줄 알았더니 암코양이였던가 보네?"

다시 누군가가 중얼거렸다. 사람들이 이제는 데굴데굴 구르며 웃어댔다. 미칠 지경이 된 장 노대가 더 참지 못하고 훌쩍 뛰어내려서 탁자를 거꾸로 들어 올렸다. 위에 있던 음식 접시들이며 술병이 와르르 쏟아져 요란하게 깨지고 흩어졌다.

소리가 난 곳으로 그것을 내던지려던 장 노대가 흠칫하고 굳어버렸다. 만금루의 문이 활짝 열렸던 것이다. 그리고 한 무리의 청년들이 무거운 걸음으로 들어서기 시작했다. 장 노대를 놀리며 정신없이 웃고 떠들어대던 자들의 얼굴에서 장난기가 싹 걷혔다.

마치 한 덩어리의 흰 구름이 밀려들어 오는 것 같았다. 서른 명이나 되는 백의청년들이 아무 거리낌 없이 들어와 늘어서자 무거운 침묵이 주루 안을 순식간에 눌러 버렸다.

"백의검대(白依劍隊)다."

누군가의 조용한 속삭임이 자갈을 굴리는 듯한 소리가 되어서 그 침묵 속으로 퍼져 나갔다.

하도욱이 검을 쥐고 들어와 한쪽으로 비켜서서 공손하게 머리를 숙였다. 비로소 노인이 장포 자락을 거머쥐고 느릿느릿한 걸음으로 들어오기 시작했다. 상투를 틀고 동곳을 꽂은 머리가 주름진 얼굴과 어울리지 않게 검었다. 대춧빛으로 익은 노안(老顔) 가득 위엄이 깃들어 있었다.

"진사후(陣獅侯)!"

사람들 속에서 그를 알아본 누군가가 경악하여 크게 소리치고 말았다.

"노야(老爺)! 일이 생겼습니다!"

루주(樓主)인 동건유(董健留)가 뚱뚱한 몸을 굴리듯 하며 뛰어들었다. 그의 늘어진 볼이 지나친 긴장으로 푸들푸들 떨리고 있었다. 한쪽에 다소곳이 앉아서 낡은 적삼을 꿰매고 있던 여인이 깜짝 놀라 손가락을 찔리고 말았다.

"아야!"

그녀가 아미(蛾眉)를 찡그리며 낮게 비명을 터뜨리고 핏방울이 스며나는 손가락을 입에 가져갔다. 볼품없는 노인은 여전히 등을 돌린 채 벽을 바라보고 비스듬히 누워서 꼼짝하지 않고 있었다.

"노야! 그, 그들이…… 그들이 왔습니다. 어떻게 좀……."

동건유가 애가 타는지 손을 싹싹 비비며 발을 굴렀다.

"어떤 개아들놈이 왔기에 화아(花兒)를 귀찮게 한단 말이냐?"

노인이 돌아보지도 않은 채 웅얼거리듯 겨우 말했다. 잠꼬대를 하는 것 같기도 했다. 여인을 힐끔 바라본 동건유가 어떻게 좀 해보라는 듯 눈짓을 했다. 그러나 여인은 이마를 잔뜩 찌푸린 채 손가락을 빠는 일에만 몰두해 있었다. 애가 탄 동건유가 노인의 등을 향해 뻗던 손을 급히 거두어들이고 이마의 땀을 닦았다.

"그들…… 아니, 그가 왔단 말입니다."

쯧쯧, 하고 혀를 찬 노인이 여전히 등을 보이고 돌아누운 채 귀찮다는 듯 말했다.

"화아야, 네가 나가봐라. 시답잖은 놈이면 귀싸대기를 때려서 내쫓고, 그렇지 않으면 술이라도 한잔 처먹이고 보내 버리려무나."

영 귀찮고 못마땅하다는 투였다. 불이 났다고 해도 저렇게 누워서 손가락 하나 까닥이지 않을 것 같았다. 그런 노인의 등을 한 번 매섭게 흘겨본 여인이 치맛자락을 붙잡고 일어섰다. 멍하니 그녀를 바라보던 동건유가 할 수 없는 일이라는 듯 한숨을 길게 내쉬었다.

서른 명이나 되는 백의청년들은 그대로 굳어 석상이 되어버린 듯 움직일 줄을 몰랐다. 허공에 못 박혀 버린 눈동자가 주루 안의 기척들을 단단히 붙들고 있었다. 누구 하나 숨조차 크게 쉬는 자가 없었다. 작은 바늘이 떨어져도 그 소리가 뇌성처럼 크게 울릴 것만 같은 숨 막히는 긴장이 흘렀다.

"좋군. 다들 훌륭해 보인다."

한 바퀴 주루 안을 휘둘러 본 진사후의 입에 보일 듯 말 듯 웃음이 떠올랐다. 누군가가 꿀꺽 하고 마른침을 삼키는 소리가 크게 울렸다.

천천히 맴돌고 난 진사후의 시선이 한쪽에 딱 멎었다. 두위의 탁자였다. 그의 눈이 처음으로 이글거리는 생기를 띠고 빛났다. 진사후의 불길 같은 시선을 똑바로 받던 두위가 슬그머니 외면했다. 진사후의 눈 속에 서늘한 기운이 떠올랐다가 곧 사라졌다.

그가 천천히 시선을 옮겨 이번에는 반천수를 바라보았다. 반천수는 두위처럼 그의 시선을 외면하지 않았다. 꼿꼿하게 바라보는 것이 눈싸움이라도 하겠다는 듯했다. 진사후의 입가에 희미한 웃음이 떠올랐다.

"자네가 귀반악(鬼潘岳)인 게로군."

반악처럼 빼어난 용모를 가지고 있으면서 귀기 서린 검을 휘두르는 자는 강호에 오직 반천수 한 사람이 있을 뿐이다. 그래서 그의 명성은 벌써 세간에 널리 알려져 있었다. 천하에 짝을 찾아볼 수 없는 미남인 데다가 검법의 고수였으니 사람들의 이목을 끌기에 충분했던 것이다.

그처럼 명성이 알려져 있다는 점에서 반천수는 만금루에 모여 있는 다른 떠돌이 무사들과는 격이 달랐다. 그가 명문정파인 화산파(華山派) 출신이라는 것도 그랬다. 두위를 비롯하여 이곳에 모여 있는 자들 대부분이 무명의 무사로 천대를 받고 있는 것과는 근본부터가 달랐던 것이다.

"이처럼 지척에서 검신(劍神)을 뵙게 되었으니 무상의 영광이로소이다."

반천수가 자리에서 일어나 마지못한 듯 포권을 했다. 입으로는 겸양을 하고 있었으나 검신(劍神)으로 불리는 진사후(陣獅侯)를 바라보는 눈빛이 곱지 못했다.

"무례한 놈!"

진사후 뒤에서 차가운 눈길로 주루 안을 구석구석 훑어보며 사람들의 움직임에 신경을 쓰고 있던 하도욱이 발끈했다. 그가 검 자루에 손을 올려놓은 채 나서려 하자 진사후의 근엄한 눈길이 꾸짖어왔다.

"속하는 다만 저자가……."

하도욱이 여전히 눈으로는 반천수를 노려보면서 억울하다는 기색을 지었다. 그런 하도욱을 물끄러미 바라보던 반천수가 살짝 웃었다. 붉은 입술 사이로 가지런한 치아가 보일 듯 말 듯 드러나는 것이 황홀하기 짝이 없는 미소였다.

눈살을 찌푸린 진사후의 시선이 이번에는 마석산에게 향했다. 그는 얼굴이 온통 빳빳한 털로 뒤덮여 있어서 표정을 알아보기가 쉽지 않았다. 그의 부리부리한 두 눈이 반천수를 바라보고 하도욱을 바라보느라고 바쁘게 굴러다니고 있었다. 진사후의 존재는 안중에도 없는 듯했다.

진사후의 얼굴에 이제는 감출 수 없는 감탄의 기색이 떠올랐다.

"대단하군. 예전의 항우라고 하더라도 저와 같은 위용은 갖추지 못했을 것이다."

그의 노안이 홀린 듯 마석산의 깍지동이 같은 몸에서 떠나지 못했다. 그러나 마석산은 여전히 두터운 입술을 꾹 다문 채 침묵할 뿐이었다. 한마디 겸양의 말이라도 할 법한데 그렇지 않다는 것이 또 하도욱의 신경을 거슬리게 했다. 그가 잔뜩 눈살을 찌푸린 채 불쾌한 기색을 감추지 못했다.

하도욱은 하필 이와 같은 곳이 군웅성 아래에 자리 잡고 있다는 것이 영 못마땅하기만 했다. 무림인들의 성지로 추앙받고 있는 곳에서 불과 백여 리 떨어진 산자락 끝에 이처럼 무례하고 야만스러운 자들이 모여서 짐승처럼 비릿한 살기를 품고 살아가고 있다는 것을 용납할 수 없었다. 군웅성에서도 그 사실을 알고 있을 텐데 짐짓 모르는 척 방치해 두고 있다는 것은 더욱 납득할 수 없는 일이었다. 하도욱은 언제든 원로들에게 청을 해서라도 이곳을 토벌해 버려야겠다고 작정했다.

"좋아, 좋아. 귀역이 대단하다는 소문을 듣고 궁금했었는데 이제 보니 하나도 틀리지 않았다. 풍가(馮哥)의 능력은 여전히 사람을 놀라게 하는 바가 있다."

진사후가 껄껄 웃으며 그렇게 말했다. 그의 얼굴에는 진정으로 즐거워하는 기색이 가득했다.

만금루에서 생활하고 있는 무리들은 모두 놀라고 말았다. 그들은 죽은 조상보다 더 얼굴 보기가 힘들다는 검신 진사후가 무엇 때문에 이

외지고 궁벽한 곳에 찾아왔는지 궁금해하던 생각을 잊었다. 그는 저 영웅비(英雄碑)에 빽빽하게 적혀 있는 백 명의 이름들 중 두 번째로 자신의 이름을 새겨놓고 있는 사람이었다.

그런 진사후의 예고없는 방문에 놀랐던 무리들은 이제 그의 가식없는 웃음 속에서 그도 원래 이곳의 인물이었던 것 같은 착각에 빠져 어리둥절했다.

'전주님의 생각을 이해할 수 없다.'

오직 하도욱만이 잔뜩 눈살을 찌푸린 채 그런 진사후를 바라볼 뿐이었다. 그로서는 평소 근엄하고 선악에 대한 구분이 뚜렷하여 조금의 사악함도 용납하지 않는 진사후가 지금은 전혀 다른 사람인 것처럼 행동하는 것을 이해할 수가 없었다.

"아무래도 술 한 잔에 노래 한 곡조로 대접해 보낼 분은 아닌 것 같군요."

머리 위에서 문득 비파를 타는 듯한 낭랑한 음성이 들려왔다. 하도욱의 시선이 가장 먼저 그곳으로 향했다. 그리고 그가 가장 크게 놀라 눈을 부릅떴다.

이층의 난간에 기대어 규화(葵花)가 서 있었다. 옷고름을 한 손에 가볍게 쥐고 긴 치맛자락을 밟고 있었다. 하도욱은 자신이 지금 보고 있는 것이 무엇인지를 잊었다. 그의 부릅뜬 눈 속에 살짝 벌어진 규화의 붉은 입술이 날카롭게 박혀들었다. 머리 속이 뜨거워졌다.

"아가씨는?"

진사후의 눈에 다시 한 번 감탄의 빛이 일렁이며 스쳐 갔다. 붉은 모란꽃을 대하는 것 같았고, 청청한 햇빛 아래 반짝이며 드러난 양귀비꽃을 마주 보는 것 같은 감동이 늙은 가슴을 두드리고 달려갔다.

흘러내린 머리카락 몇 올을 쓸어 올리는 규화의 손가락이 우윳빛으로 투명해 보였다. 홍조를 띤 얼굴을 숙여 인사한 그녀가 붉은 입술을 살며시 열었다. 하도욱은 그윽한 향기가 주루 안에 가득 퍼져 나가는 것 같다는 생각을 했다.

"주루에 몸담고 있는 계집에 불과하지요. 하찮은 몸이지만 원하신다면 석 잔의 술을 따라 올리겠어요."

진사후의 물음에 대답하면서 눈으로는 하도욱을 바라보았고 웃음은 두위에게 향해졌다.

하도욱은 손끝이 뻣뻣해지는 걸 느꼈다. 그는 지금 자신을 사로잡고 있는 이 낯선 감정을 무어라고 해야 하는 건지 생각해 낼 수가 없었다. 군웅성에도 여자는 많았다. 모두가 뛰어난 용모와 재주를 지니고 있는 여협사였고, 모두가 훌륭한 가문이나 사문에서 뽑혀 온 금지옥엽들이었다. 하지만 하도욱은 그들을 대하면서 한 번도 지금과 같은 감정의 급류에 휩쓸려 본 적이 없었다. 그것이 그를 더욱 어리둥절하게 했다.

"좋아, 아가씨가 따라주는 술이라면 석 잔이 아니라 세 말이라도 마다할 수가 없겠는걸? 하하하……."

탐스러운 수염을 쓸며 짐짓 호탕하게 웃어대는 진사후는 어느새 본래의 신분을 내버리고 늙은 한량이 되어 있는 듯했다. 진사후에게서 처음 보는 모습이었고 처음 듣는 웃음이었지만 하도욱은 그것을 몰랐다. 그의 눈과 귀는 온통 이층의 난간에 기대서 있는 규화에게만 향해져 있었던 것이다.

진사후가 망설임없이 계단을 밟아 올라갔다. 쿵쿵거리는 그 발자국 소리에 번쩍 정신을 차린 하도욱이 급히 뒤를 따랐다. 그가 이층을 밟앉을 때 규화의 투명한 손가락 한 개가 불쑥 내밀어져 그의 가슴을 가리켰다.

"당신은 아무래도 아래층에서 기다리고 있는 게 좋겠어요. 몸이 하나뿐이라 두 사람을 상대해 줄 수가 없군요."

하도욱의 얼굴이 붉게 달아올랐다. 귓가에 속삭이듯 달콤하게 와 닿은 규화의 말 때문에 눈앞이 몽롱해지고 말았다. 그가 정신을 차렸을 때 진사후는 물론 규화의 모습도 어디로 간 것인지 사라지고 보이지 않았다.

"모셔 왔어요."

규화의 짜랑한 음성이 어둠을 흔들었다. 유등의 심지를 돋운 그녀가 옷소매를 흔들어 의자의 먼지를 털었다. 한쪽 구석에서는 뚱뚱한 몸집의 동건유가 땀을 뻘뻘 흘리며 어쩔 줄 몰라 하고 있었다. 노인은 여전히 초라한 등을 보인 채 벽을 향해 돌아누워 있었는데 깊이 잠든 것 같기도 했다.

문밖에서 잠시 기다리던 진사후가 느긋한 걸음으로 걸어 들어와 규화가 내미는 의자에 앉았다. 방 안을 한 바퀴 휘둘러 본 그의 시선이 노인의 구부러진 등에 가 멎었다. 그는 여전히 꼼짝도 하지 않고 있었다. 민망해진 규화가 잰걸음으로 다가가 노인의 엉덩이를 사정없이 꼬집었다.

"정말 이러실 거예요? 미워라."

"아야! 이년아, 아프다."

정말 아픈 듯 몸을 다 움찔거리며 소리를 지른 노인이 고개만 돌려 사납게 노려보았다.

"이년아, 누가 이리로 데려오랬어? 술이나 두어 잔 먹여서 돌려보내라고 했지! 네년이 점점 간덩이가 부어가나 보다. 그러기에 이제는 늙은이 무서운 줄을…… 어?"

규화에게 한바탕 욕을 퍼부을 태세로 몸을 뒤척이던 노인이 벌떡 일어나 앉았다. 그의 가느다란 눈이 찢어질 듯 부릅떠져 있었다. 벌어진 입을 다물지 못한 채 눈을 비비고 다시 바라보는 창가의 탁자 앞에 진사후가 모르는 척 시치미를 떼고 앉아 있었다.

"억! 정말 네놈이란 말이냐!"

노인이 비명을 지르듯 크게 외치고 벌떡 일어나 앉았다. 그 갑작스런 행동에 규화가 깜짝 놀라 물러섰다. 그녀가 더욱 동그래진 눈으로 노인과 진사후를 번갈아 바라보았다.

그녀는 진사후가 노인의 성을 친밀하게 부르는 것을 듣고 그가 풍노인과 잘 아는 사이이며, 그를 만나기 위해서 왔다는 것을 짐작했다. 그래서 곧장 노인의 방으로 안내해 왔는데 풍 노인의 반응을 보아서는 그것이 잘한 일인지 아닌지 판단할 수 없게 되었다.

"그동안 잘 있었던 게로군. 엉덩이에 투실투실 살이 붙었다."

진사후가 수염을 쓸며 점잖게 말했다. 그 소리를 들은 규화가 입을 가리고 킥, 웃었다. 모습과 말투는 근엄해 보였지만 말은 전혀 그렇지 않아서 그것이 더욱 웃음을 참을 수 없게 했던 것이다.

"진사후, 너, 너, 네가 겁도 없이 여기까지 오다니……."

노인이 새파랗게 질린 얼굴로 손가락을 들어 진사후를 가리키며 턱을 덜덜 떨었다. 면전에서 검신 진사후를 가리키며 그렇게 말할 수 있는 사람이 있다는 것을 알면 천하인 모두가 입에 거품을 물 일이었다. 그러나 정작 진사후는 아무렇지도 않은 듯 태연하기만 했다.

"풍가야, 네가 겁도 없이 범의 턱 밑에 쭈그리고 앉아서 해바라기를 하는 것보다야 내 소행이 훨씬 점잖고 사리분별이 뚜렷하지. 안 그러냐?"

군웅성 아래에 귀역(鬼域)을 틀고 눌러앉아 있는 노인에 대한 비아냥거림이었다. 노인이 덜덜 떨리는 손으로 곰방대를 잡아 앵속을 쟁였다. 불을 붙여 몇 모금 빨고 나자 비로소 마음이 안정되는 모양이었다. 허공에 푸른 연기를 길게 내뿜은 노인이 옷소매로 짓무른 눈을 닦아내고 나서 허허, 웃었다.

"진가, 네놈 때문에 이 지경이 되었으니 장차는 네놈의 안방을 차지하고 드러누울 작정이다."

가시 돋친 노인의 말에 진사후가 입맛을 다셨다.

"말을 함부로 하지 마라. 잘못하다가는 헛간에서마저 쫓겨나 가랑비를 원망하는 처량한 신세가 될 수도 있다."

"무슨 소리! 남의 집 장독을 깨뜨려도 변상해 주는 게 세상의 이치다. 그런데 네놈은 내 인생을 망쳐 놓고서도 아무런 가책도 없다. 아니, 오히려 쪽박마저 깨겠다는 심보 아니냐? 누가 너를 가리켜 정의지검(正義之劍)이라고 하는지 모르겠다. 홍, 말짱 다 개소리지!"

입에 거품을 물고 소리치는 풍 노인의 두 눈에서 시퍼런 귀화(鬼火)가 일렁이는 듯했다. 물끄러미 그런 노인을 바라보던 진사후가 한숨을 쉬었다.

"됐다. 더 떠들 것 없다. 너와 내가 그렇게 만난 것도 다 하늘의 뜻이다. 그렇지 않았다면 지금 그곳에 앉아서 곰방대를 빨며 투정을 부리고 있는 것은 네가 아니라 나였겠지."

"홍, 홍! 내가 죽지 않는 한 반드시 그렇게 만들어주고 말 테다."

"기다리마. 나는 언제든 너와의 약속을 지킬 준비가 되어 있다."

다시 가볍게 한숨을 쉬고 난 진사후가 잠시 침묵하더니 한결 음성을 부드럽게 하여 말했다. 그는 풍 노인을 달래려는 것 같았다.

"하지만 이제 와서 옛일을 들먹인들 되돌릴 수 있겠느냐? 아직도 네가 소리를 지를 만큼 정정하게 잘살고 있는 걸 보았으니 되었다. 은혜와 원한은 두고두고 갚아야 하는 것이다. 네가 나를 잊지 않았고, 내가 너를 잊을 수 없으니 설마 우리 두 목숨이 죽기 전에는 모든 것이 마무리되지 않겠느냐? 옛 친구의 충고를 귀담아들어라. 이왕 이곳에 둥지를 틀었으니 큰 말썽이 없기를 바라겠다."

풍 노인은 시선을 내리간 채 묵묵히 그 말을 다 듣기만 했다. 곧 일어나 진사후의 멱살이라도 잡을 듯하던 것과는 딴판이었다.

"가겠다."

지그시 노인을 바라보던 진사후가 장포 자락을 떨치고 일어섰다. 풍 노인이 번쩍 얼굴을 들어 그를 바라보았다. 눈 속에 아쉬워하는 빛이 가득했다.

"주루에 왔으면서 술도 안 마시고? 석 잔은 마시고 가라. 내가 사마."

진사후를 바라보는 풍 노인의 얼굴에 아쉬움이 가득했다면, 그런 풍 노인을 바라보는 진사후의 눈에는 연민의 기색이 가득했다. 그가 무거운 표정으로 머리를 끄덕였다.

"좋아, 신세를 지지."

"그럼, 그래야지."

풍 노인의 안색이 아이처럼 밝아졌다. 그가 규화를 향해 눈을 흘기며 소리쳤다.

"이년아, 눈치코치도 없이 꿰다놓은 보릿자루처럼 그렇게 서 있기만 할 거냐? 너는 새대가리냐? 일일이 말해 줘야만 하는 거라면 이제는 지겹다, 지겨워!"

"핏!"

규화가 노인에게 혀를 내밀고는 사납게 눈을 흘겼다. 다른 때 같았으면 지지 않고 독설을 퍼부었을 테지만 진사후가 있어서인지 더 말하지 않고 몸을 돌렸다.

하지만 술을 따르는 그녀의 손끝에 노여움과 서운함이 고스란히 배어났다. 규화가 쌀쌀맞은 얼굴로 서서 술을 따랐고, 진사후는 아무 말 없이 서서 그 잔을 받았다. 그렇게 마주 선 채로 석 잔을 따르고 마시는 동안 풍 노인도 규화도 한마디도 하지 않았다. 구석에 붙어 서서 이리저리 눈치만 보고 있는 뚱보 동건유(董健留)는 여전히 숨조차 제대로 쉬지 못하고 있었다.

"아가씨 이름은?"

진사후가 술잔을 건네주며 비로소 웃음을 띠고 물었다.

"설규화(雪葵花)."

"해바라기꽃은 원래 여름이 제철인데 눈 속에 피어 있으니 보는 사람에게도 안타깝기 짝이 없는 일이지. 아무래도 아가씨는 이름을 고치거나 성을 바꾸는 게 좋을 것이네."

무심코 내뱉는 듯한 진사후의 말에 규화가 눈을 동그랗게 뜨고 그를 바라보았다. 그 말의 의미가 무엇일까 하고 곰곰이 생각하는데 풍 노인이 버럭 소리쳤다.

"개소리! 너는 더 이상 쓸데없는 말로 사람을 홀리지 말고 어서 가는 게 좋겠다!"

하하, 웃은 진사후가 방을 나가며 동건유의 둥그런 어깨를 툭 쳤다.

"너도 여전하구나. 주인을 잘 모셔라."

동건유의 안색이 시체처럼 새파랗게 질렸다. 그가 입술을 악문 채 정신없이 머리를 끄덕이기만 했다.

왁자한 웃음과 잡소리들로 떠나갈 듯 시끄럽던 주루 안에 죽음 같은 적막이 가득했다. 서른 명의 백의검사들은 여전히 석상처럼 서 있기만 했고 사람들의 시선은 모두 하도욱에게 집중되어 있었다.

"무정백검(無情白劍)이라는 외호(外號)는 좀 지나치다고 생각하는데?"

반천수가 다시 이죽거렸다. 하도욱의 눈 깊은 곳에서 노여움의 불길이 이글거렸다. 그는 차갑고 냉정한 사람이었지만 때로는 불같이 급한 성격을 가지고 있기도 했다. 그런 하도욱이 발작하려는 자신의 손을 가까스로 억누르고 있었다. 그의 주먹이 부르르 떨렸다.

그것을 아는지 모르는지, 반천수는 여전히 그의 가슴 앞에 서서 이리저리 뜯어보며 약을 올리기만 했다.

"사문이 어디지? 그 검집은 정말 탐나는군. 백룡문(白龍紋)인가? 아주 정교해. 틀림없이 많은 돈을 주고 주문했을 거야. 하지만 고작 검집에 불과한데 그건 사치지. 헝겊으로 둘둘 말아가지고 다니면 어때? 검이란 찌르고 싶을 때 제대로 들어가 주고, 베고 싶을 때 제대로 베어지면 되는 물건 아니겠어? 검집 따위는 아무 쓸모가 없다는 말이지."

반천수가 투박한 자신의 검집을 툭툭 두드리며 이죽거렸다. 그의 검집은 아주 오래된 물건인 듯 군데군데 칠이 벗겨지고 색이 바래서 처음 그곳에 수놓아졌을 문양마저 이제는 알아보기 힘들 지경이 되어 있었다. 하지만 그 안에 들어 있는 검은 언제나 새로 벼려낸 것처럼 시퍼렇게 살아 있는 날과 살기를 가지고 있었다. 그래서 그것이 검집을 벗어났을 때에야 사람들은 검인(劍刃)에 실려 있는 요기(妖氣)와 검극(劍極)이 뿜어내는 살기를 보고 부르르 치를 떨었다.

"어때, 한번 보여주겠어?"

반천수가 겁도 없이 손가락을 들어 검을 가리켰다. 그 순간, 극한까지 끌어올렸던 하도욱의 인내심이 산산이 부서져 버렸다.

"죽일 놈!"

그가 버럭 외치며 검자루를 움켜쥐었다. 그것을 지겹도록 기다리고 있었다는 듯 반천수의 눈가에 반짝, 하고 걷잡을 수 없는 희열의 빛이 스쳐 지나갔다.

하지만 그가 기대했던 검격(劍擊)은 이루어지지 않았다. 부서질 듯 이를 간 하도욱이 끝까지 참아낸 것이다. 반천수의 눈에 감탄의 기색이 떠올랐다. 혈기방장한 나이의 청년으로서 이만한 인내심을 보인다는 게 얼마나 어려운 일인지 잘 알고 있기 때문이다. 그런 점에서 본다면 하도욱이 지니고 있는 수양은 생각보다 훨씬 깊은 것이었다. 그가 젊은 나이에도 불구하고 백의검대(白依劍隊)를 이끄는 대주(隊主)의 지위에 있다는 것이 하나도 이상하게 여겨지지 않았다.

"대단한 공부로군. 인정하마."

반천수가 어쩔 수 없다는 듯 어깨를 떨구고 한숨을 쉬며 말했다.

"오늘의 일을 잊어서는 안 될 것이다."

하도욱이 살기가 가시지 않은 눈길로 그런 반천수를 노려보며 어금니 사이로 말했다.

*   *   *

하도욱은 벌써 세 번이나 귀역 쪽을 돌아보고 있었다. 이제는 어둠 저편으로 깊이 파묻혀 보이지 않는 불빛이었고 들리지 않는 소란들이었다. 하지만 하도욱의 눈에는 여전히 그것이 보이고 들리는 모양이었다.

진사후는 하도욱의 한숨 소리를 들었다. 그의 노안이 이채를 띠고 반짝였다. 냉정하기가 몸속에 차가운 피를 채워 넣고 있는 것 같던 이놈이 처음 발을 들인 귀역에서 무언가 심각한 영향을 받았다는 것을 짐작할 수 있었다. 그게 무엇인지 궁금했지만 끝내 묻지 않았다.

진사후는 하도욱의 눈 속에 새겨져 있는 것이 규화의 모습이고, 그의 귀 속에 박혀 있는 것이 반천수의 비아냥거림이라는 것을 알지 못했다.

"보고 느낀 것이 있었느냐?"

그의 마음을 떠보려는 듯 진사후가 넌지시 물었다. 기다리고 있었다는 듯 하도욱이 곁에 다가서며 머리를 끄덕였다.

"속하는 어째서 저곳이 저렇게 멀쩡하게 존재할 수 있는 건지 이해할 수 없습니다."

그 말이 나올 줄 알았다는 듯 진사후가 턱을 주억거렸다.

"측간 같은 곳이라고 생각하면 될 게다."

"그 말씀은……."

갑자기 엉뚱한 대답을 듣게 되자 몹시 당혹스러운 모양이었다. 하도욱이 얼굴을 찡그렸다. 진사후의 입에서 그런 말이 나오리라고는 전혀 상상할 수도 없었던 것이다.

"집 안에 측간이 없다면 오물이 안방까지 넘쳐 나게 될 것이다. 그래서 더럽고 냄새나는 곳이지만 어느 집이든 측간은 꼭 만들어둔다. 귀역은 우리 군웅성에 있어서 그런 곳이다. 버림받고 외면당하는 자들이 그들의 혈기를 마음껏 풀 수 있는 곳이지. 그렇지 못하다면 그들은 사방으로 흩어져 세상을 어지럽게 하고 결국은 그것이 군웅성에까지 해가 되어 돌아올 것이다."

진사후가 말하고자 하는 바가 비로소 이해되었다. 하지만 하도욱의 마음속에서 의문이 깨끗이 걷힌 것은 아니었다. 내친걸음이라는 듯 하도욱이 다시 물었다.

"하지만 그자들은 하나같이 무도하고 오만방자했습니다. 속하의 생각에는 그대로 둔다면 그것이 오히려 화근이 될 것 같습니다. 게다가 군웅성의 지척에 저런 곳이 웅크리고 있다는 것은 마치 턱 밑에 칼을 두고 있는 것 같이 불안하고 불쾌합니다."

"잘 보았다. 그들은 모두가 뛰어난 솜씨를 지니고 있고 거칠기가 야수와 같아서 위험하기 짝이 없는 자들이다. 하지만 그렇기 때문에 더욱 가까이에 두어야 한다. 나는 그들이 지금 있는 곳도 너무 멀다고 생각한다. 귀역을 영취봉 아래로 옮길 수만 있다면 기꺼이 그렇게 하겠다."

하도욱은 어리둥절했으나 곧 진사후의 말을 이해했다. 위험한 자들을 가까이에 둔다는 것은 어리석은 일인 듯하지만 실은 그보다 좋은 방법이 없었다. 쉽게 감시할 수 있고 그래서 위험의 수위를 빨리 파악하고 대처할 수 있기 때문이다. 그들이 도를 넘어선다고 판단되면 즉시 제거할 수 있다는 것도 좋은 점이었다. 그리고 그날이 멀지 않았다는 것을 알 수 있었다. 아니라면 진사후가 성을 나와 굳이 귀역에 들르지 않았을 것이다.

하도욱은 측간이 가득 차서 냄새가 지독해지면 그것을 치우듯 그렇게 귀역의 무리들을 쓸어버릴 날이 다가왔다는 것을 느끼고 가슴이 흥분으로 뛰었다. 그때는 자신이 누구보다 가장 앞서서 마음껏 백룡검(白龍劍)을 휘두르리라고 결심했다. 그리고 그 첫 상대는 귀반악(鬼潘岳) 반천수(潘泉壽) 바로 그자가 될 것이다.

"아직 그 친구가 멀쩡하게 살아 있다는 것이 조금 걸리기는 한다."

진사후 또한 하도욱과 같은 생각을 하고 있었던 듯 무의식 중에 그렇게 중얼거렸다.

"누구를 말씀하시는 건지?"

하도욱이 자신도 모르게 불쑥 되물었다. 진사후의 근엄한 눈길이 그에게 향해졌다. 하도욱은 내심 아차, 하고 뉘우쳤다. 하지만 이곳은 군웅성 안이 아니었다. 그곳에서라면 하도욱은 진사후와 말머리를 나란히 하기는커녕 그의 그림자를 밟는 것도 용납되지 않았을 것이다. 이처럼 묻고 답한다는 것은 꿈에서도 생각할 수 없었다. 그러나 지금 그는 군웅성을 나와 백의검대의 수장으로서 진사후를 모시는 중이었다. 집을 떠나 같은 길을 가게 된 자들에게는 곧잘 특별한 친밀감과 신뢰가 생기는 법이다.

진사후가 가볍게 웃고 나서 아무것도 아니라는 듯 대답해 주었다.

"구지신마(九指神魔) 풍해산(馮海山)."

"억!"

하도욱의 입에서 비명에 가까운 외침이 터져 나왔다.

"그가, 그가…… 귀역에 있었단 말입니까?"

하도욱은 한 번도 그를 본 적이 없었다. 그러나 군웅성에 들어오기

전부터 그 이름은 귀가 따갑게 들어 알고 있었다. 그가 기억하건대, 사문의 존장들은 구지신마라는 말을 할 때마다 부르르 진저리를 치곤 했다. 하도욱이 들어 알고 있는 풍해산은 일생에 한 번도 만나고 싶지 않는 무시무시한 마왕이었다. 그가 지니고 있는 패도적인 무공도 무공이었지만, 냉혹무비한 성정과 포악한 손속이 전대의 강호를 피로 씻었다는 대마인이었던 것이다.

진사후가 아무렇지도 않게 그 이름을 말했다는 것이 놀랍기만 한데, 그의 어조에는 친밀한 감정까지 깃들어 있었다. 하도욱은 입을 딱 벌리고 진사후를 바라보기만 할 뿐 기가 막혀 더 말을 하지 못했다.

"게다가 암흑쌍수(暗黑雙手) 동건유(董健留)도 있었다."

"억!"

하도욱이 다시 대경한 외침을 터뜨리고 말았다. 풍해산의 이름에 이어서 동건유라는 기억하고 싶지 않은 이름까지 듣고 나니 이제는 정신이 다 멍할 지경이었다. 그는 풍해산의 수족과 같은 자로 희대의 살수(殺手)로 악명을 떨친 살인귀였다. 풍해산이 전대의 무림을 피로 씻을 수 있었던 것은 바로 곁에 동건유가 있었기 때문인지도 몰랐다. 그렇게 말하는 고인들의 평을 하도욱은 몇 번이나 들었다.

"하지만 별일이야 없겠지. 그는 이제 초라한 촌늙은이에 지나지 않으니까. 동건유, 그놈도…… 예전의 그 암흑쌍수가 아니더군."

진사후가 한쪽 구석에 붙어 서서 두려움으로 떨기만 하던 동건유의 뚱뚱한 모습을 떠올리며 그렇게 중얼거렸다. 그의 얼굴에 안타까워하는 기색이 스쳐 지나갔다.

그 말속에서 하도욱은 그가 풍해산을 만나기 위해서 일부러 먼 길을 돌아 귀역에 들렀다는 것을 느꼈다. 대체 이 거대한 영웅의 마음속에 담겨 있는 풍해산과 동건유는 과연 어떤 의미인가 하는 궁금증이 그를 사로잡았다.

"비켜라!"

앞쪽의 어둠 속에서 날카로운 꾸짖음이 들려왔다. 그리고 작은 술렁거림이 전해져 왔다. 길게 줄지어 나아가고 있는 백의검대의 선두로부터였다. 뒤따르고 있는 수하들을 돌아본 하도욱이 재빨리 말고삐를 당겨서 앞으로 나아갔다. 서쪽으로 뻗어 있는 관도 상이었다.

수하들이 멈추어 서 있었다. 하도욱은 그들의 어깨 너머로 뻗어 나오는 첨예한 기운을 느꼈다. 적을 마주 대했을 때의 긴장이었다. 상대가 군웅성의 오검대(五劍隊) 중 하나인 백의검대라는 것을 알면서 진로를 가로막고 행패를 부려올 자는 무림 중에 없을 것이다. 더구나 그것이 검신(劍神) 진사후(陣獅侯)의 행렬이라는 데에는 더욱 그랬다.

'대체 어떤 얼빠진 놈이란 말인가?

조금의 짜증과 또 조금의 걱정이 하도욱을 긴장하게 했다. 알면서 가로막은 자라면 상대할 수 없는 무서운 자일 것이고, 모르고 있다면 귀찮은 자일 것이 분명했다. 하지만 어느 쪽이든 이런 일로 자신이 모시고 있는 진사후를 지체하게 할 수는 없었다.

선두의 수하를 헤치고 말머리를 내민 하도욱이 눈살을 찌푸리고 말았다. 한 명이었다. 남루한 옷차림에 봇짐 하나를 등에 지고 있는 것이 먼 길을 나선 여객(旅客)인 모양이었다. 하지만 그를 한 번 훑어본 하도욱은 곧 자신의 생각이 틀렸다는 것을 알았다.

냉막한 얼굴로 우두커니 서 있는 청년의 옷이 이슬을 맞아 축축하게 젖어 있었다. 평범한 나그네라면 이 밤중에 인적 끊인 외진 길을 이슬에 찢으며 걸을 리가 없었다. 게다가 아무 두려움도 거리낌도 없이 서서 허공을 응시하고 있는 그 모습이 하도욱의 가슴을 떨리게 했다. 무표정한 얼굴에 한줄기 긴 검상(劍傷)이 달리고 있어서 그를 더욱 차갑고 섬뜩한 자로 보이게 했다.

'결코 호락호락한 자가 아니다.'

하도욱은 정체를 알 수 없는 자의 기운을 온몸으로 느꼈다. 그리고 입술을 지그시 물었다.

"비켜서라!"

아랫배에 힘을 주고 낮게 꾸짖었다. 괴청년의 무겁게 가라앉아 있는 눈길이 천천히 하도욱에게 향해졌다. 그가 잠시 탐색하듯 하도욱을 바라보다가 상대하지 않겠다는 오만한 모습으로 다시 천천히 시선을 돌려 허공을 보았다. 조금의 감정도 들어 있지 않은 건조한 눈빛이었고 표정이었다.

하도욱은 끓어오르는 분노를 삼키며 지그시 어금니를 물었다. 다른 때 같았으면 용서하지 않았겠지만 지금은 진사후를 모시고 있는 중이었다. 무시당했다는 노여움 때문에 소란을 피울 수 없었다.

"지나간다!"

무섭게 노려본 그가 수하들을 돌아보고 신경질적으로 소리쳤다. 말들이 일제히 발굽을 놓아 내달렸다. 서른 필의 건마(健馬)가 한꺼번에 내닫자 지축이 흔들리듯 대지가 요동을 쳤다. 백의청년들이 위협적으로 말을 몰며 무섭게 괴청년을 노려보며 달려갔다. 건장한 말들이 부딪칠 듯 와락 다가왔다가 양쪽으로 갈라지며 스쳐 지나가고 있었지만 괴청년은 여전히 아무것도 모르는 듯 냉막하기만 했다.

문득 그의 앞에 말 한 필이 멈추어 섰다. 진사후였다. 잠시 청년을 바라보던 그가 살짝 눈살을 찌푸렸다.

"이름이 뭐냐?"

"양사명(楊射明)."

"어디로 가는 길이지?"

"귀역(鬼域)."

감출 것 없다는 듯 짧게 대답한 청년이 무심한 신색으로 진사후를 스쳐 지나갔다. 진사후의 얼굴에 그늘이 졌다. 청년의 등을 노려보는 하도욱의 눈이 이글이글 불타고 있었다. 귀역이라는 곳이 그에게는 더욱 정이 가지 않는 곳이 되어버리고 말았다.

"너는 그곳에서 누구를 기억해 두었느냐?"

괴청년 양사명의 모습이 보이지 않게 되자 진사후가 문득 그렇게 물었다. 하도욱은 자신도 모르게 '규화'라고 말할 뻔했다. 그가 얼굴을 붉혔지만 어둠 속이라 드러나지 않은 것이 다행이었다. 잠시 생각해 본 하도욱이 기억을 더듬으며 천천히 대답했다.

"귀반악 반천수와 그 곁에 있던 덩치가 흑곰 같은 자 정도입니다."

진사후가 묵묵히 머리를 끄덕였다.

"모두 심상치 않은 자들이지. 하지만 너는 놓쳐 버린 게 있다."

하도욱이 의아하여 진사후를 돌아보았다. 그는 만금루에 모여 있던 불량한 자들을 모두 눈여겨보았었다. 특히 반천수와 마석산이 두드러져 보였을 뿐, 나머지는 크게 신경을 쓸 만한 자들이 되지 못했다.

"두위."

"두위?"

하도욱이 진사후의 말을 따라하듯 그 이름을 되뇌었다. 하지만 그는 아무리 생각해 보아도 두위가 어떤 자였던지 기억되지 않았다.

"반천수와 마주 앉아 있던 청년 말이다."

"아, 그자였군요."

비로소 두위가 누구인지를 떠올린 하도욱이 머리를 끄덕였다. 각진 턱에 시종 입을 꾹 다물고 있던 자였다. 구레나룻이 제법 무성해서 얼굴이 어땠는지는 확실히 기억나지 않았다. 하지만 눈빛이 서늘하고 어깨가 단단해 보였다. 그것뿐이었다. 별다른 특징이나 인상이 없었던 것이다. 하도욱은 어째서 그런 자를 진사후가 기억하고 있는 건지, 그리고 자신에게 일깨워 주는 건지 의아했다.

"가장 조심해야 할 자는 바로 그일 것이다. 그리고 가장 꺼려해야 할 자는 역시 마석산이지. 반천수라는 자는……."

한동안 마음속으로 저울질해 보던 진사후가 무겁게 입을 열었다.

"크게 경계할 자는 되지 못한다."

하도욱은 진사후의 평을 받아들일 수 없었다. 그가 보기에 마석산은 제법 위압적인 덩치를 가지고 있었으나 막상 싸우게 된다면 그리 두려울 건 없었다. 하지만 반천수는 그렇지 않아 보였다. 하도욱은 자신의 느낌을 믿었다. 반천수의 그 낡은 철검은 다른 어떤 자들보다 더 위협적이고 사나울 게 틀림없었다. 그런데 엉뚱하게도 아무런 특징도 없던 두위를 가장 조심해야 한다니…….

"그리고 방금 그자도 주의해야겠지. 내 말을 명심하거라. 장차의 일이 그들에 의해서 어려워질 수도 있다."

진사후가 더욱 어두워진 얼굴로 새벽이 다가오는 하늘을 바라보았다.

*　　　　*　　　　*

"개자식들이다. 제멋대로 왔다가 제멋대로 떠난다. 여기가 어디 뒷골목 투전판이라도 되는 줄 아나? 영 재수없다."

장 노대가 침을 뱉으며 큰 소리로 투덜거렸다. 여기저기에서 호응하는 소리들로 다시 만금루 안이 떠나갈 듯 시끄러워졌다.

"어때? 그러지 말고 우리도 저 마석산이를 앞세우고 위풍당당하게 군웅성으로 들어가자. 가서 잔뜩 위엄을 잡으며 한 바퀴 휘둘러 보고 태연하게 나오는 거야."

"좋은 생각이다. 마석산의 몸집만 보아도 그놈들은 오금이 저려서 찍소리도 하지 못할 거다."

한 놈이 짓궂은 얼굴로 다가와 마석산의 거구를 집적거렸다. 마석산이 멀뚱한 눈으로 바라보다가 피식 웃었다.

"저 개자식들이 백의검대라고 우쭐거렸으니 우리는 흑웅대(黑熊隊)라고 하자!"

그가 마석산의 두터운 어깨에 한 손을 올린 채 무리들을 돌아보고 큰 소리로 말하자 곧 여기저기에서 환성이 터져 나왔다.

"아주 멋진걸? 내 마음에 꼭 든다."

그들이 제멋대로 웃고 떠드는 꼴을 가만히 바라보고 있기만 하던 반천수가 잔뜩 낯을 찌푸린 채 두위를 바라보았다. 두위는 그들이 뭐라고 하든지 관심없다는 듯 빈 술잔만 만지작거리고 있었다.

"조금 전에는 고양이 앞의 쥐처럼 찍소리도 하지 못하더니 이제 와서 웬 난리람?"

짜랑짜랑한 교성이 그들의 소란 위에 덧씌워졌다. 모두의 시선이 일제히 이층으로 향했다. 거기 규화가 루주인 뚱보 동건유와 함께 내려오고 있었다. 그녀를 본 사내들의 얼굴에 하나같이 뜨거운 열망이 이글거렸다. 앞서 아래층으로 내려온 동건유가 뒤뚱거리며 걸어와 반천수 곁에 앉았다. 그가 피곤한 얼굴로 두위를 빤히 바라보는데 치맛자락을 끌며 사뿐사뿐 다가온 규화가 빈 의자를 끌어다 놓고 두위 곁에 붙어 앉았다.

"당신은 내 생각이 났던 모양이군요? 그렇기에 이처럼 빈 술잔만 바라보고 있었던 게지요."

그녀가 반천수에게 한 번 눈을 흘겨주고 그의 손에서 술병을 빼앗아 두위의 잔에 넘치도록 따랐다. 반천수가 아니꼽다는 듯 쳇, 하고 혀를 차고는 외면했다. 규화는 마치 두위와 첫날밤을 보낸 새색시라도 된 듯 그의 가슴에 안기다시피 하며 갖은 교태를 다 떨고 있었다. 그녀에게는 침을 삼키며 바라보고 있는 그 많은 눈들이 전혀 의식되지 않는 모양이었다. 세상에 오직 자신과 두위만이 있는 것처럼 거리낌이 없었다.

두위가 묵묵히 두 잔의 술을 마시고 다시 규화가 석 잔째의 술을 따를 때 더 두고 볼 수 없다는 듯 차갑게 코웃음을 날린 반천수가 벌떡 일어섰다. 그러나 그는 자리를 떠나지 못했다. 만금루의 문이 벌컥 열리고 찬 새벽 바람과 함께 들어서는 낯선 청년과 눈이 딱 마주친 때문이었다. 조금 전 진사후 일행과 엇갈려 지나온 양사명(楊射明)이었다.

규화와 두위에게 집중되어 있던 사람들의 시선이 일제히 그에게로 향했다. 마흔 명이나 되는 장한들이 내뿜는 열기로 후끈거리는 주루 안에 오직 양사명만이 눈사람처럼 차가운 얼굴로 서 있을 뿐이었다.

"누가 주인이지?"

낯선 자의 입에서 나온 첫마디가 차갑기 짝이 없는 반말이라는 것이

가뜩이나 백의검대의 일로 기분이 상해 있는 무리들의 성질을 건드리고 말았다.

"저런 후레자식이 있나!"

한 자루의 박도(撲刀)를 잘 써서 제법 인정을 받고 있는 장가구(張可九)가 가장 가까운 곳에 있었다. 그가 버럭 노성(怒聲)을 지르고는 곁에 세워두고 있던 박도를 쥐고 벌떡 일어섰다. 의자를 걷어차고 한 번 훌쩍 뛰자 그의 큰 몸집이 새처럼 가볍게 탁자를 건너뛰어서 단번에 양사명의 면전으로 쇄도해 들었다.

귀역에 모여 있는 자들이 아무리 흉악하다고 해도 모두가 목적없이 살인을 하는 살귀들은 아니었다. 그들은 나름대로 타당한 이유와 조건이 갖추어졌을 때에 비로소 인정사정없이 칼을 휘둘러 상대의 목을 쳤던 것이다. 그리고 그 이유와 조건이라는 것이 대개는 돈이었다. 그들은 원하는 자에게 자신의 솜씨를 빌려주고 그 대가를 받아 살아가는 무사들인 것이다. 조건만 맞는다면 그곳이 어느 곳이든 가리지 않았다.

그렇게 제 목숨을 담보 삼아서 살아가는 자들일수록 쓸데없는 일에 흥분하여 칼을 뽑아 드는 경우란 없었다. 그것은 능숙한 장사꾼이 아무 곳에서나 좌판을 펼치지 않고, 도박꾼이 함부로 자신의 주사위를 자랑하지 않는 것과 같았다. 하지만 지금 장가구는 낯선 청년의 말 한마디에 스스로도 걷잡을 수 없이 흥분하여 그의 애병(愛兵)을 휘두르고 있었다. 조금 전 백의검대와 하도욱으로부터 받았던 모멸감 때문이었고, 진사후라는 거물 앞에서 잔뜩 위축될 수밖에 없었던 자괴감 때문이었다.

씨이잉—

미처 말릴 새도 없었다. 앗! 하고 놀랐을 때는 장가구의 박도가 이미 시퍼런 귀광(鬼光)을 뿌리며 양사명의 정수리 위에 떨어지고 있었다. 모두의 눈이 성급하게 낯선 청년의 최후를 바라보았다. 그들의 머리 속에서 양사명은 정수리가 두 쪽으로 쩍 벌어진 채 모로 쓰러지고 있었다.

그러나 현실은 그렇지 않았다. 태연하게 서 있던 양사명이 한 발을 번쩍 들어 앞에 있던 의자를 힘껏 걷어찼던 것이다. 그것이 자로 잰 듯 적절한 때에 알맞은 힘으로 장가구의 정강이를 때렸다.

산산이 부서져 버리는 의자와 함께 정강이뼈가 깨지는 듯한 고통이 장가구의 머리 속을 뜨겁게 달구었다. 그는 자신의 칼이 내리꽂힐 곳을 확인해야 한다는 것을 잊었다. 그리고 옆구리에 인두로 지져지는 듯한 통증이 파고들었다. 박도는 덧없이 벽을 찍고 멎어 있었다.

슬며시 몸을 기울여 이미 기세를 잃은 그것을 가볍게 비낀 양사명이 한 주먹으로 장가구의 옆구리를 후려치며 바짝 다가서 있었다. 그가 왼손으로 박도의 자루를 밀쳐 내며 팔꿈치를 돌려 힘껏 장가구의 볼을 찍었다. 우지끈 하고 뼈가 부서지는 소리가 났다.

"저런 개자식이 있나!"

"죽일 놈!"

장가구가 단 두 번의 주먹질에 주저앉는 걸 본 자들이 불끈하여 병장기를 쥐고 우르르 일어섰다. 순식간에 만금루 안에는 터질 듯한 살기와 긴장이 가득 차 공기마저 싸늘하게 얼려 버렸다. 이제는 피를 보아야만 그들의 흥성이 가라앉을 것이었다. 한번 폭발하면 누구도 말릴 수 없는 것이 이곳에 둥지를 틀고 처박혀 있는 자들의 흉포함이었다.

"거기 꼼짝 말고 있어라!"

앞쪽에 있던 세 명이 검을 뽑아 들고 우르르 달려들었다. 서로 선두를 다투는 것이 조금의 망설임도 두려움도 없었다. 오직 괴청년의 가슴을 쪼개야만 직성이 풀리겠다는 듯했다.

"억!"

가장 먼저 뛰어들던 자가 짧고 격한 비명을 지르며 퉁겨지듯 단번에 다섯 걸음이나 뛰어 옆으로 비켜났다.

"윽!"

바짝 뒤따르던 두 명의 입에서도 동시에 격한 비명이 터져 나왔다. 그들 또한 앞선 자가 그랬듯이 몸을 흔들며 분분히 갈라서기에 바빠 검을 휘두를 생각조차 하지 못했다.

"저건 재미있는걸?"

흥미롭게 지켜보고 있던 반천수가 눈을 반짝이며 중얼거렸다. 두위의 눈 깊은 곳에도 언뜻 놀람의 기색이 일렁이며 스쳐 지나갔다. 그들은 괴청년의 두 손이 아주 잠깐 흔들리는 것을 보았다. 그리고 세 가닥의 창백한 빛이 번쩍였다.

양사명은 여전히 냉막하기만 한 표정으로 오연하게 서 있었다. 그의 다섯 걸음 앞에까지 밀려들어 와 있던 세 명의 얼굴이 고통과 경악으로 잔뜩 일그러진 채 경련을 일으켰다. 사람들은 비로소 어떻게 된 것인지 알아챘다.

한 자루의 얇은 비도(飛刀)였다. 그것이 한결같이 세 놈의 어깨 속 깊숙이 박혀서 끝에 둥근 고리가 달린 가느다란 자루만 삐죽 솟아 나와 있었다. 대체 언제 손을 움직여 비도를 날린 것인지 제대로 본 자가 아무도 없었다. 양사명은 그대로 서 있고, 어디선가 비도가 제 스스로 날아와 목표를 찾아 들어간 것 같았다. 아니면 허공을 떠돌던 뇌전(雷

電) 한 조각이 갑자기 셋으로 나뉘어져 떨어진 것 같기도 했다. 세 놈의 어깨 속에 파고들어 있는 비도를 보면서도 그것이 좀체 현실로 받아들여지지 않았다.

"다음에는 미간을 꿰뚫어주지. 믿어지지 않는다면 다시 시험해 봐도 좋아."

고통과 놀라움으로 일그러졌던 세 놈의 얼굴에 두려움이 떠올랐다. 주루 안에 다시 숨 막힐 것 같은 적막이 괴괴하게 흘렀다.

"대단한 놈이었군."

말없이 바라보기만 하던 동건유가 처음으로 그렇게 중얼거렸다. 양사명이 똑바로 다가오고 있었다.

모두가 흥분하여 날뛰는데 오직 두위의 탁자에 둘러앉아 있는 다섯 사람들은 끝까지 냉정을 유지하고 있었다. 양사명은 즉시 그들이 이곳에서 가장 어려운 자들이라는 것을 알아챘다. 그렇다면 제일 먼저 부딪쳐야 할 자들은 바로 그들이었다. 처음부터 기가 죽어서는 함께 발 뻗고 살아가기가 힘들어지는 것이다.

"주인이 누구지?"

거침없이 다가온 그가 두위 일행을 한 번 둘러보고 나서 동건유에게 시선을 못 박고 차갑게 말했다. 동건유의 눈이 생기라고는 실려 있지 않은 무기력함으로 가라앉은 채 그런 양사명을 멀뚱하게 바라보았다.

"술이 필요한가?"

"계집도 곁들여서."

양사명이 곁에 있던 규화의 손목을 덥석 잡았다.

"이만한 계집이면 충분해. 얼마지?"

"우억!"

마석산의 입에서 거친 신음이 터져 나왔다. 그의 투박한 손이 번개처럼 양사명의 손목을 낚아챘다.

"어?"

손아귀의 그 무시무시한 힘에 놀란 양사명이 외마디 소리를 냈다. 손목이 으스러져 버리는 것 같았다. 마석산이 두 눈 가득 노한 기색을 띤 채 벌떡 일어섰다. 양사명은 고통 중에도 다시 한 번 경악하고 말았다. 앉아 있을 때는 그저 좀 큰 놈이군, 하고 생각했는데 눈앞에 일어선 마석산을 대하자 이건 마치 거대한 청동의 역사(力士) 상을 보는 듯했던 것이다. 미처 대응할 정신이 없었다.

양사명의 몸이 가볍게 들려지더니 한 바퀴 휘둘러서는 사납게 내팽개쳐졌다. 돌덩이처럼 허공을 날아 처박히면서도 자유로워진 그의 손목이 꿈틀 하고 움직이는 것 같았다.

싯―!

작고 날카로운 휘파람 소리가 났다. 창백한 빛 한줄기가 반짝 했을 뿐, 비도는 그 형체가 보이지도 않았다. 내던져지는 양사명의 손목이 꿈틀거렸을 때, 빙글빙글 웃으며 구경하기만 하던 반천수의 손목도 같이 움직였다.

쨍―!

그의 철검이 낡은 검집을 빠져나오는 소리와 날카로운 쇳소리가 동시에 울렸다. 창백한 빛줄기가 유성처럼 튕겨져 날았다. 방향을 꺾인 그것이 눈을 부릅뜨고 있는 마석산의 이마를 스치고 지나가 들보에 깊이 꽂혔다. 꼬리가 파르르 떨리며 웅웅거리는 울림을 토해냈다.

탁자를 부수고 처박히면서도 양사명의 눈은 반천수를 끝까지 바라보고 있었다. 반천수가 검을 허공에 우아하게 휘둘러서 다시 검집에 꽂아 넣는 것이 아름답게 보였다. 등이 바닥에 닿은 순간 어깨가 부서질 듯한 충격이 왔지만 양사명은 이를 악물고 몸을 퉁겨 일어섰다. 마치 오뚝이처럼 보였다. 그가 허리를 낮추고 두 손을 품에 넣었을 때였다.

"한 번 더 잔재주를 부리면 죽는다."

낮고 무거운 음성이 그의 손을 붙잡았다. 품속에 두 손을 찔러 넣은 채 엉거주춤하게 선 양사명이 목소리의 임자를 찾아 두리번거렸다. 두위가 천천히 일어서고 있었다. 투박해 보이는 칼집을 움켜쥔 채였다.

양사명이 처음으로 그 눈 속에 긴장의 빛을 담고 두위를 바라보았다. 두 사람 사이에 잠시 무거운 침묵이 흘렀다. 그 짧은 시간만으로도 상대를 저울질해 보기에는 두위나 양사명이나 모두 충분했다.

"규화에게는 임자가 있다. 누구든 건드릴 수 없어. 귀역에 머물기를 원한다면 그 첫 번째 묵계를 지켜야 한다."

반천수가 빙글빙글 웃으며 말했다. 양사명의 입술 끝이 비틀려 올라갔다.

"제기랄, 아무도 말해 주지 않았잖아?"

양사명이 눈빛을 풀고 품에서 손을 빼냈다. 턱이 부서진 채 구석에 처박혀 있는 장가구를 부축해 일으키던 장 노대가 삿대질을 하며 핏대를 세웠다.

"개자식아, 물어보기는 했더냐?"

"양사명(楊射明)이다. 다음부터는 그렇게 부르지 마."

양사명이 다시 냉막한 표정으로 장 노대에게 하얗게 눈을 흘기며 그렇게 말했다.

"저자가 바로 그 추혼비(追魂妣)였군."

동건유가 머리를 끄덕이며 혼잣말처럼 중얼거렸다.

양사명이 옷을 털고 다시 태연하게 다가와 두위 곁에 앉았다. 발딱 일어난 규화가 매섭게 그의 뺨을 후려쳤다. 짝! 하는 경쾌한 소리와 함께 양사명의 얼굴이 반쯤 꺾여 돌아갔다. 그러나 그는 그것으로 되었다는 듯 더 이상 반응하지 않았다. 빈 술잔을 집어 든 그가 마석산을 향해 처음으로 흰 이를 드러내고 웃어 보였다. 뺨에 선명한 손자국이 남은 채였다.

"한 잔 주지 않겠어?"

아직도 분이 풀리지 않아서일 것이다. 굳이 새침하니 외면한 채 새벽빛으로 붉게 물들어가는 창밖만 바라보고 앉아서 규화는 한마디의 말도 하지 않고 있었다. 하지만 두위나 풍 노인은 그것에 조금도 신경을 쓰지 않았다. 곰방대에 앵속(罌粟)을 새로 쟁여 넣는 노인의 손놀림이 느긋하기만 했다.

"바깥 공기가 어떻더냐?"

노인이 불을 당겨 몇 모금 빨아들이고 나서 나른한 음성으로 물었다.

"평온합니다."

"그럴 테지. 군웅성이 독패하고 있는데 누가 나서서 소란을 떨려고 하겠느냐? 하지만 말이다……"

노인이 잠시 두위의 기색을 살피고 규화의 눈치를 보았다. 그의 주름진 입가에 고소(苦笑)가 매달렸다.

"에휴, 젊다는 건 어쨌든 좋은 거다. 부럽다."

한숨을 쉬고 난 노인이 아득한 눈길로 허공을 바라보았다. 지나간 세월과 젊음을 돌아보고 그때의 열정을 그리워하는 기색이 역력했다. 한 번 손짓으로 백 개의 검을 꺾어버리고, 한 번 눈을 흘겨 강호를 떨게 했던 위엄도 이제는 먼 옛날의 일일 뿐이었다. 가슴을 태웠던 호기(豪氣)는 어느덧 사라지고 덧없이 죽음을 바라보는 무기력함만 남아 있었다. 한 줌의 기운도 담겨 있지 않은 자신의 늙은 몸이 원망스러웠다.

"쿨럭, 쿨럭……."

풍 노인이 얼굴을 달구며 심하게 기침을 했다. 숨이 턱에 치받쳐 올라 목이 찢어지는 것만 같았다. 한 사발의 피를 토해내 앞자락을 적신 노인이 창백해진 얼굴로 눈을 감았다. 남의 피를 볼 때는 그렇게 통쾌하기만 하더니 이렇게 자신의 피를 보자 그것이 얼마나 견디기 힘든 안타까움이고 아픔인지 비로소 알아졌다. 그의 눈가에 눈물이 방울져 맺혔다.

"그러게 너무 자주 피우지 말라고 하지 않았습니까."

잠자코 있던 두위가 노인의 손에서 곰방대를 빼앗았다.

"놔라, 이놈아. 차라리 내 목을 가져가라!"

노인이 온통 인상을 쓰며 곰방대를 빼앗기지 않기 위해 발악을 했다. 하지만 이미 늙고 힘없는 몸이었다. 두위의 우악스런 손길을 당할 수 없었다.

맥없이 곰방대를 뺏기고 난 노인이 처량한 얼굴로 그를 빤히 바라볼 뿐 더 무어라고 모진 말을 하지 못했다.

두위는 그것이 노인의 꺼져 가는 생명을 가까스로 지탱시켜 주는 마지막 즐거움이라는 것을 잘 알았다. 하지만 결국 앵속은 그나마 남아 있는 실오라기 같은 목숨을 더 빨리 끊어줄 뿐, 영원한 기쁨이 될 수 없었다.

두위는 풍 노인이 과거에 어떠했는지 알지 못했다. 지금의 그 심술만 남아 있는 초라하고 기괴한 모습과 신마(神魔)라는 별호 사이에는 어떤 연관도 없어 보였다. 두위가 알고 있는 것은 다만 노인의 손가락이 아홉 개라는 것이었다. 그래서 구지신마라고 불렸을 거라고 막연히 추측했다. 하지만 누구에게나 신(神)과 마(魔)라는 호칭이 동시에 붙여지는 것은 아니었다.

'아마도 무척이나 사납고 포악했던 게지.'

기껏 그렇게 여겼을 뿐, 눈앞의 풍 노인이 어땠는지에 대해서는 굳이 알고 싶은 생각도 없었다. 이미 지난 일인 것이다.

두위가 품속에서 밀랍에 싸인 단약(丹藥) 한 개를 꺼내 노인에게 내밀었다. 굵은 밤알만했는데, 밀랍을 벗겨내자 차갑고 청량한 향기가 금방 방 안을 가득 메웠다.

"속명환(續命丸)입니다. 먹어두면 기운이 날 것입니다."

그것은 소림의 대환단(大還丹)이나 무당의 자소단(紫霄丹)보다야 못했지만 청성산(靑城山)의 도사들이 그들만의 비전(秘傳)으로 연단해 낸 영약이었다. 쉽게 구할 수 없는 것은 물론이려니와 한 번 보기도 어려운 귀한 물건인 것이다. 만금을 주고도 살 수 없는 그것을 두위가 어떻게 지니게 되었는지 알 수 없었다.

"일없다. 두었다가 급할 때 너나 처먹어라."

노인이 주름진 얼굴 가득 화난 기색을 지우지 않고 외면했다. 쓴웃음을 띠었던 두위가 와락 달려들어 노인을 꽉 붙잡고 강제로 입을 벌렸다.

"이, 이, 쳐 죽일 놈이 이제는 늙은이를 우습게 여기는구나!"

노인이 발악했지만 그의 뜻과는 달리 약은 벌써 녹아 흘러 목구멍을 타고 넘어갔다. 입 안 가득 청량한 향기가 남아 정신을 맑게 했다. 뱃속에서 불끈 일어서는 한 가닥 열기가 오장육부를 태울 듯 달아올라 들끓기 시작했다. 비교할 수 없는 상쾌함과 견딜 수 없는 고통이 한꺼번에 밀려들었다.

두위가 꺽꺽대는 노인을 바로 눕히고 온몸을 주무르기 시작했다. 그의 손가락이 혈도를 눌러댈 때마다 시원한 기운이 뻗어 나와 노인이 혈맥 안으로 스며들었다. 날뛰던 기운이 곧 잠잠해지더니 그것에 인도되어 순조롭게 기혈을 따라 순환하기 시작했다.

한 시진 가까이 땀을 뻘뻘 흘리며 노인의 전신 대혈들을 세 차례나 되풀이해서 두드리고 문질러 준 두위가 비로소 손을 떼었다. 그의 온몸이 흠뻑 젖어 있었다. 노인의 가슴이 고른 움직임을 보였다. 탁하고 거칠었던 늙은 숨결이 잔잔해진 것을 확인한 두위가 침상을 떠나며 옷자락을 걷어 얼굴의 땀을 닦았다.

"당신은 하는 일이 모두 그렇군요. 잔정이라고는 조금도 없어요."

그때까지 꼼짝하지 않고 지켜보기만 하던 규화가 한숨을 쉬고 말했다. 좀 더 부드럽고 자상하게 할 수도 있었는데 굳이 힘없는 노인을 윽박질러 강제로 약을 먹인 두위의 행동이 거슬렸던 모양이다.

"이렇게 하지 않았으면 노야는 아마도 죽을망정 끝까지 약을 먹지 않겠다고 고집 부렸을 것이다."

그게 귀찮은 일이라는 말이었다. 노인은 먹어야만 했고, 두위는 그에게 먹이려고 작정을 했다. 그렇다면 쓸데없이 시간과 힘을 소비하면서 어렵게 달래고 설득시킬 필요가 없다는 말이기도 했다. 닭을 잡을 때도 사정을 보아주느라고 손에 힘을 느슨하게 하면 고통만 더해줄 뿐이다. 단번에 목을 비틀어 버려야 한다. 닭을 위해서는 그게 보시(普施)하는 길이기도 했다.

한 번 해야 한다고 결정하면 곧 행동에 옮겼고, 목적을 이루기 위해서는 자잘한 정 따위에 구애받지 않았다. 그것이 두위의 장점이었다. 하지만 규화가 원하는 것은 그도 다른 사람들처럼 따뜻한 눈길과 말을 해주는 것이었다. 거짓말이라도 좋았다. 달콤한 속삭임을 한 번쯤은 들어보고 싶었다. 아니, 다정한 눈길만이라도 한 번 받아보았으면 좋겠다고 생각했다.

지난 새벽녘, 낯선 자가 불쑥 손목을 잡았을 때도 두위는 아무런 내색도 하지 않았다. 기껏 칼을 쥐고 일어선 것이 양사명이 마석산에게 비도를 날리지 못하도록 하기 위해서였을 뿐이었다.

규화는 그 일을 생각할 때마다 정말 이 사람에게 나를 아끼고 사랑하는 감정이 있는 건가 하는 의심이 들었다. 어쩌면 자기 혼자서만 몸과 마음이 달아 안달하고 있을 뿐, 두위의 마음은 전혀 엉뚱한 곳에 가 있는 건지도 모른다는 생각도 들었다. 그러자 그만 맥이 풀리고 말았다. 살아간다는 것이 무의미해졌고, 이렇게 두위를 바라보고 있다는 것에 화가 났다. 하지만 그의 무심한 눈길을 받으면 그뿐, 규화는 한마디도 할 수 없었다. 그저 원래 그런 사내라고, 그러니 내가 참아야 한다고 스스로를 달래야 했다.

한숨을 쉰 규화가 가슴에 묻어두었던 손수건을 꺼내 두위의 땀을 닦아주었다. 달착지근한 그녀의 살 냄새가 코끝에 배어들었다.

제2장 의뢰인(依賴人)

의뢰인(依賴人)

복수? 좋지. 의기가 있는 사내라면 당연히 목숨을 걸 만한 일이다
하지만 말이다, 우리는 그런 협객(俠客)이 아니야
기껏 돈에 팔려 다니면서 아무 상관도 없는 누군가를 죽이고 죽는 한심한 신세란 말이다

"천마신공(天魔神功)은 다 익혔겠지?"

한참 뒤에야 깨어난 풍해산(馮海山)이 던진 첫마디였다. 새벽녘과는 달리 음성에 생기가 돌았다. 규화는 두위의 어깨에 볼을 묻고 기대 있었고, 두위는 무표정한 얼굴로 기름 수건을 꺼내 칼을 닦는 일에만 열중해 있는 중이었다. 그가 손길을 멈추지 않은 채 노인을 돌아보고 고개를 끄덕였다. 따뜻한 눈길이었다.

규화에게는 부끄러워함도 쑥스러움도 없었다. 그녀는 노인의 시선을 전혀 무시한 채 여전히 두위의 어깨에 볼을 묻고 지그시 눈을 내리감은 채 취한 듯 몽롱한 기쁨에 흠뻑 빠져 있을 뿐이었다.

"비급은?"

"태워 버렸죠."

"잘했다. 그런데 그 낯간지러운 꼴을 내가 언제까지 보고 있어야겠

느냐? 어른이 말씀하시는데 딴짓이라니! 손모가지를 꺾어놓기 전에 얼른 칼을 집어넣고 좀 점잖게 앉아 있을 수 없겠냐?'

노인이 차마 규화를 야단치지 못하고 애꿎게 두위를 욕했다. 두위가 칼을 거두며 씩, 웃었다. 몽롱하게 취해 있던 규화가 눈을 번쩍 뜨더니 잡아먹을 듯 노인을 노려보았다. 풍 노인이 찔끔하여 손을 홰홰 내저었다.

"알았다, 알았어. 내가 빨리 죽으면 될 거 아니냐. 그러면 그 눈꼴신 짓거리를 더 보지 않아도 되니 좋고, 네년은 마음 놓고 서방질을 할 수 있을 테니 더욱 좋겠지. 에휴휴, 진작 죽었어야 하는 건데 뭔 미련이 남았다고…… 이 나이가 되도록 살아 있는 게 죄지, 죄야."

노인의 넋두리에 안쓰러운 마음이 들기도 하련만 규화의 눈꼬리는 더욱 매섭게 치켜져 올라갔고, 이제는 슬며시 손톱마저 세우고 있었다. 곁눈질로 그것을 본 노인이 사색이 된 채 품 안에서 낡은 책자 하나를 꺼내 재빨리 두위에게 던졌다.

"다음에는 지옥마도(地獄魔刀)다. 서른여섯 초의 도법이니 부지런히 익혀야 할 것이다. 지금의 네 공부라면 역시 석 달 안에 끝낼 수 있을 게다. 가봐라, 가봐."

노인이 더 보기 싫다는 듯 두 손을 마구 내저으며 재촉했다. 책을 받아 건성으로 넘겨보던 두위가 그것을 품에 쑤셔 넣고 노인을 빤히 바라보았다. 그에게는 갈 생각이 전혀 없는 모양이었다. 그것이 노인을 더욱 불안하게 했다. 그가 이제는 제대로 앉아 있지도 못하고 엉거주춤 엉덩이를 든 우스꽝스런 모습으로 규화를 바라보았다. 여차하면 그대로 달아날 셈이었다.

"그런데 궁금한 게 있습니다."

"뭐냐? 빨리 말해라. 다 가르쳐 줄 테니까 어서 저 계집을 데리고 꺼져 버려. 제발 부탁이다."

"벌써 세 권째의 비급을 내게 주셨습니다. 그리고 비급마다 천하제일 운운이라고 적혀 있던데 정말 이것들이 천하제일의 무공들인가요? 그렇다면 어째서 노야께서는 천하제일인이 되지 못하셨는지?"

"염병할 놈. 제대로만 익혀서 네 것으로 만든다면 하오문의 도둑질 하는 공부라고 천하제일이 되지 못하겠느냐? 나는 그것들의 반만 겨우 익혔을 뿐이다. 그럼에도 불구하고 당대에 적수를 찾아보지 못했었다. 알아들었으면 어서 꺼져 버려!"

"하나 더 있습니다."

"또 뭐야?"

노인이 엉덩이를 들썩거렸다. 자꾸 물고 늘어지면 그 스스로 꺼져 버리겠다는 생각을 한 모양이었다.

"이것들을 내게 주는 이유가 뭡니까?"

"주고 싶으니까 준다. 부자가 마음이 쏠리면 지나가는 거지에게 만 금도 던져 줄 수 있는 거다. 이제 됐냐?"

두위가 하하, 웃었다.

"천하제일의 무공도 여자 앞에서는 아무 소용이 없는 것 같으니 아마도 이것들은 다 쓸데없는 물건인 것 같군요. 그러니 버리는 셈 치고 내게 주는 거 아닌가요?"

반드시 노인의 목을 한 번 안마해 주고야 말겠다고 고집을 부리던 규화는 끝내 두위의 손에 끌려 나가고 말았다.

주청에는 벌써 아침 식사가 시작되고 있었다. 구수한 음식 냄새가 구미를 당겼다. 밤새 퍼마시고 떠들어대느라고 지쳤을 법도 하건만 사내들은 여전히 원기가 넘쳐 나 보였다.

"거기서 특별식을 즐기는 줄 알았다."

두위를 본 반천수가 젓가락으로 규화의 가슴을 가리키며 느물거렸다. 세차게 콧방귀를 날린 규화가 멋쩍어하는 두위의 뒤통수를 한 번 철썩, 갈기고는 횅하니 내실로 들어가 버렸다. 사내들이 젓가락을 멈추고 일제히 웃어댔다.

"머지않아 큰일거리가 쏟아져 들어올 것 같다. 그러니 부지런히 먹고 힘을 길러둬."

웬일로 함께 어울려 앉아 아침 식사를 하던 루주 동건유(董健留)가 두위에게 젓가락을 건네주며 묻지도 않은 말을 했다.

"큰일거리라니?"

두위가 의아하여 묻자 반천수가 입 안 가득 고깃점을 물고 우물거리며 대답했다.

"많은 돈을 벌게 된다는 거지. 군웅성이 우리에게 돈을 벌게 해줄 거야."

"진사후가 군웅성을 나온 것과 관련이 있군. 그렇지?"

두위는 동건유와 반천수의 말에서 그것을 느꼈다. 동건유가 머리를 끄덕였다.

"그는 백의검대를 거느리고 점창산(點蒼山)으로 갔다."

점창산은 운남(雲南)의 곤명(昆明)에서도 서쪽으로 일천여 리나 떨어진 대리(大理)에 있는 험산으로써 그 높이가 무려 일만 삼천 척에 달하는 거대한 산이었는데, 그곳에는 검법으로 이름 높은 점창파(點蒼派)가 있었다. 그들은 중원의 구대문파 중 당당히 한 자리를 차지하고 있으면서도 단지 변방에 자리하고 있다는 것 때문에 공동파(崆峒派)나 천산(天山), 해남파(海南派) 등과 마찬가지로 중원무림의 홀대를 면치 못했다. 그 말은 달리 그들이 중원의 형세에 별반 영향을 받지 않고 독자적인 길을 갈 수 있다는 것이기도 했다.

군웅성의 힘은 중원을 지배하는 절대적인 것이었다. 하지만 그들의 영향력도 변방의 문파에 대해서는 약할 수밖에 없었다. 군웅성의 이인자인 진사후가 백의검대를 이끌고 그곳으로 향했다는 것은 점창파 내에서 무언가 심상치 않은 기운이 싹트고 있기 때문일 것이었다.

"상관없어."

두위가 퉁명스럽게 말했다.

"나는 원래 무림의 일과는 상관없이 살아왔다. 그건 이곳에 있는 사람들 모두 마찬가지야. 군웅성의 일에 관심이 없으니 그들이 무엇을 하든 어디로 가든 신경 쓸 일도 없다."

마치 지금의 관심은 오직 아침 식사를 하는 것이라는 듯 두위는 더 말하지 않고 부지런히 젓가락을 놀려 채소를 담아내고 밥과 고기를 퍼먹는 일에만 열중했다. 반천수가 젓가락을 내려놓고 한숨을 쉬었다.

"그래, 비록 칼바람 속에서 하루하루를 살아가고 있고, 남의 목숨을 빼앗아서 돈을 버는 짓을 하고 있지만 우리는 역시 무림에 몸담고 있는 건 아니라고 해야겠지. 하지만 말이다, 때로는 그게 더 비참하지 않냐? 우리야말로 무림의 변방에 내쫓긴 채 제대로 무인 대접도 받지 못하며 살아가는 처량한 신세거든. 나는 강호인의 존경을 받거나, 아니면 증오라도 받으며 당당하게 무림을 활보하고 싶다. 협객이거나 마두(魔頭)의 삶일지라도 그것이 결국 우리 모두가 원하는 것 아닌가? 나는 할 수만 있다면 세상의 밝은 곳으로 떳떳하게 걸어나가 멋진 삶을 살고 싶다."

"나, 나, 나…… 나도."

갑자기 마석산이 말을 했으므로 모두의 시선이 그에게 향했다. 그가 말을 하고, 그래서 한마디라도 그의 말을 들을 수 있다는 것은 모두에게 언제나 신기한 한 일이었다.

"네 꼴을 봐. 너는 대마두(大魔頭)의 역할이 딱 맞을 거다. 별호(別號)를 광혼마(狂魂魔)라거나 혈세천마(血世天魔)라고 해. 아주 어울리지 않겠어?"

눈을 동그랗게 뜨고 한동안 마석산을 바라보던 반천수가 웃음을 띠고 빈정거렸다. 마석산의 얼굴이 시뻘겋게 달아올랐다. 무안을 당한 그가 더 먹을 마음이 사라졌는지 젓가락을 놓았다. 그의 두 눈 가득 서운하고 억울하다는 기색이 담겨 있었다.

"정말 무림인이 되어서 협객행을 하려고 한다면 여기 있는 우리들 중 마석산이 가장 잘 해낼 것이다."

두위가 마석산의 두터운 어깨를 두드리며 위로했다. 그를 바라보는 마석산의 눈에 기쁨이 반짝였다. 비로소 그가 굳어 있던 얼굴을 풀고 어깨를 으쓱거렸다. 당장이라도 강호로 나가 협객의 길에 오르겠다는 듯해서 두위는 실소를 흘리고 말았다.

동건유가 심각한 얼굴로 두위를 바라보았다. 뚱뚱한 얼굴 속에 파묻히듯 자리 잡고 있는 작은 눈 속에서 그의 눈동자가 열기를 띠고 빛났다.

"너는 정말 군웅성에 아무 감정이 없는 거냐? 생각해 보면 너희가 이처럼 강호의 무뢰한으로 낙인찍힌 채 무림에서 축출되어 아무도 관심을 가져주지 않고, 아무 가치도 없는 일을 하며 들개들처럼 떠도는 것이 바로 그 군웅성 때문이다. 그들의 법과 질서 속에서 내던져졌기 때문이란 말이다."

두위의 가슴에 뜨거운 불길이 당겨졌다. 하지만 그는 애써 그것을 내색하지 않았다. 아직은 때가 아니라는 생각이 그의 입을 막은 것이다. 풍 노인의 말대로라면 머지않아 통쾌하게 칼을 들어 군웅성을 가리킬 날이 찾아올 것이다. 그때까지는 누구에게도 자신의 속내를 내보이고 싶지 않았다.

"상관없소."

두위가 다시 짧게 말했다. 동건유의 눈 깊은 곳에 실망이 가득 담겼다.

"내가 선택한 나의 삶이오. 아무 감정 없이도 누구를 죽여야 하는 것이 내 직업이라면 나는 그것에 충실하면 된다고 생각하오. 마찬가지로 그렇게 어느 후미진 골목에서 칼에 맞아 죽어도 원망 따위는 없소."

"완전히 망가졌군. 구제불능이야."

반천수가 의자 등받이에 깊이 몸을 기대고 기지개를 켜며 이죽거렸다. 이제는 두위도 젓가락을 내려놓았다.

이런 논쟁은 가끔씩 있어왔다. 그리고 그때마다 마음 한쪽에 숨길 수 없는 상처가 남았다. 애써 부정하고 있지만 두위는 자신의 가슴속에도 뜨거운 피가 끓고 있다는 것을 철저하게 외면할 수만은 없었던 것이다. 다만 그는 지금의 강호가 싫고 군웅성이 혐오스러웠다.

냉정하게 생각해 보면 그것이 독패강호하고 있는 군웅성에 대한 질투에서 비롯된 것임을 부정할 수 없었다. 만인의 존경과 사랑을 받으면서 군림하는 백 명의 영웅들. 그들의 행보가 무림에서는 그대로 정의지로(正義之路)로 받아들여졌고, 그들의 군림이 평화로 인식되었다.

당연히 그들의 존재 자체가 무림의 질서였고 법이었다. 결국 모두가 그들의 지배를 받고 있는 것이다. 그러면서도 사람들은 불편한 줄을 몰랐다.

'아편에 취한 것과 같다.'

두위는 애써 그들을 그렇게 비웃었다. 어느새 자신의 존재 이유가 자유라는 것을 자각할 줄 모르게 된 무리들에 대한 경멸이었다. 하지만 두위는 자신의 가슴속에도 그와 같이 만인의 우러름을 받으며 군림하고 싶다는 열망이 감추어져 있는 것을 보아야 했다. 그것이 싫었다. 자신이 혐오하고 있는 군웅성의 오만을 스스로가 동경하고 있다는 것을 자각할 때마다 자괴감(自愧感)이 밀려들었다.

이 아침에 식탁에 앉아 다시 그들에 대한 말을 듣고 마음속의 그 욕망을 충동질하는 말을 들은 두위는 자신도 모르게 조금씩 그런 자괴감에 빠져 들어갔다.

칼을 쥔 것은 스스로의 뜻에 의해서였다. 그리고 지금 그것에 의지하여 떠돌며 하루의 삶을 기약할 수 없는 험난한 길에 들어선 것도 누가 시켜서 된 것이 아니었다. 돈을 낸 자를 위해서라면 아무 거리낌 없이 그가 원하는 자를 죽여주었고, 싸움터에 뛰어들어 한 번도 본 적이 없는 자들의 목숨을 빼앗기도 했다.

'내가 택한 직업일 뿐이다. 그리고 내가 살아가는 방법이다.'

애써 그렇게 생각했다. 자기 자신에 대한 강한 최면을 걸면서 내가 칼을 휘둘러 돈을 버는 것과 백정이 돼지의 뼈와 살을 발라서 돈을 버는 것과는 다를 게 없다고 믿었다. 하지만 오늘 아침과 같은 논쟁이 있고 나면 마음속 가득 밀려드는 허망함을 뿌리치기가 힘들었다.

'그곳에 다녀와야겠다.'

자책감으로 묵묵히 고개를 숙이고 있던 두위가 그런 생각으로 벌떡 일어섰다. 반천수와 동건유의 눈이 의문을 담고 그에게 향했다.

"어디로 가려고?"

"며칠 쉬고 오겠어."

"그사이에 큰일거리가 들어올지도 모르는데? 그럼 억울하지 않겠어?"

"네가 해."

다른 때 같으면 좋아했을 반천수가 심각해진 얼굴이 되어 두위를 뚫어지게 바라보았다.

"젠장할, 어쩐지 나도 요즘에는 일을 하기가 싫어졌단 말이다."

"멀리 가는 거냐? 아무래도 곧 돌아오는 게 좋겠다. 노야의 상태가 좋지 않고, 또…… 나 혼자서는 규화의 성화를 견디기가 힘들다."

동건유가 넌지시 풍 노인과 규화를 들먹이며 두위의 발목을 잡아왔다. 하지만 한 번 하겠다고 마음먹으면 거리낄 것이 없는 두위였다. 아무도 그를 막거나 말릴 수 없었다.

"열흘쯤 걸릴 거요. 루주가 있고 마석산과 반천수가 있으니 별일이야 있겠습니까?"

칼을 쥐고 일어서자 눈치만 보고 있던 마석산이 엉거주춤한 모습으로 따라 일어섰다.

"저 꿀 처먹은 곰탱이는 빼야겠다."

반천수가 눈을 흘기며 이죽거렸다. 마석산이 벌게진 얼굴로 그를 한 번 바라보고 두위를 한 번 바라보았다. 두위는 그의 눈빛에 따라가겠다는 뜻이 가득한 걸 보았다. 그가 원한다면 그렇게 하도록 두는 것이 제일 좋은 방법이었다.

"규화를 부탁해."

그가 반천수의 어깨를 한 번 두드려 주고 아무 미련 없이 만금루를 나갔다. 그 뒤를 마석산이 어깨를 구부정하게 굽힌 채 어슬렁거리며 따랐다. 그의 허리춤에 꽂혀 있는 거대한 도끼 한 자루가 한가롭게 덜 렁거리고 있었다.

"내 아버지는 말이다, 꿈이 고수가 되는 거였어. 그러면 누구에게도 놀림을 당하지 않을 수 있거든. 고수가 되어서 당신을 놀려대던 자들을 오히려 조롱하고 비웃어주는 것. 그게 아버지가 돌아가시던 날까지 품어왔던 꿈이었다."

두위의 눈가에 슬픔이 묻어나고 있었다. 그것을 바라보는 마석산의 커다란 눈이 연민을 가득 담아갔다. 그가 자신의 가슴을 가리키고 두 위를 가리켰다.

'나도 그래. 내 꿈도 네 아버지의 그것과 같아.'

마석산은 그렇게 말하고 있었다. 두위가 쓴웃음을 떠올렸다.

"너는 이미 고수야. 아무도 너를 우습게 여기지 못해."

'그렇지 않아. 나는, 나는 모두에게서 놀림을 당하고 있어.'

마석산이 제 가슴을 가리키고 입을 가리켰다. 그의 얼굴에 참담한 슬픔과 분노가 범벅이 되어 떠올랐다. 두위가 마석산의 두터운 손을 잡아주었다. 그의 손은 언제나 따뜻했다. 겉으로 보았을 때는 성난 곰 처럼 생긴 마석산이었지만 마음은 누구보다 순수하고 따뜻하다는 것을 두위는 잘 알고 있었다.

"무시해 버려. 너를 놀리는 자가 있으면 너도 함께 놀리면 된다. 그래 도 안 되겠거든 한 번 본때를 보여줘. 다시는 너를 놀리지 못할 거다."

'반천수는?'

마석산이 이제는 보이지 않는 만금루 쪽을 가리켰다. 두위의 얼굴에 다시 쓴웃음이 떠올랐다. 웬일인지 마석산은 반천수에게만은 꼼짝을 못하고 있었다. 다른 사람들이 놀리면 때로 눈을 부라리고 얼굴을 붉히며 화를 내곤 했지만 반천수 앞에서만은 그러지 못했던 것이다.

두위는 그가 마음속으로 반천수를 아끼고 있기 때문이라고 생각했다. 마치 하나뿐인 동생이 철없이 투정을 부리고 심통을 내도 너그러운 마음으로 그것을 다 받아주듯이 마석산은 반천수의 놀림을 그렇게 받아주고 있었던 것이다.

"그 계집애같이 토라지기 잘하는 놈은 그대로 둬. 상대하지 마라. 제멋대로 토라졌다가 지치면 그만두겠지."

두위가 웃자 마석산도 붉은 입을 한껏 벌리고 소리없이 웃었다.

그들은 한가로운 걸음으로 아침 햇빛을 마주 보며 동쪽으로 나아갔다. 두위가 향하고 있는 곳은 황산(黃山)이었다. 그 기슭 외진 곳에 돌아가신 아버지의 초라한 무덤이 있었다. 마음이 울적할 때나, 삶이 비루해 보여 견디기 힘들 때마다 두위는 아버지의 무덤을 찾았다. 그리고 그곳에서 아버지를 생각했다.

아버지는 언제나 하급 무사로서 멸시와 천대를 받으며 살았다. 어렸을 때는 그런 아버지의 초라함이 싫었다. 아버지와 함께 흑룡보(黑龍堡)에서 살았던 어린 시절은 그래서 힘들고 어려웠다.

아버지는 보(堡)의 외성(外城)에 기거하면서 잡다한 심부름을 주로 했다. 때로 칼을 쥐고 수성(守城)의 번(番)을 서기도 했는데, 그럴 때면 어깨에 잔뜩 힘을 주고 우쭐대는 모습이 병사를 호령하는 장군이라도 된 듯했다. 흑색 경장 위에 둥근 철패(鐵佩)가 달린 요대(腰帶)를 두르고 전포(戰袍)를 걸치면 그 위풍이 자못 늠름한 바가 있었다.

"어떠냐, 이 아비의 모습이 부럽지 않으냐?"

허리에 찬 칼자루를 쥐고 서서 우쭐대며 그렇게 말하곤 하던 아버지의 음성이 귓전에 살아났다. 그때만은 두위도 아버지를 자랑스럽게 여겼다. 자신도 크면 흑룡보의 무사가 되어 멋진 옷을 입고 싶다는 마음이 들곤 했던 것이다.

두위가 그 시절의 회상에 잠겨 느릿느릿 걷고 있는데 곁에 다가온 마석산이 어깨를 쳤다. 두위는 마석산이 턱짓으로 가리키는 곳을 보았다. 세 명의 사내가 거기 있었다. 아침 햇살을 등 뒤에 두고서 그들은 커다란 회나무 아래 한가롭게 앉거나 서서 연잎에 싼 주먹밥을 나누어 먹고 있는 중이었다. 아마도 밤새 길을 걷다가 늦은 아침을 먹는 모양이었다.

회나무가 서 있는 언덕 아래에서 그들의 눈길이 서로 마주쳤다. 두위는 마석산이 긴장하고 있는 것을 느꼈다. 회나무 아래 앉아 있는 세 사내에게서 느껴지는 분위기 때문이었다.

한 명은 날이 번쩍이는 단창(短槍) 두 자루를 등 뒤에 엇갈리게 지고 있었고, 한 명은 주먹만한 유성추(流星鎚)가 매달려 있는 가느다란 철삭(鐵索)을 허리에 감고 있었다. 나머지 한 명은 한 자루의 협도(峽刀)를 등에 지고 있었는데, 폭이 좁고 길이가 일반 칼보다 훨씬 길어서 두 손으로 잡고 휘두르는 쌍수도(雙手刀)였다. 강호에서 흔히 볼 수 있는 병장기가 아니어서 그것이 두위의 신경을 쓰이게 했다.

사내들은 무심한 얼굴로 두위와 마석산을 바라보고 있었다. 낡은 옷을 입었고, 역시 낡은 피혜(皮鞋)를 신고 있는 것이 험난한 생활을 하고 있는 자들이라는 것을 알 수 있게 해주었다. 두위는 사내들이 자신과 같은 부류라는 것을 느꼈다. 무공을 팔아서 살아가고 있는 들개 같은 자들이었던 것이다. 가까이 다가설수록 거칠고 삭막한 그들의 분위기에서 피 냄새가 맡아졌다.

두위와 마석산이 느끼고 있는 그런 분위기를 사내들도 동시에 느끼고 있었으리라. 그들이 손에 들고 있던 주먹밥을 내려놓고 일어섰다. 무심하던 얼굴에 경계와 긴장의 기색이 떠올라 있었다.

"어디서 오는 길이냐?"

협도를 메고 있는 자가 손바닥에 묻어 있는 밥알들을 털어내며 건조한 음성으로 먼저 말을 던져 왔다. 후리후리하게 큰 키에 눈매가 날카롭고 허리가 좁게 빠진 것이 표범처럼 날쌔 보이는 자였다.

"규화강(葵花江)."

"그래?"

두위의 짧은 대답을 들은 자가 수상쩍은 눈길로 노려보며 턱을 쓸었다.

"그쪽에 귀역(鬼域)이라는 곳이 있다던데?"

"그런 곳은 없어. 만금루(萬金樓)라는 낡은 주루가 하나 있을 뿐이지."

"그곳이 그곳 아닌가?"

머리를 갸웃한 사내가 이번에는 마석산의 우람한 몸을 아래위로 훑어보더니 입맛을 다셨다.

"괴물 같은 놈이로군. 대단하다."

하지만 사내의 얼굴에 두려워하는 기색은 없었다. 마석산을 바라보는 그의 눈길은 신기한 짐승을 구경하는 듯한 호기심을 담고 있을 뿐이었다. 그만큼 자신이 있다는 것이리라. 두위는 사내가 지니고 있는 솜씨가 이들 중 가장 뛰어날 것이라고 생각했다. 그러자 저자의 칼은 대체 어느 정도일까? 하는 궁금증이 부쩍 일었다.

"거기 두위라는 놈이 있다던데?"

사내가 다시 두위를 똑바로 바라보며 천천히 말했다. 마석산이 깜짝 놀란 듯 흠칫하고 어깨를 굳혔다. 두위는 자신의 생각이 여지없이 깨졌다는 것에 의아했다. 그는 이 사내들이 귀역에 몸을 담기 위해 찾아가는 길이라고 여기고 있었던 것이다. 하지만 자신을 찾아온 자들이었다.

아무리 기억을 더듬어보아도 처음 보는 자들이었다. 이들이 어째서 자신을 찾아온 것인지 알 수 없었다. 두위의 머리 속에 한꺼번에 수많은 생각과 얼굴들이 스쳐 지나갔다. 그런 두위의 눈치를 살피고 있던 사내가 씩 웃었다.

"겁낼 거 없어. 그냥 가르쳐 주기만 하면 돼. 그럼 아무 일 없이 지나가도록 해주겠다."

사내는 두위가 두려워하고 있다고 여긴 모양이었다. 뒤에 서서 일이 돌아가는 양을 바라보던 자들이 슬그머니 자신들의 병장기에 손을 얹었다. 무언의 시위를 하는 것이다.

"있지."

두위가 다시 짧게 대답했다. 그의 얼굴에 희미한 웃음이 떠올랐다.

"그래?"

사내도 차가운 웃음을 매달고 두위와 마석산을 다시 한 번 번갈아 바라보았다.

"듣기로 그놈이 생긴 게 꼭 너 같다던데?"

그가 의심스럽다는 얼굴로 턱을 들어 두위를 가리켰다. 두위의 얼굴에 떠올라 있던 웃음이 더욱 짙어졌다.

"맞아. 그럴 거야. 하지만 그로부터는 너희들에 대한 얘기를 들은적이 한 번도 없거든. 대답해 주어야 할지, 말아야 할지 잘 모르겠다."

"응?"

두위의 느물거리는 말에 사내가 눈을 크게 떴다. 그는 두위가 전혀두려워하지 않고 있다는 것이 의외인 모양이었다.

"나와 봐라!"

사내가 뒤쪽의 숲을 돌아보며 소리쳤다. 조금 후 숲이 버석거리더니외눈박이사내 한 명이 바지춤을 붙든 채 엉거주춤한 걸음으로 걸어 나왔다.

두위는 외눈박이를 보고 그가 누구인지를 곧 생각해 냈다. 얼마 전강서성(江西省) 의황현(宜黃縣)에서 양모춘(楊慕春)의 의뢰를 받아 서가장에 고용된 무사들과 싸웠을 때 그곳에 있던 자들 중 한 명이었다. 네명은 두위의 칼에 목숨을 잃었고 두 명은 달아났었는데, 애꾸눈의 사내는 바로 그들 중 한 명이었다.

"어?"

두위를 본 자가 외마디 비명을 질렀다.

"저, 저, 저…… 바로 저놈이다!"

그자가 두위를 가리키며 제대로 말을 잇지 못했다. 그의 두 눈이 두려움을 담고 부릅떠져 있었다.

"그래? 바로 이놈이 곽구(郭九)를 죽인 그놈이란 말이지?"

사내가 눈빛을 번쩍이며 두위를 노려보았다. 그러면서도 시치미를 떼고 있었던 것이 괘씸하기 짝이 없다는 표정이었다.

"나는 곽구와 동향으로서 어려서부터 함께 죽마(竹馬)를 타고 놀던 친구다. 네 손에 그가 죽었으니 복수를 해주지 않을 수 없다."

사내가 한 걸음 나서며 어금니를 물고 낮게 말했다. 뱃속 깊은 곳에서 울려 나오는 그 음성에 실려 있는 살기만으로도 웬만한 자들은 기가 질려 엉덩이를 빼고 말 것이다. 두위가 한 걸음 물러서며 손을 내저었다.

"이봐, 잠깐만."

사내가 한 손을 등 뒤로 돌려 칼자루를 잡은 채 움직임을 멈추고 두위를 노려보았다.

"좋아. 마지막 말은 남길 수 있도록 해주지."

피식 웃은 두위가 칼집을 두드리며 사내를 가리켰다.

"너는 돈에 팔려 다니는 낭객(浪客)이지?"

"……."

"내 손에 죽었다는 곽구라는 놈도 그랬으니 틀림없을 거다."

"그게 어쨌단 말이냐?"

사내가 여전히 살기로 번쩍이는 눈길을 두위의 미간에 못 박은 채 낮게 물었다.

"나도 마찬가지로 한심한 몸이라는 말을 해주기 위해서다. 우리는 돈을 주고 고용한 자를 위해 일을 해준다. 그자가 곽구를 죽여달라고 했으니 죽였을 뿐이다. 곽구가 센 놈이었다면 대신 내가 죽었겠지."

"……."

"너는 누구로부터 나를 죽여달라는 의뢰를 받은 거냐?"

사내가 침묵했다. 그를 빤히 바라보던 두위가 머리를 갸웃하고 나서 내처 말했다.

"그런 것도 아닌 모양인데 쓸데없이 칼을 휘두를 필요가 있나?"

이번에도 사내는 침묵하기만 했다. 두위가 다시 한 번 그를 설득했다.

"복수? 좋지. 의기가 있는 사내라면 당연히 목숨을 걸 만한 일이다. 하지만 말이다, 우리는 그런 협객(俠客)이 아니야. 기껏 돈에 팔려 다니면서 아무 상관도 없는 누군가를 죽이고 죽는 한심한 신세란 말이다. 그러니 복수라는 말은 우습지. 힘이 남아 있을 때 아껴둬. 그래야 다음 번 싸움에서 죽지 않고 또 다른 의뢰인을 기다릴 수 있게 되지 않겠나?"

"개소리!"

묵묵히 듣고 있기만 하던 사내가 갑자기 소리치며 칼을 뽑아 힘껏 쳐내렸다. 급히 몸을 젖힌 두위가 뛰듯이 세 걸음을 물러섰다. 씨잉, 하는 칼바람 소리가 그의 귓전을 스치고 지나갔다.

뽑는 것과 함께 벼락처럼 내려치는 무시무시한 일격이었다. 번쩍 하는 칼 빛이 허공을 긋고 사라졌을 뿐, 칼은 보이지도 않았다.

"쾌도(快刀)!"

등줄기가 서늘해진 두위가 소리치며 다시 두 걸음을 껑충 뛰어 물러섰다.

다섯 자는 되어 보이는 저런 칼을 가지고 그처럼 빠르게 후려쳐 올 수 있다는 건 믿기 힘든 일이었다. 사내는 마치 온몸을 기울여 칼과 함께 던져 낸 듯했다. 후리후리한 키와 긴 팔을 한껏 뻗고 휘두르는 것이 사납기 짝이 없었다.

왼손은 등 뒤로 돌려 늘어진 칼집 끝을 붙잡고, 오른손만으로 칼을 뽑아 후려쳤던 사내가 이제는 두 손으로 칼자루를 단단히 틀어쥔 채 가슴 앞에 그것을 세우고 있었다. 아침 햇빛을 받아 번쩍이는 칼 빛보다도 사내의 이글거리는 눈이 더 강렬했다.

보기보다 대단한 놈이라는 것을 인정하지 않을 수 없었다. 두위의 얼굴에서도 여유가 사라지고 긴장의 빛이 떠올랐다. 그가 칼자루를 가볍게 쥔 채 왼발을 살짝 내밀어 언제라도 몸을 비낄 태세를 갖추고 사내를 가만히 바라보았다. 사내의 눈빛에서는 아무것도 읽어낼 수가 없었다. 자신의 감정마저 죽이고 상대를 노려볼 수 있다는 건 그만큼 실전 경험이 풍부하다는 증거였다.

사내의 눈 속에서 그의 움직임을 먼저 읽어내려던 생각을 포기한 두위가 음, 하고 침음성을 발했다. 그는 귀역에 몸을 던진 이래 몇 번 크고 작은 싸움을 해보았지만 눈앞의 사내만큼 대단한 칼 솜씨를 지닌 자를 만나지 못했다.

"내 발도(拔刀)를 피해내다니 제법이다."

사내가 조금씩 발끝을 앞으로 내밀며 비웃듯 말했다. 그의 얄팍한 입술 끝이 비틀려져 올라갔다.

"이름이나 알자."

두위는 상대가 좁혀오는 만큼 거리를 두고 물러섰다. 그의 긴 칼이 미치는 범위 안에서는 아무래도 운신이 자유롭지 못할 것 같았기 때문이다. 틈을 엿보아서 단번에 뛰어들어 승부를 내지 못한다면 어려운 싸움이 될 것이다.

"번풍(樊風)."

두위의 물음에 사내가 짧고 날카롭게 대답했다. 처음 들어보는 이름이었다.

낭객의 세계에도 이름은 있다. 제법 솜씨가 뛰어난 자라고 소문이 나면 좋든 싫든 이름이 알려지기 마련이다. 그런데 번풍이라는 이름은 들어본 적이 없었다. 이만한 솜씨를 지녔으면서도 아직 이름이 알려지지 않은 것으로 보아 어쩌면 이자는 바람처럼 하늘을 지붕 삼아 떠도는 자인지도 몰랐다.

어느 곳에도 소속되어 있지 않은 그런 무리들에 대해서는 같은 낭객들조차도 이방인으로 치고 야랑(夜狼)이라고 부르며 경멸했다. 가장 천한 무사 집단에도 속하지 못한 떠돌이들이기 때문이다.

"좋아, 그럼 시작하자."

손짓을 해서 마석산을 물러서게 한 두위가 드디어 칼을 뽑아 들었다. 새파랗게 벼려진 그의 칼날이 쨍, 하고 햇빛을 퉁겨냈다. 번풍이라고 스스로를 밝힌 사내의 얼굴에도 긴장이 떠올랐다. 그와 함께 찾아온 두 명의 사내들이 조금씩 움직여서 두위의 좌우로 갈라서고 있었다. 여차하면 함께 공격해 올 태세였다.

"나 혼자 한다. 끼어들지 마!"

번풍이 눈은 두위의 미간에 붙인 채 그들을 향해 낮고 힘있게 말했다. 자신의 첫 칼질을 가볍게 비켜 버린 상대에 대해서 경계심과 함께 당당하게 겨루어보고 싶다는 투지를 불태우고 있는 것이다.

이건 쓸데없는 싸움이라는 것을 알면서도 피할 수 없다는 것이 두위를 답답하게 했다. 오직 죽이고 말겠다는 일념으로 살기를 가득 띠고 있는 자 앞에서 맥없이 있다가 당한다면 그거야말로 개죽음인 것이다. 그렇게 죽을 수는 없었다. 따라서 원하든 원하지 않든 싸워야 할 수밖에 없다면 반드시 이겨야 했다. 칼을 맞대고 있는 한 그 방법 외에 달리 살 길은 없는 것이다.

"간다!"

사내가 슬쩍 몸을 기울이는 듯하더니 미끄러지듯 순식간에 거리를
좁히며 닥쳐들었다. 두위의 입술이 악물려졌다.

씨이잉—

날카로운 휘파람 소리를 내며 머리 위에서 다시 한 번 칼이 떨어졌
다. 두 손으로 붙잡고 휘두르는 만큼 그것에 실려 있는 힘과 기세가 무
시무시했다. 정면으로 받을 수 없다고 여긴 두위가 다시 몸을 기울여
비키며 힘껏 칼을 뿌렸다.

쨍—!

번풍의 칼 몸을 후려쳐 떨쳐 낸 두위의 칼이 방향을 꺾으며 떨어져
재빠르게 어깨를 찍어갔다. 허공에 눈부신 칼 빛이 남아 번쩍였다. 이
를 악문 사내의 얼굴이 눈앞에 와락 다가드는 것 같았다. 그의 더운 콧
김이 이마에 고스란히 느껴졌다.

옆으로 튕겨 나가는 칼에서 왼손을 놓아버린 사내가 그것을 불쑥 뻗
어 수도(手刀)로 두위의 목을 쳐왔다. 빗나간 칼을 수습해 들이는 그 짧
은 순간조차도 상대의 공격을 허용치 않으려는 치열함이 다시 한 번
두위를 감탄하게 했다.

사내는 오직 공격의 수법만을 알고 있는 것 같았다. 두위의 칼이 자
신의 어깨를 찍는 것을 빤히 보면서도 무시해 버린 채 목을 때려온 것
이다. 어깨뼈로 두위의 칼을 받고 대신 목뼈를 부수어 버리겠다는 뜻
이었다.

"음—!"

두위가 신음을 흘리고 훌쩍 뛰어 물러섰다. 기껏 상대의 어깨를 친

대가로 목숨을 잃을 수는 없었던 것이다.

"너는 정말 지독한 놈이로군. 질렸다."

한 번 부딪쳐서 단번에 끝내겠다는 것은 처음 두위가 한 생각이었다. 그런데 사내가 싸우는 법도 그와 같았다. 번풍 또한 싸움은 전력을 다해서 부딪쳐 최대한 빨리 끝내는 것이 필승의 비결이라는 것을 알고 있었던 것이다.

적이 열의 힘으로 부딪쳐 오면 이쪽은 스물, 서른의 힘으로 눌러 버리는 것. 적의 공격이 급하고 날카로울수록 이쪽은 더 강하고 빠르게 쳐들어가 정신을 차리지 못하게 하는 것. 그것이 상대의 맥을 끊고 기선을 제압하는 최상의 방법이었다. 방어 따위는 신경 쓸 필요가 없었다. 그것에 치중해야 하는 것은 어느새 상대가 되어 있기 때문이다.

칼을 쥔 자의 거친 기질이 잘 드러나는 그런 싸움은 두려움없는 과감성이 요체였고, 실전의 풍부한 경험이 관건이었다. 그런 면에서 번풍은 오히려 두위보다 앞서 있는 것처럼 보였다.

피이잉—

두위의 칼에 밀려 튕겨져 나갔던 그의 쌍수도가 다시 방향을 잡고 비스듬하게 쪼개왔다. 두위가 번풍의 지독한 기세에 질려 물러서자 번풍에게 다시 칼을 휘둘러 베어올 틈이 생겼던 것이다.

"좋아!"

두위가 눈을 부릅뜨고 부드득 이를 갈았다. 이제는 물러서고 싶지 않았다. 가슴이 뜨거워졌다. 온몸의 혈관들이 터질 듯한 흥분과 투지를 담고 부풀어 올랐다. 그것을 한번에 폭발시켜 버리듯 맹렬한 기합성이 터져 나왔다.

"이야압!"

이제는 두위도 칼끝에 살기를 띠기 시작했다.

쨍쨍쨍—!

요란한 쇳소리와 함께 새파란 불똥들이 사방으로 흩어져 날렸다.

두 사람은 그렇게 하기로 약속이라도 한 듯 오직 무섭게 칼을 휘둘러 정면으로 부딪쳐 가기만 했다. 그들이 휘두르는 칼 빛이 허공을 뒤덮고 눈부시게 번쩍였다. 어떻게 치고 떨어지는지 보이지도 않을 만큼 빠른 도법(刀法)이었다.

'대체 왜 그랬지?'

마석산의 눈이 의아함과 실망을 동시에 담고 찌푸려졌다. 그를 힐끔 바라본 두위가 피식 웃고는 다시 먼 하늘의 구름에 눈길을 주었다.

"너, 너는…… 이길 수…… 있었다. 그런데 왜……."

그 몇 마디의 말을 하는 데 한참이 걸렸다. 이마에 굵은 땀방울마저 맺힌 채 얼굴이 벌게져서 씩씩거리는 모습이 두위를 안타깝게 했다.

"요즘 보기 드물게 의리를 아는 놈이었다. 그런 자와는 싸우기가 싫었던 거다."

옛 친구의 덧없는 죽음을 잊지 않고 몇 날 며칠 밤을 달려온 자였다. 온몸에 내려앉은 땀과 먼지, 그리고 이슬에 젖어 있는 옷이 그걸 알게 해주었다. 그렇게 달려와서는 한 푼의 돈도 되지 않는 일에 목숨을 걸었다. 심성이 독하고 칼질이 사나웠지만 협기가 있는 자라는 것을 인정하지 않을 수 없었다.

'내가 과연 그자를 이길 수 있었을까?'

두위는 생각 끝에 다시 그런 의문을 떠올려 보았다.

번풍의 칼은 무시무시했다. 아슬아슬하게 스쳐 지나가는 칼바람에 뼛골이 시려올 정도였다. 빠른 것도 빠른 것이었으려니와 그 칼에 실려 있는 힘이 보통이 아니었다. 몇 번 어쩔 수 없이 칼을 부딪쳤고, 그때마다 손목이 얼얼해지는 충격을 받아야 했다.

오래 끌 싸움이 되지 못했다. 이긴다고 해도 마음이 찜찜할 것이고, 진다면 죽음이 있을 뿐인 그런 싸움은 싫었다. 두위는 그때 번풍의 칼을 피해 파고들면서 마지막 일격을 날렸다. 오래전부터 익혀와 이제는 본능 속에 녹아들어 있는 혈마삼도(血魔三刀)였다.

칼바람이 미치는 곳에 흙과 자갈들이 날려 흩어졌다. 모래먼지가 자욱이 일어 그들의 몸을 가두어 버렸다. 누가 누구인지 알아볼 수 없는 혼돈 속에서 뇌성 치는 소리가 끊이지 않고 일었다.

두위의 칼이 사방을 살기의 그물로 가두고 쇠뇌처럼 꽂혀들 때 번풍은 이마에 굵은 힘줄을 불끈 일으켜 세운 채 이를 갈며 그 무서운 칼바람 속을 헤치고 종횡으로 달렸다. 무시무시한 힘이 실린 그의 쌍수도가 십자로 허공을 그어댔다. 사나운 바람이 회오리치며 먹구름을 흩쳐버리는 것처럼 두위가 펼쳐 낸 마풍번천(魔風飜天)의 수법을 이리저리 갈라오는 솜씨가 대단했다.

두위에게 있어서 죽음을 바라보는 두려움보다 더 큰 것이 호승심이었고, 지지 않겠다는 오기였다. 번풍의 처음 보는 도법 앞에서 터질 듯한 긴장과 흥분으로 온몸이 덜덜 떨려왔다. 이런 것이 바로 사는 것이라는 생각이 그 절박한 순간에도 머리 속을 스쳐 갔다.

한소리 기합과 함께 맹렬하게 칼을 쳐 올렸다. 동시에 번풍의 칼도 소리없이 떨어져 내렸다.

쨍―!

허공에서 다시 한 번 날카로운 쇳소리가 터져 나왔다. 손아귀를 저리게 하는 칼의 진동에 팔목이 마비될 듯했다. 이번에는 두위도 온 힘을 다했기 때문에 번풍 또한 그 못지않은 충격을 받았다. 그가 쌍수도를 움켜쥔 채 어깨를 부르르 떨었다. 어느새 당했는지, 턱 밑에서부터 볼을 타고 이마에 이르기까지 살가죽이 붉은 속을 내보이며 쩍 벌어져 있었다. 폭풍처럼 몰아쳐 오던 기세가 잠시 멎은 그 틈을 타고 뒤꿈치로 힘껏 땅을 찍은 두위가 그대로 몸을 돌려 맹렬하게 달려나가기 시작했다.

"어?"

"저놈이?"

뒤에서 당황하여 외치는 사내들의 목소리가 순식간에 멀어졌다.

두위는 한가롭게 팔베개를 하고 누워 흐르는 구름을 바라보고 있었고, 마석산은 큰 몸집을 구부정하게 굽힌 채 그 곁에 앉아 있었다. 아직도 그의 얼굴에는 불만스러워하는 기색이 남아 있었다. 적 앞에서 등을 보이고 달아났다는 것을 받아들일 수 없었던 것이다.

"잊어버려. 언제나 쳐들어가기만 하는 건 아니다. 때론 달아날 수도 있는 거야."

'죽을망정 비겁한 모습을 보이지 말자고 한 게 너 아니었냐?

마석산이 두위의 가슴을 가리키고 제 가슴을 두드렸다.

"나는 그자를 적으로 생각하지 않았다. 그러니 비겁할 것도 없어."

마석산의 이마가 잔뜩 찌푸려졌다. 죽이겠다고 달려드는 자가 적이 아니라면 누가 적이란 말인가? 하고 마음속으로 투덜대고 있는 게 분명했다. 더 이상 그 일을 두고 말한다면 구차한 변명이 될 뿐이다. 두위가 슬그머니 외면하고 입을 굳게 다물었다.

멀리 구름에 씻기고 있는 황산(黃山)의 영봉(靈峰)들이 보였다. 이쪽에서는 주봉(主峰)인 시신봉(始信峰)이 잘 보이지 않는다. 그것이 동쪽으로 치우쳐 절강성(浙江省) 쪽을 보고 있기 때문이다. 그러므로 구름에 씻기고 있는 저 봉우리는 연화봉(蓮花峰)이다. 황산 칠십이 봉 중 가장 높이 솟아 있는 그것은 무려 육천이백여 척(尺)에 달했다.

그 연화봉의 북서쪽 줄기를 타고 한참을 내려온 곳에 세 개의 험한 바위 봉우리가 우뚝 솟구쳐 있는데, 산 아래 마을의 사람들은 그것을 삼우각(三佑角)이라고 불렀다.

두위와 마석산이 삼우각이 보이는 능선에 이른 것은 해가 질 무렵이었다. 언덕 아래는 벌써 짙은 땅거미가 깔려 있었다. 해양촌(楷陽村)의 사람들은 언제나 부지런했다. 이른 새벽부터 낮 동안 쉬지 않고 일하고, 어두워지면 곧 잠이 들었다. 오늘도 그와 같아서, 하루의 피곤을 씻기 위한 긴 안식의 시간이 해양촌을 두텁게 덮어가고 있었다.

'나의 유년을 보낸 곳.'

막막한 정적에 잠겨들고 있는 해양촌을 내려다보면서 두위는 다시 옛날의 아련한 기억들을 순서없이 떠올렸다. 언제나 이곳에 오면 곤한 발길을 멈추고 지금처럼 이렇게 서서 멍하니 해양촌을 내려다보며 떠올리는 생각들이 있었다.

천천히 언덕을 내려와 마을을 지나가자 어둠 속에서 개들이 컹컹 짖었다. 습하고 차가운 바람 속에 옅은 물 냄새가 맡아졌다. 멀지 않은 곳에 풍천강(風仟江)이 있는 것이다.

말이 강이지, 실은 조금 큰 개울에 다름없었다. 여름이면 그래도 제법 많은 물이 급류를 이루며 흘러갔지만, 이처럼 가을이 깊어갈 무렵이면 거의 바닥이 드러나 강 가운데까지 첨벙거리며 들어가 고기를 잡을 수 있었다.

물소리가 들리는 곳에 이르러 잠시 걸음을 멈춘 두위의 눈길이 저만큼 어둠 속에 잠겨 있는 언덕으로 향했다. 바람에 흔들리고 있는 대나무 숲이 쏴, 쏴 하고 먼 데서 파도가 치는 듯한 소리를 냈다. 그 오른쪽으로 굽고 휘어진 낙락장송들이 빼곡한 송림(松林)이 있고, 송림 한가운데에 오래된 신당(神堂)이 있었다.

어느 마을에나 흔한 것이 관공(關公)의 사당이듯이 해양촌에 모셔져 있는 신(神)도 그 관공이었다. 지금도 사당 안에는 옻칠이 벗겨진 관공이 청룡도를 세워 든 채 근엄하게 앉아 있을 것이고, 낡은 청동의 향로에는 저물녘에 촌장이 꽂아두고 간 향이 거의 다 탄 채 희미한 연기를 피워 올리고 있을 것이다.

어디선가 밤 부엉이가 울었다.

'그날 밤도 이랬었다.'

두위는 어둠 속에 더욱 어둡게 잠겨 있는 송림을 바라보며 그녀를 생각했다. 언제나 이곳을 지나갈 때면 떠오르는 그날 밤이었다.

"채영경(菜玲璥)이야."

자신의 이름을 가르쳐 주는 붉은 입술이 열에 들떠 파르르 떨렸다. 흑룡보(黑龍堡) 안에서는 누구든 그녀를 단지 채 소저라고만 불렀기 때문에 두위는 그때까지도 그녀의 이름을 알지 못하고 있었다.

"바보."

떨고 있는 두위에게 하얗게 눈을 흘겨 보인 영경이 무너지듯 품 안으로 파고들었다. 하지만 두위는 불과 열여섯 살에 지나지 않은 아이였다. 덩치는 이미 장정(壯丁)만해져 있었지만, 열여덟인 그녀와는 세상을 알고 남녀의 일을 아는 데 있어서 하늘과 땅만큼의 차이가 있었다.

그녀가 보의 서쪽 구석에 있는 대장간 뒤에서 손등을 살짝 꼬집으며 쪽지를 건네주었을 때 두위는 얼떨떨하기만 했다. 해가 지고 달이 삼우각(三佑角) 위에 걸릴 무렵 관제묘에서 만나자는 글귀를 읽고는 그게 무언지도 알지 못한 채 풀무처럼 가슴만 뜨겁게 달아올라 벌렁벌렁 뛰었다.

이른 저녁을 마치고 곤히 잠든 아버지를 보고 나서 살금살금 보를 나와 송림을 보고 뛰어가는 걸음이 구름을 탄 것처럼 허둥거려졌다. 발바닥에 와 닿는 땅의 감촉이 솜덩이인 양 물렁거리기만 했던 것이다.

해양촌의 신당까지는 삼우각을 등에 올려놓고 있는 험한 산 능선 하나를 넘어 이십여 리 길을 가야 했다. 어둡고 적막한 그 산중을 두려운 줄도 모르고 정신없이 달려 내려왔다. 첨벙거리며 풍천강(風仟江)을 건너고 단숨에 마을을 지나 송림에 이르렀을 때는 숨이 턱에 차 있었다.

아무도 없었고 아무 소리도 들리지 않았다. 소나무 가지 사이를 스쳐 가는 바람 소리가 우우, 우는 듯했다. 머리 위를 낮게 날던 부엉이가 호리병을 부는 듯한 쉰 소리로 울었다. 왈칵 두려움이 밀려들었다.

괜한 짓을 했다는 후회가 드는데, 어둠 속에서 작은 손 하나가 불쑥 뻗어 나와 팔목을 꽉 쥐었다. 깜짝 놀라 소리치려는 그의 입을 부드러운 손바닥이 꼭 막았다. 귓전에 단 숨결이 뿜어졌다. 온몸이 간지러웠다.

"벌써부터 기다렸는데 왜 이제야 온 거야?"

눈을 흘긴 그녀가 두위의 손을 끌고 재빨리 관제묘 안으로 들어갔다.

두위는 어정쩡한 모습으로 영경의 둥글고 부드러운 어깨를 품어 안았다. 야릇한 향기가 코끝을 간지럽게 했다. 두위의 얼굴이 곧 울려는 듯 찡그려졌다.

"바보."

영경이 더욱 품으로 파고들며 다시 더운 숨을 뱉어냈다. 목소리가 떨리고 있었고 어깨도 가늘게 떨렸다. 두위의 가슴이 밖으로 튀어나올 듯 방망이질을 쳤다. 가슴 앞 옷깃을 풀어 헤치는 그녀의 가느다란 손가락들이 와들와들 떨리고 있었다.

"이, 이러지 마…… 보주님이 아시는 날이면……."

가슴에서 떼어놓으려고 할수록 영경은 더 큰 힘으로 파고들었다. 그녀의 온몸이 불덩이 같았다. 두위의 머리 속에 보주의 무서운 얼굴이 떠올랐다. 만약 이 사실이 알려진다면 온전히 살아남지 못할 것이다.

"아버지는 상관없어. 지금은 나만 생각해."

영경이 달뜬 음성으로 귓밥을 깨물며 속삭였다.

큰 바위에 눌리듯 숨을 헐떡이며 가슴으로 연경을 안고 넘어졌다. 그녀의 몽롱한 눈동자가 이마에 떨어졌고, 붉은 입술이 불처럼 입술 위에 찍혔다.

이런 느낌을, 이런 감정을 한 번도 겪어보지 못했다. 두위는 기껏 열병에 걸린 것 같다는 생각을 그 순간에 하고 있었다.

언제던가, 열에 들떠 아득히 가라앉아 가기만 하는 꿈속에서 하늘을 훨훨 날아다녔었다. 곧 떨어질 것만 같은 두려움과 아무것에도 매달려 있지 않은 자유로움. 그 꿈을 다시 꾸고 있다고 여겼다. 그녀의 손가락들이 벌거벗겨진 가슴팍을 어루만지고 있을 때였다.

귓가를 달구어놓던 연경의 뜨거운 입술이 가슴에 닿았다. 그리고 와들와들 떨리는 가늘고 고운 손가락들이 주춤거리다가 고의춤으로 쑥 파고들었다.

"윽!"

두위는 온몸을 펄떡거리며 놀란 비명을 터뜨리고 말았다.

두 달 뒤 그녀는 생애에 있어서 가장 화려할 옷차림을 하고 머리에 화관(花冠)을 쓴 채 마차를 타고 멀리 귀주(貴州)로 떠났다. 검령산(黔靈山) 상왕령(象王嶺)에 있다는 옥수궁(玉樹宮)의 소궁주(小宮主)와 혼약하기 위해서였다.

오십 명이나 되는 흑룡보의 무사들이 오십 필의 흑마(黑馬)에 올라타고 늠름한 기상을 뽐내며 마차를 호위했다. 예물을 실은 수레가 둘이었고, 계집 종 다섯이 영경을 따라 보를 나섰다.

보주를 대신해서 염 집사가 그 거창한 행렬을 이끌고 떠날 때 두위는 사당이 있는 송림 앞에 넋을 잃고 서 있었다.

해가 머리 위에 떠올랐을 무렵 영경의 마차가 해양촌을 향해 다가왔다. 송림이 있는 언덕 아래를 지나가던 마차의 휘장이 살짝 걷히고 그리로 영경의 얼굴이 보였다. 언덕 위의 송림과 그 앞에 서 있는 두위를 바라보고 있었다. 두위는 그녀가 울고 있다는 것을 알았다.

손수건을 꺼내 눈물을 찍어낸 영경이 창밖으로 그것을 떨어뜨렸다.

두위의 손에 그때의 손수건이 들려져 있었다. 눈처럼 희던 그것은 지난 십여 년의 세월 동안 빛이 바랬고, 네 귀퉁이를 화려하게 수놓았던 분홍색 연꽃도 이제는 초라하게 시들어 있었다.

'뭐야? 처음 보는 건데?'

마석산이 눈을 둥그렇게 뜨고 손수건을 가리켰다.

한 번 웃어주고 지나쳐 온 송림을 돌아보는 두위의 얼굴이 아련한 아픔으로 젖어들었다.

지난 십여 년 동안 품에서 떼어놓은 적이 없는 손수건이었다. 그것에 가득 배어 있던 달콤한 체취는 사라졌고, 뚜렷이 남았던 눈물 자국도 이제는 찾아볼 수 없었다. 하지만 두위는 손수건 속에서 그 모든 것들을 보고 느꼈다. 무섭도록 외길로만 치달려 왔던 지난 십 년의 세월 속에서도 그때의 영경은 작은 손수건 한 장 속에 화석이 되어 고스란히 남아 있었던 것이다.

차가운 강물에 허벅지를 적시며 첨벙거리고 풍천강을 건넜다. 천 가닥의 싸늘한 바람이 어지럽게 달려와 온몸을 할퀴어댔다. 몇 굽이나 휘어져 있는 깎아지른 듯한 벼랑을 돌아 나오면서 갈기갈기 찢어진 바람은 미친 말처럼 종잡을 수 없이 날뛰었다. 그것이 기승을 부리는 날은 사방이 날카로운 바람 소리들로 가득했다. 마치 천 명의 미친 여자들이 산발한 채 일제히 울어대는 것 같았다. 그럴 때면 귀기(鬼氣)가 서려서 누구도 강가로 나오지 않았다.

풍천강(風仟江)은 그 바람 때문에 그렇게 불리게 된 알려지지 않은 작은 강이었다. 하지만 천 굽이를 꺾여져 있는 까마득한 절벽과 그곳에 박혀 있는 석송(石松)들. 매가 둥지를 틀고 있는 회백색(灰白色)의 절벽 아래 금빛으로 펼쳐져 있는 넓은 모래밭……

그것들이 건너편 언덕의 울창한 송림들과 어울려 그 어느 곳에서도 찾아볼 수 없는 절경(絶景)을 보여주었다. 음산한 귀기(鬼氣)와 오묘한 선기(仙氣)를 함께 품고 있는 이상한 곳. 그리고 잊을 수 없는 추억을 감추고 있는 곳. 풍천강은 두위에게 있어서 바로 그런 곳이었다.

해양촌 밖, 황산으로 뻗은 관도의 길목을 지키고 있는 만산반점(滿山飯店)에서 늦은 저녁을 먹은 두위는 주인장에게 부탁하여 향과 지전(紙錢), 몇 가지 과일과 술 등을 준비하고 다시 길을 나섰다. 주인은 그들이 삼우각(三佑角)으로 향한다는 말을 듣자 한사코 자고 갈 것을 권했다. 이런 밤이면 맹수도 종종 출몰하려니와 무엇보다도 요괴(妖怪)가 얼마 전부터 그곳에 머물며 사람들을 해친다는 것이었다. 진심으로 걱정해 주는 주인의 마음이 고마웠다.

사례한 두위는 마석산과 함께 주루를 나서 텅 빈 자갈길을 터덜터덜 걸었다. 은은한 달무리가 머리 위에 있었다. 자갈을 밟는 그들의 발자국 소리만 적막한 어둠 속에 흩어졌을 뿐, 인기척이라고는 없는 고요함이 좋았다.

마석산은 주루를 나서면서부터 그 큰 눈을 더욱 크게 뜬 채 연신 사방을 두리번거리고 있었다. 요괴가 나온다는 주인의 말이 잔뜩 마음에 걸리는 모양이었다. 그는 덩치와 어울리지 않게 그런 것들에 대한 두려움을 갖고 있었다. 요괴니 귀신이니 하는 것들을 아이처럼 무서워했던 것이다.

머리 위로 커다란 밤새 한 마리가 휘파람 소리를 내며 낮게 날아가자 화들짝 놀란 마석산이 경중경중 뛰어 두위의 앞으로 나섰다. 내내 무표정하기만 하던 두위의 얼굴에 웃음이 떠올랐다.

그 옛날, 영경을 만나기 위해 허겁지겁 넘었던 능선을 이제는 차분하게 올랐다. 능선 아래에서는 뾰족하게 솟은 봉우리 끝만 보이던 것이 능선 위에 올라서자 흐린 달빛 아래 완연하게 바라보였다. 마치 칼로 깎아놓은 것처럼 날카로운 세 개의 거대한 바위 봉우리가 삼면에서 서로를 마주 보며 서 있는 모습은 기이하면서 신비로운 것이었다.

"어, 어……!"

그것을 처음 본 마석산이 입을 다물지 못하고 연신 감탄성을 터뜨렸다.

머리 위에 있는 만월(滿月) 아래 삼우각은 은은한 금빛으로 반짝이고 있었다. 멀리서 저것을 본다면 마치 날카로운 비수 세 자루를 박아놓은 것처럼 보일 것이다. 그 삼우각 아래쪽은 깊은 수림(樹林)이었는데, 달빛의 그늘을 가득 품고 어둠에 깊이 잠겨 있었다.

"가자."

잠시 숨을 돌린 두위가 마석산의 어깨를 쳤다. 그때까지도 넋을 잃고 삼우각의 신비로운 모습에 취해 있던 마석산이 깜짝 놀라 몸을 떨었다.

다시 울창한 숲을 헤치며 가파른 능선을 내려가기 시작했다. 갈수록 점점 더 어두워지는 비탈을 한참 내려가자 어느새 가파르게 서 있던 숲은 사라지고 넓은 분지(盆地)가 나타났다. 어둠을 빨아들이고 있는 검은 숲이 눈앞에 다가섰다.

'싫다. 나는 안 간다. 여기서 기다리겠어.'

마석산이 머리를 절레절레 흔들며 그 숲을 가리키고 자신의 발 밑을 가리켰다. 험상궂은 그의 얼굴에 두려움이 가득했다.

"그래?"

어깨를 으쓱 해보인 두위가 잘되었다는 듯 한 번 돌아보지도 않고 성큼성큼 숲 속으로 걸어 들어갔다. 그러나 그는 몇 걸음 걷지 못했다.

땅을 쿵쿵 울리며 멧돼지처럼 달려온 마석산이 뒤에서 그의 몸을 꽉 부둥켜 안아버린 것이다.

"하하, 요괴 따위는 없어. 네 마음속에 있는 두려움이 만들어내는 거다."

그래도 마석산은 막무가내였다. 두위에게 매달려 떨어지려고 하지 않았다. 혼자 남아 있기도 두렵고, 두위를 따라 저 어두운 숲 속으로 들어가는 것도 무서운 것이다. 혀를 찬 두위는 마석산의 솥뚜껑 같은 손을 꼭 쥐고 걸을 수밖에 없었다.

마석산은 어린아이가 된 것 같았다. 밤새 한 마리가 머리 위를 날아가도 화들짝 놀랐고, 작은 짐승이 풀숲에서 뛰쳐나와 달아나도 펄쩍 뛰며 우억, 우억! 하고 괴이한 비명을 질러댔다. 숲을 흔드는 그 비명 소리가 오히려 요괴를 놀라게 했을 것이다.

썩은 나뭇잎들이 축축하게 발목을 감아왔다. 얼굴을 찔러대는 어지러운 나뭇가지들을 헤치고 넝쿨을 걷어내며 한참을 그렇게 걷자 숲이 끝나고 훤한 달빛이 다시 내려앉았다. 그리고 그곳에 흑룡보(黑龍堡)의 잔해가 있었다.

높았던 담은 군데군데 무너져 짐승들이 넘어 다니는 길이 되었고, 위풍당당하게 서 있던 전각(殿閣)이며 망루(望樓)들도 이제는 주추만 남아 두텁게 이끼를 두르고 있었다. 흐린 달빛 아래 타다 만 기둥과 불에 그슬린 기와 조각들이 이리저리 흩어져 처량함을 더해주었다.

흑룡보는 넓은 분지를 모두 차지하다시피 하고 있었다. 천여 명의 사람들을 담고 있던 그것이 지금은 처참한 잔해가 되어 쓰러져 있을 뿐, 어디에도 낯익은 사람들의 모습은 찾아볼 수 없었다.

"우억!"

발끝에 차이는 해골을 본 마석산이 비명을 지르며 펄쩍 뛰었다. 폐허의 돌더미 사이로 여기저기 흩어져 있는 인골(人骨)들이 푸르스름한 인광(燐光)을 피워 올리고 있었는데, 그 위를 개똥벌레들이 푸른빛을 꽁무니에 달고 어지럽게 날아다녔다. 귀화(鬼火)처럼 반짝이며 폐허를 온통 뒤덮다시피 한 화무(火舞)였다.

"어떻게 네가 도끼를 휘둘러 사람들의 머리통을 장작처럼 쪼개놓는 건지 알 수가 없다."

이제는 발이 얼어붙은 듯 움직일 줄 모르고 덜덜 떨며 팔을 움켜쥐고 있기만 한 마석산을 보던 두위가 혀를 찼다.

마석산은 한 번 살기가 솟구치면 입에서 거품을 뿜어내며 물불을 가리지 않고 날뛰는 자였다. 오죽했으면 사람들이 그를 혈부야차(血斧夜叉)라고 하겠는가.

그의 도끼는 만족할 줄을 몰랐고 지칠 줄을 모르는 것 같았다. 흠뻑 피를 빨아들여 거무튀튀하던 무쇠의 빛이 붉게 변했어도 여전히 상대를 찍고 또 찍어댔다. 열 명, 스무 명의 뼈를 쪼개고 박살 냈지만 여전히 넘치는 힘으로 휘파람 소리를 내며 허공을 휘저었던 것이다.

그 무게와 그것에 더하여 실린 무지막지한 힘 앞에서는 천하의 명검(名劍) 보도(寶刀)가 다 소용없었다. 새파랗게 번쩍이는 도끼날 아래에 있는 것들은 무엇이 되었든 쪼개지거나 부서져 날렸다. 그때의 마석산은 두 번 다시 보고 싶지 않은 끔찍한 저승의 악귀 그 자체였다. 그런 놈이 지금은 이렇게 무서움에 사로잡혀 눈물마저 찔끔찔끔 내보이고 있다는 것이 두위에게는 불가사의하기만 했다.

한동안 마석산을 바라보던 두위가 혀를 쯧쯧 차고 천천히 폐허 속을 거닐었다. 그가 가는 곳마다 놀란 개똥벌레들이 안개처럼 쓸려 흩어졌다. 새파란 불똥들이 사방으로 어지럽게 흩어졌다가 다시 모이는 것이 장관을 이루었다.

"이리 와봐라."

저만큼의 어둠 속에서 두위가 소리쳐 불렀다. 무릎 사이에 얼굴을 파묻은 채 떨고 있기만 하던 마석산이 엉금엉금 기다시피 하며 두위를 찾아 나아갔다.

잡풀들 속에 희미하게 주추와 기둥의 흔적이 남아 있는 돌더미 앞에 두위는 서 있었다. 그가 마석산이 다가오기를 기다렸다가 그 돌더미를 가리켰다.

"내가 살았던 곳이다."

한 칸의 작은 방과 부엌. 갈대를 엮어 얹은 지붕들이 일자로 길게 뻗어 있었고, 그 아래 이십여 개의 방들이 얇은 벽 하나를 사이에 두고 길게 이어져 있었다. 흑룡보에 몸담고 있는 자들 중 가족이 딸린 하급 무사들이 기거하던 곳이었다. 보의 외성에는 그러한 숙사들이 동서남북 네 곳에 걸쳐 있었으니 모두 팔십여 호의 가구가 모여 살았던 셈이다.

가족이 딸리지 않은 무사들은 그 직급에 따라 숙소를 달리했다. 그런 장정들이 무려 일천 명이었다. 한창 때는 넓은 연무장 가득 곰 같고 황소 같은 장정들이 들어차 무술을 단련했다. 그들이 내지르는 기합소리에 온 산이 떠나갈 듯했다.

교두(教頭)들은 엄격했고 장정들 사이에 규율과 질서가 뚜렷했다. 아버지는 그들과 함께 생활하는 것을 자랑스럽게 여기고 있었다.

어두운 사당 안에서 채영경을 안았던 그해 봄부터 두위는 처음으로 장정들 속에 섞여 본격적으로 무술을 전수받기 시작했다. 그를 맡아 가르쳤던 교두는 강호에서 진삼수(振三手)로 불리던 악필(岳弼)이었다. 그는 삼십 대 후반의 사내였는데 기력이 충실하고 권법과 장법, 경신의 공부가 뛰어나 강호에서 일류고수로 꼽히던 자였다.

"네놈에게는 타고난 천성이 있다. 네 아비와는 전혀 달라."

두위를 며칠 가르쳐 본 진삼수 악필은 그런 말로 놀라움을 대신했다. 두위는 그에게서 두 달 동안 권법과 장법의 기초를 배웠다. 그리고 곧 보주인 열화천도(熱火千刀) 채군걸(菜君傑)의 눈에 띄었다.

윤사월이었을 것이다. 해가 길어서 늦게까지 연무를 할 수 있었다. 그 무렵, 무슨 일인지 교두들은 성화를 부리다시피 해가며 보 내의 장정들을 가르치고 훈련시키는 일에 매달리고 있었다. 곧 커다란 싸움이 있을 거라는 말들이 장정들 사이에서 은밀하게 떠다니고 있기도 했다.

그래서였을까. 평소에는 좀체 얼굴을 볼 수도 없는 보주가 연무장에 자주 나타나 수련을 지켜보고 때로는 소를 잡아 격려하기도 했다. 보주가 한번 다녀갈 때마다 장정들의 사기는 충천했다. 보주의 격려 때문이기도 했지만, 그림자처럼 동행하는 그녀, 채 소저 때문이었다. 보주는 평소 장정들에게 '너희들 중 가장 뛰어난 자가 내 여식을 차지할 것이다' 라는 말을 하곤 했던 것이다.

흑룡보 내에서 채 소저는 모든 장정들의 우상이었고 희망이었다. 그녀의 부용꽃 같으면서 활짝 핀 도화(桃花) 같기도 한 그 상반된 아름다움은 그녀의 나이 열네 살이었을 때 이미 안휘성(安徽省) 내에서 모르는 자가 없을 정도였다.

두위가 보주의 눈에 띈 건 행운이기도 했지만, 평소 보주의 호법을 서고 있는 교두 악필의 공이기도 했다. 악필은 두위를 가르치는 일에 신이 나 있어서 보주에게도 몇 번인가 어쩌면 자신이 뛰어난 놈 하나를 제자로 삼게 될지도 모른다고 자랑을 했던 것이다.

"악 호법에게서 배운 것을 좀 보자."

맨 끝 말석에 서 있던 두위에게 다가온 보주가 그렇게 말하자 연무장 안은 곧 일천 장정들의 수군거림으로 술렁댔다.

악필과 마찬가지로 권각법을 지도하고 있던 교두 당우석(唐宇石)이 상대가 되어주었다. 본격적으로 무공을 배우기 시작한 지 이제 겨우 두어 달이 되었을 뿐인 두위에게 그것은 감히 생각해 볼 수도 없는 특전이었다. 삼 년, 사 년을 배운 자들도 교두를 상대로 연무를 한다는 것은 있을 수 없는 일이기 때문이다.

두위는 최선을 다했다. 보주 앞에서 교두를 이겨 보이겠다는 생각은 꿈도 꾸어볼 수 없는 일이었다. 다만 악 교두로부터 그동안 배운 것들을 유감없이 펼쳐 보일 뿐이다.

가볍게 십여 초를 상대해 주던 당 교두가 무슨 마음이 들었던지 갑자기 그의 자랑인 철량권(鐵輛拳) 중 무거운 한 초식을 때려냈다. 제대로 맞으면 그 즉시 숨이 끊어질 것이고, 가볍더라도 중상을 면치 못할 만한 무서운 권력이 휩쓸어왔다. 두위의 얼굴이 새파랗게 질렸다.

"아!"

지켜보고 있던 사람들이 모두 놀람의 비명을 터뜨렸다.

"당우석! 그게 무슨 짓⋯⋯."

대경한 악필이 뛰어들려다가 멈칫 멈추어 섰다. 두위의 반응을 본 것이다.

주저앉는 것도 아니고 물러서는 것도 아닌 어정쩡한 자세로 엉덩이를 빼고 서서 우직하게도 용호권(龍虎拳)의 기본 자세 중 하나인 풍운삼수(風雲三手)를 뻗어내고 있었다. 악필은 어이가 없었다. 용호권은 자신의 권법 중 가장 기초가 되는 것으로 하체의 단련과 기력을 높이기 위해 익히는 것이었지 실전의 권법이 아니었다.

누구나가 다 알고 있는 그 풍운삼수로 철량권을 맞이하는 걸 본 당교두가 한줄기 비웃음을 띠고 더욱 신속하게 주먹을 내질렀다. 사정없이 미간을 부수어 버리려는 듯했다. 크게 놀라 낯빛이 새파랗게 질렸으면서도 두위의 응대는 침착하기만 했다. 그가 두 손을 엇갈리게 하여 밖으로 뿌리더니 팔목을 뒤집으며 오히려 당 교두의 주먹을 잡아갔다.

"어?"

당 교두의 입에서 당황의 외침이 터져 나왔다. 두위의 수법이 풍운삼수 중 두 번째 초식인 호권연주(虎拳連走) 같기는 한데 손목을 꺾고 뻗어오는 투로(套路)는 그게 또 아니었다. 일견 조악하기 짝이 없었으나 어찌 보면 정교한 초식을 흉내 내는 것 같기도 해서 종잡을 수가 없었다. 부드럽고 질긴 것이 무당파의 양의권(養意拳)을 떠올리게 했다.

"고약한 어린 녀석이었군!"

외친 당 교두가 두 손을 가볍게 흔들어 두위의 팔목을 쳐내고 하하, 웃으며 훌쩍 뛰어 물러섰다. 골탕을 먹이려고 했다가 자신이 오히려 낭패를 당한 꼴이었으니 보주 앞에서 체면이 말이 아니었다.

두위는 얼떨떨한 채 가라앉지 않은 흥분과 당혹감으로 어쩔 줄을 몰라 했다.

"무당파와 인연이 있었느냐?"

보주인 열화천도(熱火千刀) 채군걸(柴君傑)이 근엄한 얼굴로 물었다.

두위는 감히 입을 열어 대답할 엄두도 내지 못했다. 보주 앞에서 고개를 든다는 것도 생각할 수 없는 일인 것이다. 그가 세차게 머리를 저어 아니라는 뜻을 밝혔다.

잠시 두위를 바라보던 채군걸이 웃음을 띠고 수염을 쓰다듬었다.

"좋다. 너의 자질이 악 호법으로부터 들은 그대로구나. 장차 크게 쓸 데가 있겠다."

그렇게 해서 두위는 다음날부터 연무장을 떠나 보주가 기거하고 있는 청풍전(淸風殿)의 수직(守職)으로 근무하게 되었다. 파격적이다 못해 전무후무한 일이었다. 그 일을 두고 장정들은 한편으로 두위의 행운을 부러워하면서 또 한편으로는 노골적으로 질투했다.

내원 깊숙한 곳에 아늑하게 자리 잡고 있는 청풍전은 흑룡보 내에서도 별천지였다. 가산과 폭포가 있었고 원숭이들이 뛰어다니는 절벽에 의지하여 날아갈 듯 세워진 정자도 있었다. 그곳에 기거하는 사람은 보주와 그의 딸인 채영경 둘뿐이었다. 세 명의 호법들과 총관 양우문(楊友文) 정도가 비교적 자유롭게 들락거렸을 뿐, 보 내의 사대전주와 당주들도 함부로 걸음하지 못했다.

"이곳은 떠들썩한 외성과는 달리 언제나 깊은 산중의 적막을 두르고 있었다."

지금 두위는 그 내원의 한가운데 서 있었다. 마석산이 신기한 듯 폐허를 둘러보았다. 맑은 물이 언제나 찰랑거리던 연못은 간데없고, 습기를 머금은 땅 위에 부들풀들이 뿌리를 내리고 무성하게 자라 있어서 마음을 서글프게 했다.

"저 앞이 청풍전 터다. 보주님은 저곳에서 연공을 하셨지. 때때로 나를 불러 당신의 혈마삼도(血魔三刀)를 전해주셨다."

"그, 그…… 네가 쓰는…… 도법이 그럼……."

"열화천도(熱火千刀) 채군걸(寀君傑), 채 보주님으로부터 물려받은 것이지."

"그, 그…… 는…… 대단한 고수…… 였군……."

두위의 무서운 솜씨를 익히 알고 있는 마석산은 그것을 전해준 채군걸이야말로 천하제일도(天下第一刀)라고 불릴 만한 고수였을 거라고 짐작했다. 멍하니 마석산을 바라보던 두위가 쓸쓸하게 웃었다.

"죽은 다음에 명성이 다 무엇이고 살아서 쌓은 공이 다 무슨 소용이 있겠어? 지금은 구천을 떠도는 혼백이 되었을 뿐이다."

혼백이라는 말에 마석산이 다시 부르르 몸을 떨고 잔뜩 어깨를 움츠린 채 두리번거렸다.

두위는 더욱 적막한 심정이 되어서 폐허의 어둠 속을 서성거렸다.

'저곳에서 처음 영경을 만났다.'

그의 눈길이 아련해진 채 석대(石臺)를 바라보았다. 그곳에는 여의주(如意珠)를 쥔 흑룡(黑龍) 한 마리가 구름을 뚫고 날아오르는 형상을 한 커다란 옥상(玉像)이 서 있었다. 흑룡보의 상징이기도 한 그것은 보가 무너지던 날 사라져 버렸다.

그 석대 위에 과일 몇 개와 술잔을 올려놓고 향을 피운 두위가 이제는 백골이 되어 이곳에 살아 있었다는 흔적마저 삭아가는 일천여 명의 원혼들을 위해 절을 하고 그들의 명복을 빌어주었다.

달빛마저 스며들지 않고, 개똥벌레들의 푸른 불빛도 없는 외진 곳. 무너져 내린 석벽의 돌무더기들이 무덤처럼 군데군데 쌓여 있는 그 음산한 곳에서 두위와 마석산을 바라보는 한 쌍의 눈이 있었다. 어둠 속에 박혀 있는 흰 창이 귀화처럼 창백하게 빛났다.

"가자."

무릎을 꿇고 있던 두위가 일어섰다. 마석산이 겁먹은 얼굴로 그의 등 뒤에 바짝 붙었다. 검은 하늘을 향해 지전(紙錢)을 날린 두위가 걸음을 빨리하여 그곳을 벗어나기 시작했다. 돌무더기 뒤에 숨어서 바라보던 한 쌍의 눈이 잠시 꼼짝하지 않고 두위를 쫓더니 꺼지듯 사라져 버렸다.

성큼성큼 걸어 흑룡보의 폐허를 나온 두위는 무성한 억새의 숲을 헤치며 분지 아래쪽으로 뛰듯이 걸었다. 자작나무 숲 어디에선가 가만가만 흐르는 개울물 소리가 들렸다. 잠시 멈추어 서서 방향을 확인한 두위가 곧장 자작나무 숲을 향해 나아갔다. 눈앞에 펼쳐든 손이 보이지 않을 만큼 짙은 어둠 속이었지만 두위는 그 길이 익숙한 듯 머뭇거림이 없었다.

콧등과 이마를 할퀴는 나뭇가지들을 헤치며 얼마나 나갔을까. 울창한 자작나무들에 둘러싸여 있는 작은 공터가 나타났다. 머리 위에 뚫린 한 줌의 공간으로 달빛이 스며들어 주위를 어슴푸레하게 밝혀주었다. 그것만으로도 막혔던 숨이 탁 풀리는 듯 마석산이 길게 한숨을 내쉬었다.

공터 한가운데 돌을 쌓아 만든 초라한 무덤이 있었다. 두위가 제단이 있어야 할 곳에 대신 놓여 있는 넓적한 돌 위에 주섬주섬 제상(祭床)을 차리기 시작했다. 무덤만큼이나 초라하고 을씨년스러운 제물이었지만 그것을 벌려 놓는 두위의 모습은 사뭇 엄숙했다.

소매로 잔을 깨끗이 씻어 맑은 술 한 잔을 따른 두위가 마석산을 돌아보았다.

"이것이 내 아버지의 무덤이다."

그 말 속에 깃들어 있는 커다란 슬픔과 분노와 회한을 마석산은 가슴으로 느낄 수 있었다. 그가 아무 말도 하지 못하고 초라한 무덤과 제상과 두위를 한꺼번에 바라보았다.

"평생을 보잘것없는 삼류무사로 살면서 한 번도 당신의 처지에 대하여 비관해 본 적이 없는 아버지셨다. 언젠가는 인연을 얻어 절정의 고수가 되리라고 죽는 그날까지도 굳게 믿고 살아가셨던 내 아버지란 말이다."

두위의 음성이 갈수록 격한 흥분을 감추고 떨리더니 기어이 참지 못하고 고함이 되어 터져 나왔다.

"평생 남에게 억울한 일이라고는 해본 적도 없었던 분이 어째서 그처럼 처참하게 도륙당해야 했단 말이냐!"

"누, 누가…… 그런 짓을…… 해, 했지……?"

"무존(武尊) 대무광(戴武光)!"

"억!"

두위가 이를 갈며 스산하게 말했다. 그의 대답을 들은 마석산이 비명을 지르며 주춤주춤 물러섰다. 머리 속이 혼란스럽기 짝이 없었다. 천하제일인으로 꼽히는 군웅성의 무존이 성도 이름도 알려지지 않은 삼류무사 한 명을 잔혹하게 죽였다는 것은 믿을 수 없는 일이었다. 마음속에 걷잡을 수 없는 의문이 일었지만 두위의 무섭게 굳은 얼굴을 보고는 입을 열어 물을 수가 없었다.

모닥불이 주위를 붉게 물들이며 타올랐다.

제상에 차려놓았던 건포(乾脯)를 물에 불린 다음 꼬치에 꿰어 숯불

위에 굽자 구수한 냄새가 퍼졌다. 과일 몇 개와 술 한 모금으로 새벽녘의 시장기를 달랜 두위와 마석산은 마치 싸운 사람들처럼 서로 외면한 채 앉아 무겁게 입을 다물고 있었다.

축축한 새벽 이슬이 내려 두 사람의 어깨를 적셨다. 아침이 올 때까지 그렇게 말없이 앉아 있기만 할 것 같던 두위가 혼잣말처럼 중얼거렸다.

"어둡고 습한 곳을 좋아하는 것은 사람이 할 짓이 못 된다. 요괴이든 아니든 상관없으니 왔으면 나와서 얼굴을 보여야 할 것이다."

"응?"

두위의 뜬금없는 말에 마석산이 화들짝 놀라 돌아앉으며 사방을 두리번거렸다. 그러나 그의 눈에 보이는 것은 불빛이 비치는 테두리 밖의 칠흑 같은 어둠일 뿐, 아무것도 찾을 수가 없었다. 그것이 마석산을 더욱 두렵게 했다.

"뭐, 뭐, 뭐, 뭐…… 냐?"

그가 엉덩이를 밀어 두위 곁에 다가앉으며 심하게 말을 더듬었다. 두위의 손이 슬그머니 곁에 놓아두었던 칼을 잡아가고 있었다.

"정 나오기 싫다면 가라. 그것도 싫다면 내가 쫓아주지."

와락 칼을 움켜쥔 그가 고개를 홱 돌려 어둠 속을 노려보았다. 덩달아 바라보는 마석산의 눈에 희끗희끗한 무엇이 보였다. 달빛 아래 하얗게 빛나는 창백한 줄기를 드러내고 있는 자작나무 숲 앞이었다. 가벼운 바람결에 부드럽게 흔들리는 것이 옷자락이 분명했다. 마석산이 주먹으로 눈을 비비고 다시 바라보았다. 여자였다.

"요, 요…… 요, 요괴다!"

검게 흘러내린 머리카락이 허리춤에서 옷자락과 함께 물결치듯 흔들리고 있었다. 마석산이 그것을 가리키며 온몸을 부들부들 떨어댔다. 두위가 칼을 굳게 움켜쥔 채 천천히 일어섰다.

아버지의 무덤 앞이었다. 초라한 그것이 마음속에 한이 되어 맺혀 있는데, 요괴까지 나와 날뛰게 둘 수는 없었다. 무엇이 되었든 내 아버지의 안식처를 어지럽히는 것이라면 가차없이 베어버리고 말겠다고 다짐하며 눈에 더욱 힘을 실었을 때였다.

"상공."

낮으나 맑고 청아한 음성이 두위를 불러 세웠다. 마석산은 이제 제 머리통을 두 팔로 감싸 안은 채 젖은 땅바닥에 처박고 있었다.

"소녀는 요괴가 아닙니다."

흰 옷자락이 주춤거리며 앞으로 나섰다. 노려보는 두위의 눈에 아리따운 소녀의 모습이 비로소 생생하게 들어왔다. 그녀가 옥처럼 투명한 손을 들어 이마 앞에 흩어져 있는 머리카락을 걷어냈다. 아직 스무 살도 되어 보이지 않는 앳된 얼굴이었다. 두려움도 없이 생글생글 웃고 있었는데 살짝 흘겨보는 눈길에 교태가 묻어났다.

"웬 낭자인가?"

야심한 시간에 이처럼 인적이 없는 깊은 산중을 배회하고 있었으니 좋은 뜻을 지닌 자는 아닐 것이라는 생각이 들었다. 경계를 풀지 않으며 엄한 음성으로 묻자 다시 몇 걸음을 다가온 소녀가 살짝 허리를 굽혀 인사하고 더욱 나긋나긋하게 말했다.

"두위, 두 상공이시죠?"

"응?"

생면부지의 여자가 어둠 속에서 불쑥 나타나더니 대뜸 자신의 이름을 부른다는 것이 두위를 놀라게 했다. 마음속에 이것은 정말 요괴가 아닌가? 하는 의문이 들었다. 그런 두위의 마음을 잘 안다는 듯 소녀가 입을 가리고 배시시 웃었다.

"주인께서 가르쳐 주셔서 알았답니다. 상공을 모셔 오라고 하셨어요."

"주인이라니? 그가 누구이며 어떻게 나를 알고 있고, 이곳에는 언제, 왜 왔단 말이냐?"

"그렇게 한꺼번에 물으시면 무엇을 먼저 대답해야 하는 건지 머리 속이 복잡해져요."

소녀가 머리를 기울이고 귀엽게 이마를 찡그리며 흘겨보았다.

"나쁜 뜻은 없답니다. 가서 주인님을 만나보시면 모든 것을 알게 될 거예요."

"가, 가지 마! 저, 저, 저…… 요괴의 마, 마, 말을……!"

마석산이 와락 두위의 종아리를 움켜쥐고 소리쳤다. 마음은 급하고 두려운데 말이 뜻대로 나오지 않으니 더욱 답답했다. 마석산이 무엇을 말하려고 하는지 눈치 챈 소녀가 그를 노려보며 흥! 하고 쌀쌀맞게 코웃음을 쳤다.

"덩치는 황소만한 사람이 저렇게 겁이 많으니 무엇에 쓴담. 데려다가 주인님의 수레를 끌게 하면 딱 좋겠다."

소녀의 새침한 말에 두위가 비로소 긴장을 풀고 마석산의 어깨를 두드렸다.

"네 생각처럼 요괴는 아닌 모양이다."

*　　　　*　　　　*

"아, 강한 놈이었다."

음침한 불 그늘이 동굴 안을 어슴푸레하게 밝혀주고 있었다. 천장에서 똑똑 떨어지는 물방울 소리가 메아리치며 들려왔다.

"그러게 복수 따위는 잊어버리라고 했잖아. 죽은 놈은 죽은 놈이다. 제 명이 거기까지인 걸 어떻게 하겠어. 우리도 언제 어느 놈의 손에 죽을지 모르는데 남의 죽음을 가지고 분해할 건 없잖아."

번풍(樊風)의 얼굴 한쪽을 온통 붕대로 감아주던 놈이 투덜댔다. 허리에 유성추를 두르고 있던 땅딸막한 자였다.

"시끄러!"

번풍이 그자의 손을 밀쳐 내며 날카롭게 소리쳤다.

"이제는 세상에 하나 남아 있을 뿐인 내 고향 친구란 말이다. 부모형제도 다 죽고 없는 불쌍한 놈이다. 악착같이 벌어서 고향으로 돌아가 땅을 사고 집을 짓겠다고 나선 놈이지. 멍청하기는 해도 어쨌든 내게는 소중한 친구였다. 그런데 칼에 맞아 죽었다. 복수를 해주지 않는다면 그놈이 저승에서 나를 원망하며 서럽게 울 게다."

"우리에게는 당장 돈이 필요해. 이러다가는 도둑질이라도 해야 할 판이다. 복수는 그 다음에 천천히 하자."

등 뒤에 두 자루 단창(短槍)을 엇갈려 메고 있는 자가 비스듬히 기대고 있던 동굴 벽을 밀치고 일어나 앉으며 차분하게 말했다. 번풍의 번쩍이는 외눈이 사납게 그자를 노려보았다.

"남의 일이라고 그렇게 말할 양이면 꺼져 버려! 동업 따위는 하지 않아도 좋다!"

유성추의 사내 호두개(胡斗愷)가 서운하다는 듯 입을 삐죽거렸다.

"우리가 함께 뭉쳐 다닌 지도 벌써 삼 년이 되었다. 그동안 크고 작은 싸움도 수십 차례나 했지. 생사를 함께 나눈 세월이었단 말이다. 그런데 너는 우리를 귀찮은 객꾼으로만 생각한다. 어, 이건 서운한 일인걸?'

"맞다. 우리는 언제나 손발이 잘 맞는 삼인조였다. 그런 무례한 말을 해서는 안 돼."

두 자루 단창을 지닌 사내 막고성(莫高星)마저 심각한 얼굴로 꾸짖자 번풍의 기세가 한결 누그러졌다. 그가 음, 하고 신음하고 나서 머리를 끄덕였다.

"사과하지. 내가 분한 마음에 너무 흥분했다."

잔뜩 찌푸려졌던 호두개와 막고성의 얼굴이 비로소 풀렸다. 호두개가 다시 번풍의 한쪽 얼굴에 붕대를 감아주며 중얼거렸다.

"당장 내일 아침 요깃거리를 장만할 돈도 없다. 무슨 수를 내야 해."

번풍의 얼굴은 이제 반쪽이 완전히 붕대로 감겨 괴이한 몰골을 하고 있었다. 두위의 한 칼에 당한 얼굴의 상처가 그의 마음에 지울 수 없는 원한으로 쌓였다. 다행히 눈은 무사했지만 턱 밑에서부터 이마에 이르기까지 긴 상처 자국이 보기 흉하게 남을 것이다.

'얼굴을 버린 것은 좋다. 참을 수 없는 건 그 애송이에게 졌다는 거다.'

부드득 이를 간 번풍이 그렇게 자기 자신에게 말해 주었다. 아직까지 쌍수도를 휘둘러서 이겨보지 못한 자가 없었다. 이건 내 상대가 아니다 싶으면 적당한 선에서 달아날 줄도 아는 영리함 때문이기도 했다. 하지만 두위는 아무리 생각해 보아도 그 정도의 상대는 아니었다. 충분히 이길 수 있는 자라고 여겼기에 강력하게 가로막고 나섰던 것이다. 그런데 결과는 자신의 생각과는 영 달랐다.

"언제고 그 애송이 놈에게 나 번풍의 칼이 얼마나 무서운지 확실하게 가르쳐 주고 말 테다."

"그래, 그래야지. 그렇지 않으면 사내가 아니지."

막고성이 반색을 하고 번풍의 말에 동의해 주었다. 그가 고집을 버렸다는 것을 알았기 때문이다.

"형주산(炯珠山)에 도적놈들의 산채(山寨)가 있다고 들었다. 날이 밝으면 그곳으로 가자."

형주산이라면 그들이 있는 곳에서 불과 삼십여 리 떨어진 옥성현(玉城縣)에 있는 험한 산이었다. 옛날에는 옥이 많이 생산되었으므로 지금도 곳곳에 그때의 채광 터가 남아 있었다. 높지 않은 산이었지만 주변에 부유한 네 개 현이 있었고, 그들의 교통로를 가로막고 있는 요충지이기도 했다. 그곳에 언제부터인가 산적들이 둥지를 틀고 들어앉아 제법 위세를 떨치고 있었다.

번풍의 말이 무엇을 의미하는지 알아들은 호두개와 막고성이 손뼉을 치며 좋아했다.

"맞다! 이째서 그 생각을 하지 못하고 궁상만 떨었을까? 가서 그놈들에게 부탁하면 은자 한 궤짝쯤은 쉽게 얻어낼 수 있을 거다."

말은 점잖게 하고 있었지만 결국 산적들을 털자는 얘기였다. 호두개의 말에 막고성이 주섬주섬 행랑을 꾸리기 시작했다.

"날이나 밝으면 떠나자."

호두개가 눈살을 찌푸렸다.

"조금 있으면 새벽이 밝아온다. 지금 떠나야 아침나절에 산채에 다다를 수 있을 거야."

"제기랄. 산적놈들 눈곱도 떼지 못하고 달려나와 손님을 치르게 생겼구나."

투덜대면서도 호두개 역시 풀어놓았던 자신의 행랑을 챙기기 시작했다.

산적 나부랭이나 상대해야 한다는 것이 스스로 생각해도 한심하기 짝이 없었다. 그러나 당장 궁색한 꼴을 면하기 위해서는 어쩔 수 없는 일이기도 했다. 어떻게든 적당한 일거리를 찾아내는 것이 좋았다. 하지만 그때까지 굶고 있을 수는 없는 것이다.

혀를 찬 번풍도 머리 속까지 울려오는 상처의 아픔을 꾹 눌러 참으며 칼을 집어 들고 일어섰다.

*   *   *

초막은 급하게 지은 모양을 완연하게 드러내고 있었다.

굵은 참나무를 찍어와 세운 사면의 기둥이 아직도 마르지 않은 채였고, 지붕과 벽을 막은 갈대 잎들도 새파란 빛이 그대로 남아 있었다. 그 엉성한 초막 앞에 두 명의 건장한 사내가 칼을 쥔 채 버티고 서 있었다. 다가오는 두위와 마석산을 바라보는 그들의 눈빛이 형형하게 빛났다.

"저곳이에요."

앞서 안내해 온 소녀가 두위를 돌아보며 초막을 가리켰다. 마석산이 비로소 두려움을 떨쳐 버린 듯 어깨를 쭉 펴고 턱을 치켜들었다. 그러자 그의 체구가 훨씬 더 크고 위압적으로 보였다. 초막 앞에서 번을 서고 있던 사내들의 눈빛이 잠깐 흔들렸다.

"이곳에서 잠시 기다리고 계세요. 제가 안에 들어가 주인님께 말씀드리죠."

자신을 깜찍한 요괴, 매괴(魅怪)라고 장난스럽게 소개한 소녀가 구름을 타는 듯 가벼운 걸음으로 사내들을 스쳐 초막 안으로 들어갔다. 그리고 한참 후 그녀가 다시 나왔는데 얼굴 가득 기쁨이 넘쳐흘렀다. 주인으로부터 칭찬을 들은 모양이었다.

"어서 들어가세요, 두 상공."

그녀가 나긋나긋하게 허리를 굽히며 한껏 교태를 띠고 말했다. 하지만 마석산이 두위의 뒤를 따르려고 하자 언제 그랬냐는 듯 쌀쌀맞은 표정으로 앞을 가로막고 섰다. 그녀의 키는 마석산의 가슴께에도 미치지 못했다. 곰 같은 자가 앞을 가로막고 선 조그만 아가씨를 내려다보며 쓴 입맛을 다셨다. 마석산의 험상궂은 몰골이 조금도 두렵지 않은 듯 매괴는 두 손을 허리에 척 얹은 채 매섭게 흘겨보았다.

"당신은 주인님의 허락이 없으니 들어갈 수 없어요."

"어, 어······!"

마석산이 말을 더듬다가 답답한지 제 가슴을 쿵쿵 두드리고 두위를 가리켰다. 가까이에서 보자 매괴는 훨씬 아름답고 매력적인 소녀였다. 그것이 마석산을 더욱 당황하게 했다. 그가 얼굴을 붉힌 채 발을 동동 구르는 모양이 재미있던지 매괴가 깔깔거리고 웃었다.

"어울리지 않게 재롱도 곧잘 떠는군요. 그러니까 꼭 이제 말을 배우는 아기 같아서 귀엽기도 한데?"

마석산의 얼굴이 더욱 붉어졌다. 매괴가 안아주기라도 할 듯 두 팔을 벌리고 달려들자 어쩔 줄 모르고 쩔쩔매던 마석산이 후닥닥 뛰어서 멀찍이 떨어져 있는 숲 속으로 달려 들어가 버렸다. 매괴가 손가락질하며 더욱 큰 소리로 웃어댔다.

밖에서는 엉성해 보이던 초막이었는데 안에 들어서자 제법 아늑했다. 가운데 숯불이 이글거리는 화로가 있어서 훈훈한 기운이 감돌았다. 백색의 얇은 휘장이 초막 한쪽을 가리고 있었고, 그 너머로 침상이 어른거려 보였다. 그 위에 한 사람이 앉아서 이쪽을 바라보고 있었는데, 휘장 때문에 흐릿한 형체만 분간할 수 있을 뿐 그 사람의 얼굴을 알아볼 수 없었다.

"두위라고 하오. 무슨 이유로 소생을 부른 건지 알고 싶소."

한참이 지나도 상대로부터 아무런 말을 들을 수 없자 두위가 먼저 가볍게 포권하고 입을 열었다. 그래도 휘장 건너의 상대로부터는 대꾸가 없었다. 조금 더 기다리던 두위가 이맛살을 찌푸렸다. 그의 얼굴에 불쾌해하는 기색이 떠올랐다.

"사람을 불러놓고 이처럼 박대하다니…… 용건이 없다면 돌아가겠소."

거친 손길로 옷자락을 턴 두위가 성큼 돌아섰다.

"거기 서요!"

그가 두어 걸음을 떼어놓자 비로소 휘장 뒤에서 날카롭게 외치는 소리가 들려왔다.

'여자였군?'

그 목소리가 짜랑짜랑한 젊은 여자의 것이었으므로 두위는 더욱 의아하게 여겼다. 매괴라는 소녀가 찾아오고, 초옥에 들어섰을 때부터 두위는 상대가 여자일 것이라고 짐작은 했었다. 그런데 막상 그것을 확인하자 곤란하다는 걱정이 먼저 들었다. 거친 남자들을 상대하는 것보다 이처럼 젊고 신비롭게 보이기를 원하는 여자를 상대하는 것이 훨씬 어렵다는 것을 그는 잘 알고 있었다.

천천히 돌아서서 다시 휘장을 사이에 두고 마주 섰다.

"당신은 돈을 받고 일을 해주는 무사라지요?"

휘장 건너편에서 훨씬 가라앉은 음성이 다시 흘러나왔다.

"나는 당신에게 한 가지 의뢰를 하려고 해요. 당신이 그것을 잘 해줄 수 있을지 모르겠군요."

"무슨 일이오?"

"한 사람을 죽이는 일이에요."

제3장 또 하나의 만남

또 다른 만남

의뢰인을 위해 대신 싸워준다지만 싸움에는 언제나 죽음이 따르기 마련이었다
자신의 칼에 그렇게 죽은 자만도 벌써 십여 명이 넘었다

"살인 청부?"

두위의 이마가 다시 찌푸려졌다.

돈을 받고 의뢰인을 위해 그가 원하는 일을 해주기는 하지만 그것은
어디까지나 고용된 무사로서 대신해 싸워주는 일이었지 이처럼 살인을
청부받아 본 적은 없었던 것이다.

"찾아보면 살인을 전문으로 해주는 청부업자들이 있을 텐데?"

"나는 당신을 사고 싶어요."

"허!"

두위가 난감해하는 모습을 보이자 휘장 뒤의 여인이 달래듯 차근차
근하게 말했다.

"당신은 돈을 받고 의뢰인을 위해서 싸움을 하지요?"

"그렇소."

"그것이 천륜에 어긋나고 인륜에 반하는 일만 아니라면 얼마든지 칼을 휘둘러 싸움터를 휘젓고 다닐 수 있지요?"

"그렇소."

"그때 한 사람도 죽이지 않나요?"

두위는 할 말이 없어지고 말았다.

의뢰인을 위해 대신 싸워준다지만 싸움에는 언제나 죽음이 따르기 마련이었다. 자신의 칼에 그렇게 죽은 자만도 벌써 십여 명이 넘었다.

두위가 대꾸하지 못하자 여인이 그것 보라는 듯 의기양양하여 다시 말했다.

"그렇게 살인을 하는 것과 한 사람을 지목해서 죽여달라는 청을 받고 그 일을 하는 것과 다를 게 뭐지요?"

"그게 누구요?"

변명할 말을 찾지 못해 한참을 우물쭈물하다가 길게 한숨을 쉰 두위가 쓸쓸한 어조로 물었다. 여인의 말이 하나도 틀리지 않았던 것이다. 그동안 자신은 그래도 비열하게 자객 행각을 하는 살인 청부업자들과는 다르다고 여기고 있었으나 이제 그것이 아니라는 것을 깨닫고 침통해졌다. 어차피 돈에 팔려서 타인의 목숨을 빼앗기는 마찬가지였던 것이다. 그것이 드러내 놓고 하는 것과 어둠 속에 숨어서 은밀히 하는 것이라는 차이가 있을 뿐 결국은 같았던 것이다.

"당신의 말이 모두 옳으니 나는 거절할 수 없게 되었구려."

"잘 생각했어요. 우선 청부의 대가를 지불하죠."

휘장이 펄럭이더니 그 안에서 작은 비단 주머니 한 개가 던져졌다. 손바닥에 내려앉는 무게가 묵직했다. 매듭을 풀고 기울이자 안에서 영롱한 빛을 발하는 다섯 개의 구슬이 쏟아져 나왔다.

"아, 이것은, 이것은……."

그것을 본 두위가 놀람으로 말을 잇지 못했다. 한 개의 크기가 잘 익은 호두알만한 그것은 두위 같은 문외한이 보아도 보통의 물건이 아니었다.

"돈으로 바꾸면 그것 한 알이 황금 한 관의 값어치를 할 거예요. 일이 성사되고 나면 그만큼을 더 드리죠."

대체 이처럼 귀한 것을 대가로 주고 목숨을 빼앗으려는 자가 누구인지 더욱 궁금해졌다. 꿀꺽 마른 침을 삼킨 두위가 갈라진 음성으로 다시 물었다.

"대체 누구의 목을 원하는 거요?"

"백운장주(白雲莊主) 이릉운(李凌雲)."

"아!"

휘장 안에서 들려온 싸늘한 말을 들은 두위가 외마디 비명을 터뜨렸다.

"대체 너는 누구냐!"

그가 버럭 외치며 몸을 날려 덮쳐 갔다.

"무례한 놈!"

동시에 초막 안으로 뛰어드는 두 개의 그림자가 있었다.

씨이잉!

막 휘장을 잡아채려는 두위의 등으로 날카로운 검기가 파고들었다. 뒷덜미가 서늘해지는 느낌이 심상치 않았다.

"치잇!"

분한 숨을 내뱉은 두위가 몸을 기울여 옆으로 뛰며 돌아보지도 않고 그대로 칼을 뽑아 후려쳤다.

쨍!

한차례 맑고 낭랑한 쇳소리가 울려 퍼졌다. 가슴 앞에 칼을 세우고 재빨리 돌아선 두위의 눈에 초막 입구를 가로막고 서 있는 두 명의 사내가 들어왔다. 밖에서 번을 서고 있던 자들이었다. 눈빛이 심상치 않다고 여겼는데 역시 무시할 수 없는 자들이었다. 두위의 동정을 은밀히 감시하고 있다가 그가 움직이자 질풍처럼 뛰어들어 일검을 날리고는 다시 기척없이 물러나 있었던 것이다.

이만한 자들이라면 언제 어떤 상황에서 부딪치든 결코 무시할 수가 없었다. 잠시 번쩍이는 그들의 눈길을 마주 대하던 두위가 칼을 거두며 피식 웃었다.

"당신이 직접 해도 될 것 같은데 왜 하필 나를 고른 건지 모르겠군."

"그들은 나의 호위이지 낭객이 아니에요."

휘장 안에서 싸늘한 대답이 들려왔다.

"흥!"

두위가 코웃음을 쳤다. 여인의 말이 그의 자존심을 몹시 상하게 한 것이다. 동시에 그의 신형이 다시 앞으로 퉁겨지듯 쏘아져 나갔다. 세게 떠밀리기라도 한 듯 갑작스런 움직임이었다. 발가락의 힘만으로 움직였을 뿐, 무릎을 굽히지도 않았으므로 뒤에 서 있던 두 명의 사내들도 미처 눈치 채지 못했다.

"엇?"

그들이 당황한 외침을 터뜨렸을 때 두위는 벌써 휘장을 붙잡고 있었다.

"괘씸한 놈!"

다시 등 뒤에서 날카로운 파공성과 함께 한 가닥 서늘한 검기가 쇄도해 들었다. 그러나 이번에는 단단히 준비하고 있던 두위였다. 그가 휘장을 잡은 손을 떼지 않으며 뒤꿈치를 번쩍 들어 등 뒤를 맹렬하게 걷어찼다.

땅!

그의 발이 등을 찔러오던 사내의 검신을 정확하게 때렸다. 그자가 부르르 떠는 검을 흔들어 털었을 때 두위는 벌써 휘장을 젖히고 그 안으로 뛰어들고 있었다. 앞서 검을 쳐낸 자보다 한발 늦게 도착한 자가 발을 동동 굴렀다. 휘장은 다시 아무 일도 없었던 듯 그들을 가로막은 채 쳐져 있었고, 여인의 앞에 우뚝 서 있는 두위의 검은 그림자가 어슴푸레하게 비쳤다.

"아, 당신은 채 소저가 아니었군?"

휘장 안에서 놀람의 소리가 들려왔다.

두위는 그녀가 채 소저일 것이라고 짐작하고 있었다. 흑룡방이 폐허가 될 때 그녀는 멀리 귀주(貴州)로 떠났다. 옥수궁(玉樹宮)의 소궁주(小宮主)와 혼약하기 위해서였다. 그녀가 떠나고 일 년 뒤 흑룡보는 이 땅에서 사라져 버렸다. 개미새끼 하나 살아남지 않은 처참한 살육이었다.

하지만 자신이 살아 있듯이 채 소저 또한 살아 있을 것이라고 두위는 믿고 있었다. 그때 흑룡보에 없었던 사람은 오직 자신과 채 소저뿐이었던 것이다.

그러나 두위의 짐작은 틀리고 말았다. 앞에서 영롱한 눈빛을 들어 똑바로 바라보고 있는 여인은 그가 한시도 잊은 적이 없는 채영경(菜玲瑢)이 아니었다.

여인은 스물을 조금 넘긴 듯한 나이였는데 화장을 하지 않은 맨 살결이 창백하도록 희어서 처연해 보이는 아름다움을 지니고 있었다. 그녀의 서늘한 눈이 두위를 똑바로 바라보고 있었다. 얼굴에서 조금의 표정도 읽을 수 없었다.

두위는 휘장 안으로 뛰어든 직후 세 번 놀라야 했다. 한 번은 자신의 짐작이 틀렸다는 것 때문이었고, 다음으로는 눈앞에 오연하게 앉아 있는 낯선 여인의 아름다움 때문이었다. 그리고 지금은 그녀가 천천히 뻗어내고 있는 손가락 때문에 가장 크게 놀라고 있었다.

상아를 조각해 놓은 듯한 손가락이 두위의 가슴 앞을 가리키며 천천히 뻗어 나왔다. 처음에 두위는 그녀의 의도를 알 수 없어서 어리둥절했지만 곧 그녀가 무엇을 하려는 것인지 알았다.

팔을 거의 다 뻗었을 때 그녀는 곧게 폈던 손가락을 살짝 구부려 엄지손가락으로 눌렀다. 그 둘째 손가락이 더욱 창백하게 변해가더니 그때쯤에는 얼음이 된 듯 투명하게 변하고 있었는데, 살 속의 핏줄과 뼈가 다 드러나 보일 정도였다.

"빙옥지(氷玉指)!"

놀란 두위가 외쳤다. 그것이 무엇인지, 얼마나 무서운 것인지에 대해서 귀역의 풍 노인으로부터 귀가 따갑게 들어왔다. 풍 노인은 그것이 천하에서 가장 강한 지력(指力)이고, 오직 여인만이 익힐 수 있는 음한지공(陰寒之功)이기에 달리 옥녀지(玉女指)로 불린다고도 했었다.

이십 년 전, 무존(武尊) 대무광(戴武光)이 일백 영웅들을 거느리고 무림 정기를 내세워 사마도(邪魔道)의 척결(剔抉)에 나서서 종횡사해(縱橫天下)를 시작했다. 십년출사(十年出師)로 불리는 그 대장정이 시작된 뒤부터 대무광에게 반대한 자들은 모두 사마외도의 무리로 낙인 찍혀

척살되거나 강호에서 모습을 감추어 버리고 말았다.

　십 년 동안 수많은 거마(巨魔) 효웅(梟雄)들이 패하여 죽었고, 그들의 절기가 사라졌다. 그들 중에는 강호를 어지럽히던 마두들도 있었지만 은원에서 떠나 유유자적하던 은거 고인들도 섞여 있었다.

　—흑이 아니면 백일 뿐이다!

　그것이 강호를 태풍처럼 휩쓸어갔던 대무광이 가한 일갈(一喝)이었다. 사마(邪魔)를 누르는 길은 패도(覇道)일 뿐이라는 그의 뜻에 따르지 않는 자는 흑도(黑道)로 내몰려 죽거나 더욱 깊은 산중으로 영영 숨어버리는 길밖에 없었다. 달리 선택의 여지가 주어지지 않았다.

　대무광의 힘은 파천지경(破天之境)에 닿아 있었고, 그를 따르는 일백 영웅들의 질주는 대막(大漠)의 용권풍(龍卷風)처럼 앞을 가로막는 모든 것들을 휩쓸어 버렸다.

　십 년 동안 지칠 줄 모르고 계속된 그 무서운 혈풍(血風)은 강호를 평정해 버리고 나서야 멈추었다. 여태까지 그 누구도 실현시키지 못했던 일을 대무광과 일백 영웅들이 한 번 떨치고 일어나 거뜬히 해낸 것이다.

　숨죽이고 지켜보던 세상은 경악하다가 드디어 환호와 찬양으로 그들 앞에 머리를 숙였다. 이제 대무광과 일백 영웅들을 대적할 자는 어디에도 없었다.

　그들의 위업을 기리기 위해 강호인들이 만들어 바친 것. 그것이 바로 지금의 군웅성(群雄城)이었다.

　그때 사라진 수많은 마두와 명숙들, 그리고 함께 사장되어 버렸던 무서운 절기들. 그중 단연 돋보이던 것이 바로 눈앞에서 두위를 가리키고 있는 투명한 손가락, 빙옥지(氷玉指)였다.

"당신은 이것을 알아보는군요?"

여인이 창백한 입술을 달싹거리며 들릴 듯 말 듯 말했다. 두위의 눈은 여인의 그 얼음처럼 변해 버린 손가락에 멎은 채 움직일 줄을 몰랐다. 저것이 한 번 퉁겨지면 피하거나 막을 엄두도 내지 못할 것이다. 이처럼 손을 뻗으면 닿을 지척에서 퉁겨지는 빙옥지라면 무존 대무광이라고 하더라도 어쩔 수 없을 것이 분명했다.

"두려운가요?"

여인의 말속에 비웃음이 담겨 있었다. 그러나 두위는 감히 성질대로 할 수가 없었다. 그가 침묵하자 여인이 가볍게 웃었다.

"당신의 칼이 사납고 무섭다던데 내 손가락 하나를 어쩌지 못하고 그처럼 겁에 질려 있으니 소문이 과장된 것이었군요?"

"으음!"

두위의 입술 사이로 억눌린 한숨이 신음처럼 무겁게 흘러나왔다. 일그러지는 그의 얼굴을 빤히 바라보던 여인이 천천히 손가락을 거두었다.

"이것을 보았다는 말을 하지 않을 수 있지요?"

다시 꺼질 듯 한숨을 쉰 두위가 천천히 머리를 끄덕였다. 여인의 입가에 비로소 화사한 미소가 피어올랐다. 그러자 그 얼음같이 차갑기만 하던 얼굴이 부용꽃처럼 환하게 펴지는 것이어서 두위는 어지럼증을 느끼고 말았다.

"나는 당신을 만났다는 것마저 잊어버릴 것이오. 그러나 그전에 한

가지 묻고 싶은 게 있소."

"내가 대답해 줄 수 있는 거라면 좋겠군요."

"낭자는 분명 나와 초면이오. 그런데 어떻게 내 이름을 알고 있는 건지, 그리고 어째서 이 음산한 곳에 와 있는 건지 알고 싶소."

맑은 눈을 깜박이지도 않은 채 빤히 바라보던 여인이 가볍게 한숨을 쉬었다.

"누군가로부터 당신에 대한 이야기를 들었답니다. 그 얘기가 하도 절절하고 인상이 깊어서 잊을 수 없었지요. 오늘 이곳에 온 당신을 보고 나는 금방 알 수 있었어요. 그리고 이곳이 당신의 땅이 아닌데 내가 오지 못할 것도 없지요. 나는 원래 이처럼 음산하고 인적없는 곳을 좋아해요."

"좋소. 그건 더 따지지 않겠소. 하지만 당신에게 나에 대해서 이야기해 주었다는 그 사람이 누구요?"

한 걸음 다가서며 급하게 물었다. 그러나 여인은 도리질을 할 뿐 입을 굳게 다물었다.

"채 소저요?"

"당신은 어째서 그녀일 것이라고 생각하지요?"

"오늘이 바로…… 아, 그만둡시다."

말을 하려던 두위가 한숨을 쉬고 머리를 저었다.

여인의 말을 들으며 두위는 채 소저가 그녀를 대신 보냈을 것이라고 짐작했다. 하지만 확신은 없었다. 그러므로 외인일지도 모르는 낯선 여인에게 흑룡보의 비사를 말해 줄 수는 없었다. 두위가 말을 꺼내다 말자 의외라는 듯 여인이 눈을 동그랗게 뜨고 바라보았다.

입가에 쓴웃음을 띤 두위가 그녀에게 다시 주머니를 던져 주었다.

그녀가 의아한 눈길로 고개를 갸웃했다.

"당신은 내 의뢰를 거절하는 건가요?"

"내가 해야 할 일을 하면서 돈을 받지는 않소."

"아, 당신은 이릉운(李凌雲)의 목숨을 이미 의뢰받은 일이 있었군요?"

여인이 안타깝다는 듯 탄성을 터뜨렸다. 두위의 낯빛이 딱딱하게 굳어졌다.

"그렇소. 나는 나 자신에게 그의 목을 의뢰해 두고 있었소. 벌써 십 년 전의 일이오."

"그 말은……?"

"당신의 의뢰가 너무 늦었다는 것이니, 당신 역시 오늘의 일은 잊어 버리는 것이 좋겠소."

묘하게 반짝이는 여인의 눈길이 더 머뭇거림없이 휘장을 젖히고 나가는 두위의 등에서 떠나지 않았다.

'대체 거기서 무슨 일이 있었던 거야?'

마석산이 두위를 가리키고 이제는 보이지 않는 초막을 가리키며 그렇게 물었다. 새벽 이슬을 털며 묵묵히 걷기만 하는 두위의 얼굴이 무섭게 굳어 있었던 것이다.

"아무 일도 아니다. 너와는 상관없는 일이니 잊어버려."

그래도 마석산은 못내 아쉬운 얼굴로 자꾸만 뒤를 돌아보았다. 어쩌면 그는 참나무 숲 머리에 서서 보이지 않게 될 때까지 손을 흔들어주었던 그녀, 매괴(魅怪)를 아쉬워하는 건지도 몰랐다.

"공자님, 다시 또 뵙게 되기를 바래요."

매괴는 두위를 깍듯이 공자라고 불렀다. 두위는 처음 들어보는 그 말이 영 어색하기만 했다.

"덩치만 큰 겁쟁이도 잘 가. 나를 요괴라고 놀렸으니 다시 만났을 때는 그 벌로 나를 업고 다녀야 해."

마석산의 험상궂은 얼굴이 조금도 무섭지 않은지 매괴가 그렇게 넉살을 떨며 손을 흔들었다. 마석산은 얼굴만 붉힌 채 감히 그녀를 똑바로 바라보지도 못했다.

"아무래도 넌 매괴가 자꾸 생각나는 모양이구나?"

두위가 그때를 떠올리고 넌지시 묻자 마석산이 펄쩍 뛰며 눈을 부라렸다.

"그, 그, 그건…… 아, 아……."

"알았다, 알았어."

그가 말을 하기 위해 얼굴을 시뻘겋게 붉히며 힘들어하자 두위가 손을 내저었다.

*　　　　*　　　　*

그 아침이 그렇게 삼우각(三佑角)을 붉게 물들이며 밝아오는 무렵에 멀리 떨어져 있는 형주산(炯珠山)에도 새벽빛이 내려앉고 있었다. 어슬한 새벽 바람을 맞으며 형주산 남쪽 능선을 꺼덕꺼덕 오르는 세 명의 수상한 자들이 있었다. 한쪽 얼굴을 온통 붕대로 동여매고 있는 번풍(樊風)과 두 명의 일행이었다.

"이 길이 맞는 거야?"

유성추를 두르고 있는 땅딸막한 사내 호두개(胡斗愷)가 가도 가도 끝이 보이지 않을 듯한 울창한 숲을 바라보며 투덜댔다. 그는 벌써 배가 고파오고 있었던 것이다.

"너무 일찍 왔나보다. 하긴 이런 새벽에 어떤 미친놈이 강도가 출몰하는 산길을 가겠냐? 아무래도 헛걸음하는 거지 싶다."

막고성(莫高星)도 탄식하며 투덜거렸다. 자신들이 어쩌다가 이런 신세가 되었는지 그것이 한심한 모양이었다. 그들의 투덜거림을 듣는 건지 마는 건지 번풍에게서는 아무런 반응이 없었다. 묵묵히 바짓자락을 적시며 숲을 헤쳐 나가기만 하던 번풍이 문득 걸음을 멈추었다.

"저긴가 보다."

그가 가리키는 곳을 바라본 호두개와 막고성이 군침부터 삼켰다. 능선에 거의 다 올라와서였다. 잔나뭇가지들 사이로 바위 벼랑을 의지하여 세워져 있는 목책(木柵)의 일부가 바라보였다. 망루(望樓)도 있는 것이 제법 큰 산채인 것 같았다.

세 사람의 걸음이 빨라졌다. 그들은 하나같이 저놈들이 오늘은 제대로 임자를 만났다는 생각을 했다. 행인들을 상대로 겁을 주고 협박해서 먹고 사는 놈들이 오늘은 그보다 더 큰 두려움을 맛보며 벌벌 떠는 것을 눈앞에 그려보기만 해도 신이 났다.

몸을 감출 필요도 느끼지 못했다. 날듯이 산을 타고 숲을 가로질러 내닫는 걸음들이 먹이를 발견한 맹수의 그것과 같았다.

"어라?"

앞서 달리던 호두개가 눈살을 찌푸리며 멈추어 섰다.

"누, 누구냐!"

십여 보 앞쪽의 풀숲에서 구레나룻이 시커먼 놈 하나가 바지춤을 붙든 채 엉거주춤한 모습으로 일어서며 외쳤다.

"너희 두령을 만나러 온 사람들이다. 가서 전해라."

세 사람의 기색에서 심상치 않은 기운을 느꼈던지 놈이 여전히 엉덩이를 뒤로 뺀 채 당황하여 허둥대면서도 눈치를 보는 것을 잊지 않았다.

"이, 이름은?"

"알 것 없어. 가서 전하기만 하면 돼!"

막고성의 호통 소리에 찔끔 놀란 놈이 뒤처리를 할 생각도 하지 못하고 뒤뚱거리며 목책을 향해 달려갔다.

느긋하게 뒤를 따라간 번풍 일행은 망루가 바라보이는 바위에 기대거나 편히 앉아서 기다렸다. 잠시 후 망루 위에서 작은 소란이 있더니 네 명의 험상궂은 사내들이 모습을 드러냈다. 활을 들고 있는 놈이 세 명이었고, 한 놈은 제법 무게가 나가 보이는 칼을 들고 있었는데, 하나같이 옷매무새가 흐트러져 있는 것이 이제 막 잠에서 깨어 급히 달려온 모양이었다.

"웬 놈들이 이 새벽부터 시끄럽게 굴지? 저승 구경을 하고 싶어 안달이 난 놈들이구나?"

칼을 든 자가 눈을 부라리며 호통을 쳤다. 물끄러미 바라보던 호두개가 어이없다는 듯 실소를 흘렸다. 엉덩이를 털고 일어선 그가 망루 위에서 눈을 부라리고 있는 자를 가리켰다.

"후레자식아, 높은 데서 내려다보니까 눈깔에 뵈는 게 없냐? 할아비를 보고도 절을 하지 않다니. 이리 나와봐라. 어르신께서 네놈의 버르장머리를 고쳐 주마."

"저런, 저런, 쳐 죽일 놈이 있나!"

사내가 칼을 들어 올리며 온몸을 부르르 떨었다. 하는 짓이 산채에서 제법 높은 자리에 있는 자 같았다.

"오냐, 기다려라. 네놈이 대갈통이 두 쪽 나고도 그런 소리를 하는지 어디 보자!"

제 성미를 이기지 못하고 칼을 휘둘러 난간을 찍어버린 자가 쿵쿵거리며 망루를 달려 내려오는 게 보였다. 호두개가 막고성을 돌아보고 씩 웃었다.

"봤지? 저놈은 내 거다?"

"저놈뿐만 아니라 너 혼자서 다 해라. 번풍과 나는 여기 앉아서 구경이나 하지."

막고성이 웃으며 말을 받았다. 그러나 번풍의 얼굴은 왠지 밝지가 못했다. 그는 막고성이 호두개처럼 산적의 무리들을 너무 얕잡아보고 있다는 게 마음에 들지 않았다. 호두개는 원래 호들갑스럽고 허풍을 떠는 경향이 있는 자였으니 그렇다고 쳐도 막고성은 신중한 자였다. 그런 그마저 들떠 있다는 것은 좋은 일이 아니었다.

칼날 위에 목숨을 걸고 하루하루를 살아가는 사람들에게 방심은 가장 큰 적이었다. 번풍과 같은 사람들은 오직 이기기 위해서만 싸움을 해야 했다. 명예나 호승심 따위는 사치인 것이다. 싸워서 이겨야만 돈을 받을 수 있고, 그 돈이 있어야 살아갈 수 있는 것이다.

"온다!"

재미있다는 듯 막고성이 앉아 있던 바위를 두드리며 소리쳤다. 목책의 문이 삐죽 열리더니 그리로 망루 위에서 호통을 쳤던 자가 커다란 칼을 휘두르며 달려나오고 있었다. 풀어헤쳐진 옷자락 사이로 시커먼 털로 뒤덮인 가슴이 고스란히 드러난 채였다.

쿵쿵거리며 달려오는 기세가 제법 사나웠다. 체구도 듬직한 것이 과연 녹록치 않아 보이는 자였다.

"옳지, 얌전하게 기다리고 있었구나!"

부스스한 머리카락을 휘날리며 우르르 달려온 자가 번풍과 막고성은 본 척 만 척하고 오직 호두개를 향해 곧장 뛰어들었다. 그의 칼이 곁에서 흰빛을 뿌리며 떨어지고 있었지만 번풍의 눈길은 다른 곳에 가 있었다. 그는 활짝 열리고 있는 목책의 문을 유심히 바라보았다. 제법 무장을 갖춘 십여 명의 장한들이 살기등등하게 쏟아져 나오고 있는 중이었다. 지금 눈앞에서 칼을 휘둘러 대고 있는 자를 선봉으로 삼은 모양이었다.

"이크, 무섭다!"

호두개가 호들갑을 떨며 바쁘게 움직였다. 그때마다 사내의 파풍도(破風刀)가 아슬아슬하게 그의 그림자를 끊고 지나갔다.

그들은 산적들을 토벌하기 위해 온 관병이 아니었다. 적당히 겁을 주어서 창고를 열게 하고 은자를 빼앗아가면 그뿐인 것이다. 호두개는 굳이 살인을 하고 싶은 마음이 없었다. 자신의 솜씨를 마음껏 뽐내서 놈들이 감탄하고 스스로 무릎을 꿇게 하면 그만이라고 생각했다. 그러나 번풍의 생각은 달랐다.

아무리 보잘것없는 자들이라도 열 명, 백 명이 무리지어 있으면 결코 가볍게 여길 수가 없는 것이다. 게다가 날이 시퍼런 도검을 들고 있는 자들이라면 더욱 그랬다. 고수를 상대해 싸우는 것보다 그런 자들이 더 위험한 법이었다. 들개가 무리지어 있으면 호랑이도 피해 가는 것과 다르지 않았다.

'너무 쉽게 생각했다.'

번풍은 자신의 결정이 성급하고 위험한 것이었음을 인정하지 않을 수 없었다. 처음 언덕에 올라서서 목책을 보았을 때부터 품었던 생각이었는데, 이제 그곳으로부터 쏟아져 나오고 있는 자들을 보자 더 깊은 위기감이 그를 긴장하게 했다. 그것이 그가 내내 심각한 표정을 하고 있던 이유이기도 했다.

"어이구, 좀 살살 해라. 나도 숨 좀 쉬면서 하자. 이크, 큰일 날 뻔했구나. 아깝다. 조금만 더 빠르게 했더라면 좋았을 것을……."

호두개는 눈앞의 상대를 희롱하는 재미에 흠뻑 빠졌는지 여전히 호들갑을 떨기만 할 뿐 조금도 진중한 기색이 없었다. 그러나 막고성은 이제 더 이상 호두개의 놀이를 재미있게 구경하고 있지 않았다. 그의 눈에도 목책에서 쏟아져 나오고 있는 자들의 기세가 심상치 않게 여겨졌던 것이다.

"되겠어?"

막고성이 비로소 긴장을 담은 얼굴로 물었다. 그를 한 번 돌아본 번풍이 대답 대신 기대고 있던 바위를 밀고 몸을 바로 일으켜 세웠다. 그새 산적의 무리들은 오십여 보 앞까지 몰려들고 있었다.

그들의 뒤로 다시 십여 명의 산적들이 뛰어 나오고 있었는데, 이번에는 갑주를 갖추어 입고 말을 탄 자 한 명이 그들을 이끌고 있었다. 번풍은 이상하다고 생각했다. 생긴 것들로 보아서는 영락없이 산속에 틀어박혀 되는대로 살아가는 무법자의 무리들이었지만 하는 짓은 그렇지 않았던 것이다.

아직 잠에서 깨지 않았을 이 새벽에 전갈을 받고 급히 달려나온 자들의 수가 스무 명이나 된다는 것은 심상치 않은 일이었다. 그들은 밤새 혹시 있을지도 모르는 이런 일에 대비하기 위해 준비하고 있던 야간 대기조일 것이다. 그리고 경계 병력과는 별도로 그런 대기조의 인원을 스무 명이나 뽑아 운용할 정도라면 적어도 산채 안에는 이백 명이 넘는 자들이 있을 것이라는 추측이 가능했다. 게다가 그들이 군영(軍營)과 같이 잘 통제되고 있다면 더 무서운 일이었다.

"안 되겠다."

묵묵히 바라보고 있기만 하던 번풍이 바위를 밀고 나섰다. 그의 손은 어느새 등 뒤로 솟아 나와 있는 칼자루를 쥐고 있었다. 그새 코앞에까지 몰려온 자들 중 한 명이 온 산이 쩌르릉 울리는 기합 소리와 함께 장창을 찔러오고 있었다.

"이얍!"

번풍의 입에서도 상대를 압도하는 기합 소리가 터져 나왔다. 그가 바위를 박차고 훌쩍 뛰어올랐다. 동시에 그의 어깨 너머에서 흰 칼 빛이 뿜어졌다.

"으악!"

최초의 비명이 터졌다. 번풍을 노리고 첫 창을 내질렀던 자가 동강난 창대를 움켜쥔 채 쓰러졌다. 반쯤 벌어진 어깨뼈 사이로 선혈이 분수처럼 솟구쳐 올랐다.

번풍의 움직임은 한줄기 질풍과 같았다. 상대를 가볍게 찍어 넘긴 그의 쌍수도(雙手刀)가 번쩍이는 곳마다 처절한 비명과 함께 선혈이 뿌려졌다. 긴 칼을 두 손으로 굳게 움켜쥔 채 한쪽만 드러나 있는 눈을 번쩍이며 달려드는 번풍의 기세는 단번에 산적들을 압도했다.

적들의 중앙을 바라보고 똑바로 달려나가는 그의 발끝에서 이슬방울이 퉁겨져 안개처럼 흩어졌다.

"으앗!"

"흩어져라!"

비명과 고함 소리가 동시에 깊은 산중의 새벽을 뒤흔들었다. 번풍의 칼에 다시 그를 가로막던 자의 목이 떨어지자 그것을 본 우두머리가 목청껏 외친 것이다.

"으악!"

번풍과는 다른 곳에서 또 한 차례의 처절한 비명이 울려 퍼졌다. 막고성의 단창에 가슴이 꿰뚫린 자가 터뜨린 소리였다. 번풍 못지않게 후리후리한 키를 가지고 있는 마른 몸집의 막고성 또한 눈부시게 움직이고 있었다. 두 자루의 단창을 엇갈려 뻗고 후려치는 곳마다 매서운 경기가 쏟아져 나가 적들의 간담을 서늘하게 했다.

"여기도 있다!"

훌쩍 뛰어 물러선 호두개의 손에는 어느덧 유성추가 들려 있었는데, 빼곡이 가시가 돋아나 있는 그것이 파풍도를 휘두르던 자의 뇌수와 피로 흠뻑 젖어 번들거리고 있었다.

비로소 사태가 심상치 않음을 느낀 호두개도 장난기를 버리고 곧장 번풍의 좌측에서 유성추를 휘두르며 달려들었다. 세 명의 사내들이 저마다 힘을 다해 쳐들어오자 기세등등하던 산적들의 선봉이 곧 무너졌다. 다시 막고성과 호두개의 손에 두 명의 목숨이 끊어졌다. 번풍의 칼도 크게 휘둘러 떨어지며 또 한 놈의 목을 날려 버리고 있었다.

순식간에 여섯 명의 목숨을 잃은 산적들이 우왕좌왕할 때 그 뒤를 받치며 뛰어든 후발대 열 명이 함성을 지르며 밀고 들어왔다. 앞서 허둥거리며 달려나왔던 열 명과는 기세에서부터 차이가 났다.

"뭐야? 겨우 세 놈이었냐?"

말을 타고 있던 자가 어이없다는 듯 번풍 등을 바라보더니 칼을 뽑아 허공에 휘둘렀다.

"어쨌든 살려둘 수 없다! 쳐라!"

다섯 명의 창수가 장창을 내세운 채 밀고 들어왔고, 도검을 든 자들이 함성을 질러 기세를 올리며 뒤따랐다. 번풍 등은 위협적으로 쇄도해 들어오는 장창을 쳐내며 물러서기에 바빴다. 갑주를 받쳐 입은 자가 뒤에서 말에 올라앉은 채 칼을 휘둘러 소리 지르며 졸개들을 독려했다.

"들어간다!"

몇 번 칼을 휘둘러 물리치며 그들의 공격법을 눈여겨본 번풍이 막고성과 호두개를 돌아보며 버럭 소리쳤다. 이렇게 더 시간을 끌어서는 위험하다는 판단이 선 것이다. 이건 보통의 산적들이 아니라는 생각이 더욱 강하게 들어서 그것이 그를 초조하게 하기도 했다.

"좋아, 해보자구!"

번풍의 고함을 들은 막고성과 호두개가 마주 소리쳐서 서로를 격려했다. 그리고 그들의 움직임이 여태까지와는 다르게 빨라졌다. 좌우로 벌려 섰던 그들이 한곳에 모이더니 서로 등을 떠밀 듯 두려움없이 장창을 마주 보고 달려나갔다. 마치 불쑥 뻗어내는 창날에 스스로 가슴을 찔러 넣으려는 듯했다.

"이 하찮은 산적 놈들이 감히!"

호두개의 유성추가 휘파람 소리를 내며 떨어졌다. 그것이 앞서 찔러온 창을 휘감아 흔들자 뒤따라온 막고성이 두 자루의 단창을 힘껏 내저어 좌우에서 찔러오는 창을 밀어냈다. 틈이 벌어졌다. 다음에는 쌍수도를 쥔 채 뒤따라 내달려 온 번풍의 차례였다.

"이야압!"

그의 우렁찬 기합 소리가 허공에 쩌르릉 울렸다. 막고성의 등을 밟고 뛰어오른 번풍이 단번에 창수들의 머리 위를 뛰어넘어 후진(後陣) 속으로 떨어져 내렸다. 아직 발이 땅에 닿기도 전에 휘두른 그의 대도(大刀)가 칼을 쥐고 달려나와 가로막던 자의 머리통을 두 쪽으로 갈라놓았다. 뼈가 깎이는 끔찍한 소리가 채 사라지기도 전에 다시 한 놈의 검을 퉁겨낸 번풍의 칼이 탄력을 받아 휘돌았다.

씨이잉!

좁은 공간을 치고 뻗어 나가는 그의 칼끝에서 날카로운 쇳소리가 났다. 왼쪽에서 겁없이 달려들던 자의 가슴이 쩍 벌어졌다. 붉게 충혈된 번풍의 눈은 이미 그자를 떠나 다른 상대를 찾았다. 머리 위에서 힘껏 내려치는 칼이 또 한 놈의 정수리에 깊이 박혀 들어갔다.

"저, 저놈이!"

양 떼 속에 뛰어든 성난 늑대처럼 좌충우돌하며 수하들을 찍어 넘기는 번풍의 칼을 보던 마상의 두목이 이를 갈았다. 그때쯤에는 뒤에서 벌어진 살육에 당황한 창수들의 장창을 걷어내며 막고성과 호두개도 난전(亂戰) 속으로 뛰어들고 있었다. 이렇게 피아를 구분하기 힘들게 뒤섞여 버리자 위협적이던 창수들의 장창은 더 이상 쓸모가 없었다.

막고성의 단창이 또 한 놈의 가슴을 꿰뚫어 버렸고, 호두개의 유성추도 질세라 한 놈의 머리통을 박처럼 바수어놓았다. 번풍의 빠른 발은 곧장 마상의 두령을 향해 내달리고 있었다. 휘파람 소리를 내며 떨어진 그의 칼날 아래 앞을 가로막던 자의 어깨가 가슴까지 길게 갈라져 벌어졌다. 흠뻑 피를 뒤집어쓴 번풍의 모습은 이제 사람의 그것이 아니었다.

"이놈!"

그의 야수처럼 으르렁거리는 소리가 말을 놀라게 했다. 두 발을 번쩍 들어 올리며 울부짖는 그놈의 넓은 가슴이 시야를 온통 가렸다. 번풍의 칼이 서슴없이 그것을 찔러 버렸다. 말이 내뱉는 처량한 울음소리가 사람들의 가슴을 서늘하게 했다.

앞으로 무너지는 말에 깔려 버리는 듯하던 번풍이 바람을 맞은 가랑잎처럼 가볍게 몸을 틀어 빠져나왔다. 그의 칼이 당황하여 몸을 바로 잡기 위해 애쓰는 자를 갑주와 함께 두 쪽으로 갈라 버렸다. 밑에서 위로 쳐 올린 한 번의 칼질이었다. 바람 소리가 허공에 걸릴 새도 없었다. 눈부시게 빠른 그 일격이 놈의 아랫배에서 가슴에 걸쳐 자로 그은 듯 반듯하게 치고 나간 것이다.

번풍의 칼은 아직도 시퍼렇게 살아 있는 날을 번쩍이며 허공에 머물러 있었다. 말과 함께 쓰러지는 자의 부릅뜬 눈이 그 요기 서린 칼날에 멎어 있었다.

"쳇, 이렇게 부끄러운 꼴을 당하다니. 이제는 아무도 우리에게 일을 시키려고 하지 않을 거다. 빌어먹을, 고향으로 돌아가서 땅이나 파고 살아야 할까 보다."

호두개의 투덜거림은 지칠 줄을 몰랐다. 번풍과 막고성은 묵묵히 그의 투덜거림을 듣고만 있었다. 호두개가 분해하는 마음을 모르는 게 아니기 때문이다.

"그깟 산적 놈들 하나 당하지 못하고 꽁지가 빠지게 도망치는 꼴을 보였으니…… 정말 살맛이 안 난다."

힐끔 번풍을 바라본 호두개가 답답하다는 듯 다가앉으며 다그쳤다.

"대체 왜 그런 거야? 놈들은 막대한 피해를 입고 지리멸렬했잖아. 그대로 뚫고 산채 안으로 쳐들어갔으면 되는 건데 왜 다 이겨놓고 갑자기 뒤 마려운 강아지처럼 끙끙거리다가 내빼고 만 거냐고!"

"그만 좀 해라! 아무리 생각이 없다고 해도 그렇게 어린애 같단 말이냐!"

보다 못한 막고성이 버럭 고함을 질렀다.

"왜? 내 말이 틀렸냐? 너도 똑같아! 번풍이 튀기 무섭게 엄마 쫓아가는 염소 새끼모양으로 맴맴거리며 달아났잖아! 그 바람에 나만 죽을 뻔했다!"

"멍청한 새끼!"

여간해서는 화를 내거나 욕을 할 줄 모르는 막고성이 답답해 미치겠다는 얼굴로 제 가슴을 두드리다가 그렇게 내뱉었다. 그 의외의 반응에 호두개가 어리둥절해서 입을 닫았다.

"그렇게 원통하고 절통하면 지금이라도 네놈 혼자서 다시 찾아가 봐라!"

막고성이 창밖을 손짓하며 벌겋게 달아오른 얼굴로 소리쳤다.

"그쯤 해둬. 모두 내가 성급하게 생각한 때문이다."

얼굴을 감고 있는 붕대를 풀어내던 번풍이 비로소 한마디 했다.

"그놈들은 예사 산적 나부랭이가 아니었다. 무언가 사연을 감추고 있는 놈들이 분명해."

"흥! 사연은 무슨 얼어죽을 사연. 세상에 숨긴 사연 한두 가지 없는 놈이 어디 있어?"

여전히 억울함이 풀리지 않은 호두개였지만 슬며시 꼬리를 내리는 말투였다. 이왕 이렇게 된 거 지나간 일을 가지고 계속 속 끓여봐야 저만 손해라는 사실을 깨달은 것 같았다.

그들은 형주산(炯珠山)의 산채를 터는 일에 실패하고 나서 의기소침해져 있었다. 목책 앞에서 스무 명이나 되는 놈들을 마음껏 혼내주었지만 번풍은 산채의 문을 박차고 뛰어드는 대신 냉큼 몸을 돌려 칼을 끌며 달아났던 것이다. 그 뒤를 기다렸다는 듯 막고성이 따랐다.

의외의 일에 어? 어? 하고 당황하던 호두개는 이러지도 저러지도 못하고 발만 동동 굴렀다. 아직 살아 있던 대여섯 놈이 일제히 그런 호두개를 향해 달려들었다. 동료들의 참혹한 죽음을 목전에서 지켜보았으면서도 두려움에 떨기는커녕 더욱 큰 적의와 분노로 미친 듯한 놈들이었다. 호두개는 그들에게 에워싸인 채 한동안 고전을 면치 못했던 것이다.

단숨에 형주산을 달려 내려온 번풍 등은 주린 배를 움켜쥐고 산 아래 마을의 허름한 주막에 들었다. 수중에 남아 있는 은자 석 냥으로는 오늘 하루를 버티기에도 버거웠다. 좋은 술과 안주와 잠자리는 꿈꾸어볼 수도 없었다.

소금에 절인 야채와 삶은 돼지고기 몇 점으로 쓰디쓴 화주를 벌컥벌컥 들이켜고, 불어터진 소면 한 그릇으로 허기를 달랜 그들은 주막 뒤편 창고 곁에 있는 골방에 처박혀 뒹굴거렸다.

오랫동안 사용하지 않은 골방은 사방 벽 모서리마다 거미줄이 휘장처럼 늘어져 있고, 퀴퀴한 곰팡내와 쥐똥 지린내가 배어 있는 끔찍한 곳이었다. 하지만 찬 이슬을 맞으며 풀숲에 누워 밤을 새우는 것보다야 훨씬 나았다. 그렇게 위안을 삼고 있는데, 견디지 못한 호두개의 투덜거림이 시작되었던 것이다.

"아무튼 수상한 놈들이다. 오늘은 이걸로 참고 언제 다시 한 번 찾아가자."

번풍이 그런 말로 호두개를 달랬다. 그리고 다시 찾아갈 때는 이번처럼 어리석게 굴 것이 아니라 은밀하게 숨어들어야 할 것이라고 생각했다. 그래서 창고를 털고 산채에 불을 질러 버리지 않고는 분이 풀리지 않을 것이었다. 한 번 당한 일은 두고두고 잊지 않고 반드시 앙갚음을 해야만 직성이 풀리는 모진 마음 탓이었다.

번풍의 그런 성미를 잘 아는 호두개는 더 이상 그 일을 두고 왈가왈부하지 않았다. 막고성이야 더 말할 필요도 없었다.

하루의 피곤에 급하게 마신 술기운까지 올라와 온몸이 나른했다. 그들은 누가 먼저라고 할 것 없이 되는대로 쓰러져 잠을 청했다. 그리고 얼핏 잠이 들려는데 밖에서 와자하니 떠드는 소리가 들려왔다.

'이건 뭔가 이상한데?'

억지로 눈까풀을 밀어 올리려고 애쓰던 번풍의 머리 속에 그런 생각이 들었다. 아무리 술에 취하고 피곤해 쓰러졌어도 이처럼 맥이 풀려서 늘어져 본 적이 없었던 것이다. 늘 긴장하고 살아가야 하는 처지에는 더욱 그랬다. 그런데 지금은 마치 물먹은 솜처럼 온몸이 무겁게 가라앉아 가기만 했다. 애써도 정신을 차릴 수가 없었다.

호두개와 막고성은 이미 깊은 잠에 곯아떨어져 있었다. 바깥의 소란에는 아랑곳없이 우렁차게 코 고는 소리가 자꾸만 아득해져 가는 번풍의 귓속에 먼 개울물 소리처럼 들려왔다.

'그놈이다.'

번풍의 머리 속에 돼지처럼 생긴 주인의 얼굴이 떠올랐다. 자신들을 바라보던 놈의 눈빛이 심상치 않았다는 것이 비로소 생각났다. 그놈이

농간을 부린 것이리라. 그런 번풍의 생각은 곧 현실로 다가왔다. 문이 벌컥 열리더니 제법 매끄럽게 생긴 놈과 함께 주루의 그 돼지 같은 주인 놈이 들어온 것이다.

"헤헤, 다들 얌전해졌는뎁쇼? 과하지도 덜하지도 않게 아주 알맞게 저려졌습니다요."

주인이 손을 비비며 사내에게 한껏 아양을 떨었다. 그 꼴이 역겹기 짝이 없었지만 번풍은 입을 열어 말할 기운도 남아 있지 않았다.

"좋아, 바로 이놈들이다. 아주 잘했어. 돌아가면 상을 내리도록 보고하마."

뒤따라 들어온, 얼굴이 박박 얽은 험상궂은 사내가 호두개의 옆구리를 툭툭 차며 말했다. 주인의 튀어나온 입이 곧 함지박만하게 벌어졌다. 번풍은 이놈들이 산채에서 내려온 놈들이라는 것을 알았다. 다시 한 번 자신의 부주의했음을 탓했지만 이미 엎질러진 물이었다.

"죽일 놈들, 감히 형주산(炯珠山)의 대왕님들을 얕보다니. 네놈들의 살을 저며 육젓을 담근 다음에 두고두고 술안주로 삼을 테다."

사내가 이를 갈며 으르렁거리더니 밖을 향해 버럭 소리쳤다.

"묶어라! 산채로 끌고 간다!"

*　　　　*　　　　*

삼우각(三佑角)을 떠난 두위와 마석산은 지름길을 잡아 부지런히 걷고 있었다. 밤을 새며 사흘을 꼬박 걸어 두 개의 산을 넘고 한 개의 큰 강을 건넜다. 이제 귀역까지는 이틀 길이 남았을 뿐이다. 그들의 눈앞에 제법 험해 보이는 준령(峻嶺)이 버티고 섰다. 형주산이었다.

공교롭게도 형주산은 삼우각과 귀역의 중간쯤에 버티고 서 있었다. 그곳을 돌아가면 닷새 길이지만, 험하고 가파른 호음령(狐飮嶺)을 넘으면 이틀 길이다.

고개를 넘고 나면 여우도 지쳐서 헐떡거리며 목을 축인다고 해서 호음령이라는 이름이 붙은 그 고개는 형주산에 자리를 잡고 있는 산적들이 자주 출몰하는 곳이기도 했다. 그래서 밝은 낮에도 행인을 찾아보기가 힘들었다. 하물며 지금은 찬 새벽 안개가 숲을 적시며 천천히 흐르고 있는 이른 아침이었다.

어쩌면 아직 먹이를 얻지 못한 범과 늑대가 어슬렁거리고 있을지도 모르는 이런 시간에 고개를 넘을 사람은 더더구나 있을 리가 없었다. 하지만 두위에게 그런 것은 조금도 걱정이 되지 않았다. 잰걸음으로 경사가 심하고 굴곡진 능선 하나를 타넘은 두위가 나무 그늘이 짙게 드리워져 있는 바위 하나를 가리켰다.

"좀 쉬었다 가자."

령을 넘는 길은 어디나 울창한 수림으로 하늘이 가려져 있었다. 음침하고 적막한 것이 요괴들이 튀어나올 것만 같은 음산한 기운을 띠고 있었다. 마석산이 이마의 땀을 닦으며 사방을 두리번거렸다. 그는 천성적으로 이런 분위기를 싫어했다. 아니, 두려워했다.

바위에 맺혀 있는 이슬 방울들을 털어낸 두위가 옷이 젖는 것을 상관하지 않고 편하게 앉았다. 마석산이 엉덩이를 뭉기적거리며 바짝 붙어 앉았다.

"괜찮아. 날이 밝았는데도 출몰하는 요괴는 없다."

"어, 어……!"

마석산이 짐짓 제 가슴을 두드리며 눈을 부라렸다. 하지만 그의 얼굴에는 여전히 꺼려하고 주저하는 기색이 남아 있어서 두위는 웃고 말았다.

도끼 자루를 꼭 쥐고 있는 마석산을 바라보던 두위가 어깨에 걸치고 있던 행낭(行囊)을 풀어 술과 건포(乾脯)를 꺼냈다. 이른 아침 끼니로는 영 마음에 들지 않았지만 주막도 찾아볼 수 없는 이런 산중에서는 달리 어쩔 수가 없었다.

딱딱한 그것을 시큼한 술에 적셔 우물거리자 입 안 가득 말린 쇠고기의 구수함과 주향(酒香)이 퍼져 제법 먹을 만했다. 건포는 오래 씹어야 한다. 침으로 천천히 녹이며 누글누글해질 때까지 씹고 또 씹어야 제 맛이 우러나는 것이다. 두어 조각의 건포를 씹어 넘긴 두위가 넓적한 바위 위에 벌렁 누워버렸다. 얼굴 위에 빼곡한 나뭇가지와 그 사이사이로 조각나 보이는 새벽 하늘을 바라보는 그의 눈이 아득해졌다.

'내 아버지……'

그렇게 마음속으로 중얼거리는 그의 눈동자에 회한이 서려 흐려졌다. 제물로 지니고 갔던 건포를 씹고 있자니 문득 아버지가 떠오른 것이다.

어머니는 얼굴도 모른다. 사람을 알아볼 무렵부터 내내 아버지와 붙어 살았다.

"이놈아, 세상에 어미 없는 자식이 너 하나뿐인 줄 아느냐? 네놈은 아비라도 곁에 있어서 돌봐주니 다행인 줄 알아."

소가죽을 벗기고 포를 떠내고 있는 아버지 곁에서 울며 묻자 이마를 쥐어박으며 그렇게 면박을 주던 시커먼 얼굴이 눈앞에 가득 다가왔다. 다섯 살 무렵이었을 것이다.

"네 엄마는 바람나서 낙양으로 달아났다. 자고로 반반한 계집은 꼴

값을 하기 마련이지. 장가 놈이 언제던가 낙양에 다녀온 적이 있었는데, 그때 그곳의 기루에서 네 엄마를 봤다더라. 히히, 의리 때문에 품어보지 못했다니 그놈도 착한 구석이 있는 놈이지."

개미새끼 한 마리 얼씬거리지 않는 평화로운 한낮. 무료하게 망루를 지키던 술꾼 소팔에게 엉금엉금 기어 올라온 두위는 좋은 놀림감이었다. 그가 두위의 볼기를 두드리며 그렇게 놀렸다. 아직 어린 두위는 그게 무슨 말인지 알지 못했지만 엄마와 자신을 놀리는 말이라는 것은 알았다.

대들다가 등짝을 맞은 두위는 울면서 아버지를 찾아 보(堡) 안을 돌아다녔다. 그리고 개울가에서 멍석 위에 갓 잡은 커다란 소를 올려놓고 포를 떠내기에 여념이 없는 아버지를 찾았다.

햇빛이 쨍쨍한 여름 한낮이었다. 비린내를 맡은 쇠파리들이 윙윙거리며 수도 없이 달려들었다. 땀을 뻘뻘 흘리면서 칼을 놀리는 아버지의 엉덩이를 걷어차고 화를 내자 어이없다는 듯 바라보던 아버지가 벌떡 일어섰다.

"내 이놈의 소팔, 이 개자식을!"

눈물과 콧물이 범벅이 된 얼굴을 들이밀며 엄마를 찾아내라고 생때를 쓰던 끝에 소팔이 한 말을 그대로 전한 것이다. 숨을 씩씩거리며 듣고 있던 아버지가 이를 부드득 갈았다. 그 눈빛에서 시퍼런 불길이 이는 듯했다. 주춤거리는 두위를 밀쳐 버린 아버지가 칼을 든 채 우르르 달려갔다.

그날 소팔은 아버지의 칼에 한 팔을 잃었다. 자칫 목이 달아날 뻔했으나 뒤따라 달려온 동료들이 기를 쓰고 막아준 결과였다. 아버지는 평소 온화하고 과묵한 사람이었다. 그러나 한번 화가 나면 불 같았고 성난 물살 같았다. 걷잡을 수가 없었다.

그런 아버지의 성품을 물려받아서인지 두위 또한 스스로 화내기를 두려워하는 사람이었다. 한번 노기가 치솟으면 그 과격함을 자기 자신도 다스릴 수 없어서이기도 했다.

그 일로 소팔은 외팔이가 되어서 흑룡보를 떠나야 했다. 뒤에 들은 말로는 그때 보주가 그를 고향으로 돌려보내며 은 다섯 관을 주었다니 먹고 살기는 충분했을 것이다. 그리고 아버지는…….

보 내의 형규(刑規) 대로라면 중벌을 받고 경문산(暻雯山)의 금광(金鑛)으로 쫓겨나 그곳에서 삼 년간 노역을 해야 했다. 그러나 보주는 그렇게 하지 않았다. 그 대신 아버지는 그로부터 삼 년 동안 보 내의 대장간에서 일을 했다. 물론 그 어떤 일보다 힘든 노동이었지만 아버지는 어린 두위와 함께 있을 수 있다는 것을 감사하게 여기며 황소처럼 일했다.

보주가 아버지에게 그런 혜택을 준 것은 두위 때문이었다. 어린 것이 가족이라고는 하나뿐인 아버지와 떨어져 삼 년을 지낸다는 것은 너무 가혹한 일이라는 보주의 말에 형당을 책임지고 있는 최가려(崔加勵)는 아무 말도 하지 못했다.

그렇게 보면 보주인 열화천도(熱火千刀) 채군걸(菜君傑)은 내색은 하지 않았지만, 두위가 어렸을 때부터 그를 무척 아끼고 있었던 게 틀림없었다. 하긴, 자식이라고는 어린 딸 하나를 두었을 뿐인 보주에게 불알 달린 데다가 영특하기까지 한 두위는 부러움과 귀여움의 대상이었을 것이다. 당시 흑룡보 내에는 가족과 함께 기거하고 있는 무사들이 더러 있었다. 하지만 그 누구도 두위만큼 눈에 띄는 아들을 가지고 있지는 못했다.

"채영경(菜玲璥)이라고 해."

보주를 생각하자 문득 그녀의 그 음성이, 그 얼굴이 가슴 가득 떠올랐다. 그날 밤 어둠에 잠겨 있는 신당 안에서 열기로 뜨거워진 숨을 귓가에 불어대며 속삭이던 그녀. 꿀보다 더 달콤했고, 꿈속처럼 황홀했는가 하면, 온몸이 떨리던 두려움으로 정신을 잃어버렸던 그 밤의 기억이 이제는 싸한 아픔이 되어 가슴속으로 흘러내렸다.

'잘 살고 있을 거다.'

그렇게 믿으며 애써 그녀의 음성을, 얼굴을 잊으려고 했다.

'귀주(貴州)에 한번 다녀올까?'

문득 그런 충동이 들었다. 채 소저는 흑룡보가 멸문당하기 일 년 전에 귀주(貴州)의 검령산(黔靈山)으로 떠났었다. 그때는 몰랐는데 지금 생각해 보니 보주는 그 무렵 머지않아 흑룡보에 몰아닥칠 화를 예감하고 있었던 듯했다. 그랬기에 채 소저가 떠난 후 자신마저 보를 떠나게 했던 것이리라.

'나는 너무도 큰 신세를 졌다.'

두위는 보주를 떠올릴 때마다 그런 생각을 하지 않을 수 없었다. 혼자만 살아남았다는 일말의 자책감이기도 했다. 어쨌든 그는 보주로부터 잊을 수 없는 사랑을 받은 것이다.

"그동안 내게서 기초가 되는 심법과 도법을 배웠으니 삼 년이면 충분할 게다. 가라. 가서 폐관하고 반드시 도법을 다 익힌 다음에 돌아와라."

그날, 두위를 서재로 불러들인 열화천도(熱火千刀) 채군걸(宋君傑)은 엄숙한 얼굴로 그렇게 말했다. 열여섯 난 두위의 가슴속에는 아직 채영경과의 이별이 커다란 아픔으로 남아 있었다. 손수건을 떨구어주고 떠났던 그녀. 두텁게 처진 채 열릴 줄 모르던 그 마차의 휘장을 보며 얼마나 그녀를 원망했던가.

금지옥엽(金枝玉葉)을 떠나보낸 지 채 일 년이 되지 않아서 보주는 다시 자신마저 내보내려 하고 있었던 것이다.

보주가 건네준 서책을 받아 드는 두위의 두 손이 덜덜 떨렸다. 책에는 〈선풍삼도주해(旋風三刀註解)〉라는 글자가 아직 먹 빛도 마르지 않은 채 선명하게 적혀 있었다. 후에 강호인들이 혈마삼도(血魔三刀)로 부른 바로 그 도법의 주해서였다.

"어, 어째서 이것을 저에게……."

믿을 수 없는 일에 두위는 정신을 차릴 수 없었다. 그 도법이야말로 당시 무림에서 보주를 강호 십대고수 중 제일도객(第一刀客)의 자리에 오를 수 있게 해준 절학 중의 절학이었던 것이다. 그 당시 보주가 사제의 연도 맺지 않은 채 자신의 도법을 손수 적어서 전해준다는 것이 무엇을 의미하는 건지 두위는 짐작도 하지 못했다.

"명심해라. 이것을 다 익히기 전에는 결코 돌아와서는 안 된다."

다시 한 번 근엄하게 말한 보주가 손을 내저었다.

"네 아비에게는 내가 따로 말해 주마. 지금 즉시 떠나라."

그날 밤, 두위는 보주의 명을 받고 은밀하게 흑룡보를 떠났다. 삼우각 아래에서 괴괴한 적막에 잠겨 있는 흑룡보를 보며 두 번 절했다. 한 번은 하직 인사조차 드리지 못하고 떠나온 아버지에 대한 것이었고, 한 번은 자신에게 이처럼 큰 은혜를 베풀어준 보주에게 비로소 올리는 절이었다.

그 길로 삼우각을 떠나 보주가 가르쳐 준 대로 청태산(靑太山) 금쇄곡(禽鎖谷)에 찾아들었다. 보를 떠난 지 꼭 두 달이 지나서였다.

'내가 비동(秘洞)에 들었을 때 흑룡보는 불타고 있었다.'

그때의 일을 생각하고 두위는 가슴속에서 불길이 치솟는 걸 느꼈다. 그의 몽롱하게 가라앉았던 눈이 활활 타올랐다.

삼 년 뒤 선풍삼도를 완전히 익히고 마지막 책장을 뜯어 삼킨 뒤 비동을 나왔을 때는 이제 나도 고수의 반열에 설 수 있게 되었다는 기쁨으로 세상을 모두 가진 듯 의기양양하기만 했다. 아버지가 평생 지녀왔던 꿈을 단번에 이룬 것이다.

가장 먼저 자랑하고 보여주어야 할 사람은 역시 아버지였다. 아버지 앞에서 도법을 뽐내 보이겠다는 생각 하나로 쉬지 않고 달려온 삼우각. 그러나 그 날카로운 바위 봉우리 아래에서 바라보았을 때 흑룡보는 어디에도 없었다. 보주가 자신에게 도법 주해서를 전해주었던 것은 그것이 단절되지 않기를 원했기 때문이었다. 폐허가 된 흑룡보에 돌아오고 나서야 두위는 그때의 보주의 심정을 짐작할 수 있었다.

두위가 그 일을 생각하며 이를 가는데 마석산이 옆구리를 찔러댔다.

'누가 온다.'

비로소 정신을 차린 두위는 마석산이 가리키는 곳을 바라보았다. 참나무 숲이 꺾이는 곳이었다. 두런거리는 말소리들이 들려왔다. 긴장한 마석산이 곁에 놓아두었던 도끼 자루를 움켜쥐었다.

"고개를 넘는 장사꾼들이겠지. 신경 쓸 거 없다."

그러나 두위의 그런 짐작은 그가 독한 화주를 두어 모금 넘기고 인상을 찡그리는 것과 동시에 틀렸다는 것이 드러났다.

"어?"

막 참나무 숲을 돌아 나온 자들 중 선두에 섰던 자가 두위와 마석산을 발견하고 의외라는 듯 외마디 소리를 질렀다. 우두머리인 듯 제법 깨끗한 옷을 입었고 매끄럽게 생긴 삼십 대의 장한이었다. 그 뒤를 따르고 있는 여섯 놈들은 하나같이 험상궂은 얼굴에 거친 옷차림을 하고 있었다. 이 너머 산채에 있다는 산적 놈들이 분명했다.

두위의 눈빛이 심상치 않고 마석산의 모습이 더욱 괴이쩍게 보였던지 놈들은 선뜻 어떻게 할지를 결정하지 못하고 망설였다.

"우리도 여기서 요기를 하고 쉬었다 가자."

우두머리가 그렇게 말하고 두위로부터 멀찍이 떨어진 참나무 그루터기에 걸터앉아 눈치를 보았다. 수하들이 무거워 보이는 커다란 포대 자루를 내팽개치듯 내려놓고 숨을 몰아쉬었다.

늘어진 포대 자루의 형체로 보아 그 안에 사람이 들어 있다는 것을 짐작할 수 있었다.

무엇 때문에 저들이 그것을 힘들게 산 아래에서부터 지고 왔는지 궁금하기도 하련만 두위는 모르는 척 외면해 버리고 말았다. 자신과 상관없는 일이라고 여긴 탓이기도 했고, 옛 생각들로 심난해진 마음에 모든 것이 귀찮아졌기 때문이기도 했다.

둥글게 모여 앉은 놈들의 앞에는 금방 푸짐한 먹거리들이 넘쳐 났다. 바람에 실려오는 술 냄새는 향기로웠고 구운 오리 고기에서는 아직도 따뜻한 김이 모락모락 피어오르고 있었다. 저린 야채와 볶은 쇠고기에 주먹밥까지 더해지자 마치 들놀이라도 나온 행락객들의 식사 채비인 듯 요란스러워졌다.

마석산이 눈을 둥그렇게 뜨고 연신 군침을 삼켜댔다.

'좀 나누어달라고 해볼까?'

두위를 바라보는 그의 눈이 그렇게 말하고 있었다. 쓰게 웃어 보인 두위는 말없이 다시 한 조각의 건포를 입 안에 넣고 우물거렸다. 마석산이 떫은 얼굴로 독한 화주를 벌컥벌컥 들이켰다.

못마땅한 얼굴로 잔뜩 인상을 쓴 채 사내들을 흘끔흘끔 훔쳐보던 마석산의 눈썹이 치켜 올라갔다. 포대 자루 하나가 꿈틀거리고 있었던 것이다. 안에서 미약한 신음 소리도 들렸다. 둔한 마석산은 그제야 그 안에 들어 있는 것이 사람이라는 것을 눈치 챘다.

들고 있던 술병을 두위에게 건네준 마석산이 성큼성큼 걸어서 포대 자루로 다가갔다. 그것을 본 우두머리 사내가 뜯고 있던 고깃점을 팽개치고 벌떡 일어섰다.

"너, 못생긴 곰 같은 놈아. 뭘 하려는 거지?"

"너, 이, 이, 이…… 이게……."

뭐냐고 따져 물으려는 것이었지만 말이 되어 나오지 않았다. 얼굴이 벌게진 채 씩씩거리는 마석산을 어리둥절하여 바라보던 사내들이 일제히 와, 하고 웃어댔다.

"저놈 좀 봐. 지 엄마를 부르는 데만 한나절이 걸리겠다."

"어, 어, 엄마, 나 바, 바, 밥 주어……."

한 놈이 마석산의 말투를 흉내 내어 떠듬거렸다. 마석산의 얼굴이 이제는 하얗게 탈색되었다.

"멍청한 놈들."

그들의 하는 꼴을 바라보고 있던 두위가 혀를 찼다. 염라대왕의 콧수염을 잡아당기고 있다는 것을 까맣게 모르는 놈들이 한편으로는 가엽기도 했던 것이다.

"우워억!"

두 팔을 번쩍 들어 올린 마석산의 입에서 쩌르릉 울리는 포효가 터져 나왔다.

그 큰 몸집이 쿵쿵거리며 내닫는 것이 믿을 수 없도록 재빨랐다. 앞에서 방해가 되는 놈을 차버린 그가 자신의 말더듬이를 흉내 내던 자에게 달려들어 와락 멱살을 잡아챘다. 당황한 놈이 어, 어? 하고 새된 소리를 낼 뿐 어떻게 손써 볼 틈도 없이 벌어진 일이었다.

여느 장정들보다 머리 하나는 크고 덩치도 우람한 놈이었지만 마석산 앞에서는 어른에게 붙들린 작은 꼬마에 불과했다. 놈을 번쩍 들어 올려 머리 위에서 두어 바퀴 휘돌린 마석산이 힘껏 던져 버렸다.

퍽!

비명을 지를 새도 없었다. 던져진 돌멩이처럼 날아간 놈이 아름드리 참나무 둥치에 머리를 처박았다. 잘 익은 박이 깨지는 듯한 소리와 함께 피와 뇌수가 사방으로 튀어 날았다.

"으악!"

"저, 저놈이!"

비로소 정신을 차린 놈들이 저마다 외마디 비명을 터뜨리며 자리를 박차고 뛰어 일어났다. 그때까지도 마석산이 설마 이처럼 무지막지하게 나오리라고는 짐작도 하지 못했던 것이다. 아니, 짐작했더라도 그의 행동이 워낙 거칠고 재빨라 어떻게 해볼 수 없었을 것이다.

"이런, 쳐 죽일 놈 같으니!"

우두머리 사내가 검을 뽑아 들며 버럭 소리 질렀다. 그를 휙, 돌아보는 마석산의 눈에서 무시무시한 살기가 쏟아져 나왔다. 사내가 주춤거리며 두어 걸음 물러섰다. 이제는 정신을 차린 놈들도 모두 병장기를 뽑아 들고 마석산을 에워싸고 있었다.

두위가 천천히 포대 자루를 향해 다가갔지만 눈앞에 성난 곰같이 위험한 자를 두고 있는 놈들은 아무도 거기에 신경을 쓰지 않았다.

소도(小刀)를 꺼내 포대 자루를 죽 찢은 두위가 눈을 휘둥그레 떴다.

그 안에서 빤히 자신을 바라보는 자와 눈길이 딱 마주쳤던 것이다. 번풍이었다.

온몸이 굵은 포승줄로 꽁꽁 묶이고 입에는 재갈마저 물려 있어서 그 꼴이 끔찍해 보였다. 번풍의 번뜩이는 눈이 살기를 가득 담고 두위를 바라보고 있었다.

"하하, 누군가 했더니 바로 당신이었군. 어쩌다가 이 지경이 되었지? 그러게 평소 조심하는 버릇을 들였어야지. 쯧쯧…… 하긴, 사나운 범도 사냥꾼이 파놓은 함정은 피할 수 없는 법이지."

두위가 번풍을 내려다보며 이죽거렸다. 곁에서 꿈틀거리고 있는 다른 두 개의 포대 자루 속에 들어 있는 자들이 누구인지는 보지 않아도 뻔했다. 뒤에서 다시 악을 쓰는 듯한 처절한 단말마가 들려왔다. 힐끔 돌아본 두위의 눈에 마석산의 무쇠 같은 주먹에 맞아 얼굴이 터져 나가고 있는 자의 처참한 모습이 가득 들어왔다.

"야차 같은 놈이 물을 만났군."

두위는 마석산의 싸우는 법이 언제나 마음에 들지 않았다. 저렇게 잔인하게 으깨놓는 방식은 너무 거칠고 무식하다는 게 그의 생각이었다. 죽이는 건 역시 깨끗하고 매끄럽게 해야 했다.

눈 깜짝할 사이에 두 명의 동료를 잃은 자들이 주춤거리며 몸을 사렸다. 마석산의 모습이 그들에게는 이제 놀림감이 아니라 흉악한 악신(惡神)의 그것으로 보였으리라.

다음 먹잇감을 찾는 듯 둘러보는 마석산의 눈이 살기로 번들거렸다. 그 눈길에 닿은 자들이 몸을 떨며 거듭 물러섰다.

"대체 네놈은 누구냐?"

우두머리 사내가 검을 가슴 앞에 세워 들고 나서서 마석산을 가로막았다. 제법 당차 보이는 기세가 있었다.

"마석산이라고 하지. 그는 돈을 내고 자신을 산 사람을 위해서만 싸움을 하는데 오늘은 별일이군."

두위가 대신 말해 주었다. 사내의 표독스런 눈길이 그런 두위를 훑고 지나갔다.

"낭객이었군."

뱉어내는 사내의 말에 경멸의 감정이 담겨 있었다.

"산적질이나 해먹고 있는 놈들보다야 나을걸?"

두위의 말투에도 경멸이 은근한 분노와 함께 섞였다.

"비켜서라!"

다시 한 번 두위를 흘겨본 사내가 주춤거리고 있는 수하들에게 버럭 고함을 질렀다.

"제대로 된 무공이 어떤 건지 내가 보여주마."

사내가 검을 들어 마석산의 가슴을 겨누었다. 마석산의 번쩍거리는 눈이 그런 사내의 검봉에 멎었다.

"어쩌다 곁눈질로 배웠거나, 그도 아니면 완력만을 믿고 되는대로 주먹을 휘두르는 네놈들의 솜씨라는 게 얼마나 보잘것없는 것인지 내가 똑똑히 가르쳐 주마."

말투로 보아 사내는 제대로 된 무공을 배운 자인 것 같았다. 두위가 호기심이 어린 얼굴로 사내와 검을 번갈아 바라보며 다시 이죽거렸다.

"글쎄, 어떤 게 제대로 된 무공인지는 모르겠다. 내가 아는 건 강한 자는 싸우면 이기고, 칼을 뽑으면 반드시 죽인다는 거야. 그렇지 못하면 소림사의 무공이 백정의 칼질보다 나을 게 없지."

"무식한 놈. 그러기에 네놈들을 야비한 들개라고 부르는 거다."

두위의 말을 들은 사내가 다시 비웃었다.

어쩔 수 없다는 듯 어깨를 으쓱 해 보인 두위가 발 아래의 번풍을 내려다보며 씩 웃었다. 번풍이 몸을 꿈틀거렸다. 두위를 바라보는 그의 눈이 풀어달라고 말하고 있었다.

"여태까지 참았는데 조금을 더 참지 못하겠어? 기다려 봐."

그런 번풍의 눈길을 외면한 두위가 다시 사내에게로 시선을 돌렸다. 마석산이 그 큰 몸집을 구부정하게 굽힌 채 두 주먹을 불끈 쥐고 사내의 공격을 기다리고 있었다. 사내의 검이 눈앞에서 천천히 흔들리기 시작했다.

그러던 어느 순간.

"이얍!"

사내의 입에서 날카로운 기합 소리가 터져 나왔다. 그리고 그의 검이 허공을 격하고 힘차게 뻗어 나왔다. 갑자기 검봉이 한 자는 더 되게 늘어난 것처럼 보였다. 검기였다.

"엇!"

그 의외의 일에 두위가 저도 모르게 경악성을 터뜨렸다. 하찮은 산적이라고 여긴 자에게서 검기를 보자 놀라지 않을 수 없었던 것이다.

"우억!"

마석산도 크게 놀란 듯 껑충 뛰어 물러섰다. 그런 그의 가슴 앞을 푸른 검기 한 가닥이 이슬아슬하게 스쳐 지나갔다. 그 여력 탓인 듯, 마석산의 옷자락이 깨끗하게 베어져 너풀거렸다. 털이 숭숭한 맨가슴에 한줄기 혈흔이 남겨졌다.

"차합!"

사내가 다시 한 번 날카로운 기합성을 터뜨리며 재빠르게 보법을 밟아 쫓아 들어갔다. 가볍고 깨끗한 운신이 두위의 마음까지 상쾌하게 해주었다. 그러나 사내의 검 앞에 노출된 마석산의 마음은 그렇지 못했다. 그는 연신 괴성을 지르며 이리저리 어지럽게 몸을 움직여 사내의 검격으로부터 벗어나기 위해 안간힘을 다하고 있었다.

그 커다란 몸이 쿵쿵거리며 움직이는 것이 믿을 수 없이 빨랐다. 사내의 검격이 매번 아슬아슬하게 마석산의 그림자를 끊고 지나갔다. 서너 번을 그렇게 몰리고 나자 더 참을 수 없는 모양이었다. 마석산이 입술을 깨물었다. 시커먼 얼굴 가득 분노와 수치의 기색이 어렸다. 사내의 검을 쫓는 그의 눈이 숯덩이를 담은 듯 이글거렸다.

"어헝!"

한마디 포효를 터뜨린 마석산이 눈앞을 어지럽히는 사내의 검을 향해 맹렬하게 일권을 때려냈다. 주먹에 앞서 뻗어 나오는 한줄기 위맹한 권력이 사내의 머리카락을 휘날리게 했다. 그 기세에 깜짝 놀란 사내가 급히 몸을 기울였다.

퍽—!

빗나간 주먹이 나무 둥치를 치자 그것이 움푹 파이더니 기어코 우지직거리며 중동이 꺾여 넘어졌다. 사내가 머리 위로 쓰러져 내리는 나무를 피해 훌쩍 뛰어 물러섰다.

"그만 해!"

그런 사내를 향해 쫓아 들어가려는 마석산을 향해 두위가 날카롭게 소리쳤다.

"어서 나를 풀어줘!"

번풍이 발 아래에서 이를 갈며 소리쳤다. 맨 땅에 마구 얼굴을 비벼대더니 기어코 입에 물려 있던 재갈을 벗겨낸 것이다.

"이건 내 일이다."

그가 두위를 올려다보고 으르렁거렸다.

"기다려 봐. 여기 너를 원하는 사람이 있다!"

꺾여진 나뭇등걸이 마석산과 사내 사이를 가로막고 있었다. 두위가 저쪽에서 다시 검을 세워 들고 있는 사내를 향해 그렇게 소리치고 소도를 휘둘러 번풍의 온몸을 묶고 있는 포승줄을 끊었다. 비로소 자유롭게 된 번풍이 포대 자루 안에 함께 들어 있던 자신의 쌍수도(雙手刀)를 집어 들고 벌떡 일어섰다.

밤새 그렇게 묶여 있느라고 뻣뻣하게 굳어 있던 몸을 움직이자 우두둑거리며 뼈마디들이 비명을 질러댔다. 몇 번 팔과 다리를 비틀고 털어서 뭉쳐 있던 뼈와 근육을 풀어준 번풍이 허연 이를 드러내고 소리 없이 웃었다. 그의 뺨을 타고 이마 위까지 뻗어 있는 상처 자국이 꿈틀거렸다. 그러자 아직 아물지 않아 피딱지가 붙어 있는 그것이 찌르는 듯한 고통을 가져다 준 모양이었다. 얼굴을 찡그렸던 번풍이 음, 하는 신음 소리를 내고는 성큼성큼 걸어 사내에게 다가갔다.

"개자식아, 제대로 된 무공이 고작 그거였냐?"

마석산을 스쳐 성큼 나뭇등걸 위로 올라선 번풍이 쌍수도를 뽑아 들어 두 손으로 굳게 움켜쥐고 사내를 노려보았다.

"내 칼은 되는대로 휘두르며 익힌 백정의 칼이다. 어디 한번 받아보아라."

몇 마디 말을 하자 볼의 상처가 벌어지며 다시 피가 스며 나와 턱을 타고 흘러내렸다. 그 모습이 끔찍해 보였던지 사내가 검을 든 채 주춤거리고 한 걸음 물러섰다.

"지난밤에는 나를 잘도 놀렸겠다?"

지그시 사내를 노려보며 낮게 웅얼거린 번풍이 발을 굴렀다. 쓰러져 있던 나뭇등걸이 그의 체중을 싣고 출렁거린 순간 탄력을 빈 번풍의 신형이 비조처럼 허공을 날았다.

씨이잉—!

매서운 휘파람 소리가 귓속으로 파고들었다. 머리 위에서 떨어져 내리는 번풍의 그림자가 두 날개를 활짝 편 커다란 박쥐처럼 보였다. 번쩍이는 칼 빛이 뇌전처럼 꽂히고 있었다. 엇! 하고 놀란 사내가 급히 몸을 틀며 검을 들어 올려 그것을 갈라갔다. 경황 중에도 여전히 흐트러지지 않은 침착한 자세였고 검로(劍路)였다.

쨍!

날카로운 쇳소리가 터져 나왔다. 사내가 창백해진 얼굴로 부러진 검을 쥔 채 정신없이 물러서고 있었다. 한 번 칼을 휘둘러 단번에 사내의 기세를 꺾어놓은 번풍이 다시 몸을 던졌다. 두려움없이 뛰어드는 그의 사나움에 이제는 사내의 얼굴 가득 공포의 그림자가 드리워졌다.

피이잉—

다시 한 번의 휘파람 소리가 허공을 찢었고 기울이는 사내의 몸을 따라 쳐내리는 은빛 섬광이 있었다. 사내의 어깨가 길게 찢어지더니 쩍 벌어졌다. 빠져나온 번풍의 칼이 다시 아래에서 위로 쳐올라 갔다.

"음, 역시 지독한 도법이군."

사타구니에서 아랫배에 이르기까지 길게 그어버리는 그 빠른 칼질을 본 두위가 설레설레 머리를 흔들었다. 두 조각으로 나뉜 사내의 몸이 각기 다른 방향을 보며 천천히 벌어져 눕고 있었다. 비명 소리도 없었고 피도 흐르지 않았다.

"이야압!"

번풍의 고함 소리가 넋을 잃고 있던 모두를 깜짝 놀라게 했다. 그가 멍하니 서 있을 뿐인 자들 속으로 뛰어들었을 때, 비로소 사내의 몸에서 뜨거운 선혈이 왈칵 뿜어져 허공을 붉게 적셨다.

한 번에 한 놈씩이었다. 번풍의 칼에는 지독한 살기만 있을 뿐 터럭만큼의 연민이나 인정도 실려 있지 않았다. 다섯 놈의 목을 쳐버리는데 숨을 두 번 바꾸어 쉴 만큼의 시간밖에 걸리지 않았다. 좌우로 번쩍이는 그의 칼 빛을 따라 다섯 개의 목이 허공을 날았고, 그것들이 차례로 떨어져 구를 때 번풍은 이미 칼을 거두고 훌쩍 뛰어 물러나 있었다. 허수아비처럼 맥없이 무너지는 자들의 몸에서 뿜어지는 핏줄기가 다시 허공 가득 자욱한 안개로 퍼져 나갔다.

두위를 돌아보는 그의 두 눈에는 아직 가시지 않은 살기가 번들거리고 있었다. 그가 칼을 털어 피를 뿌리고 나서 포대 자루를 찢어 호두개와 막고성을 꺼냈다.

"신세를 졌다."

번풍이 아직 가시지 않은 살기와 적의를 담은 눈길로 건조하게 말했다.

"이제 어떻게 할 거야?"

"우선 산을 내려가야지."

두위의 물음에 대답은 번풍 대신 막고성이 이를 갈며 했다.

죽은 자들에게 더는 미련이 없다는 듯 앞서서 경중경중 걷는 번풍을 호두개와 막고성이 잰걸음으로 뒤따랐다.

'뭐야? 시작은 내가 했는데 재미는 저놈이 혼자서 다 봤다.'

물끄러미 바라보고 있던 마석산이 죽은 놈들을 가리키고 제 가슴을 두드리더니 번풍의 등을 손가락질했다. 두위가 그런 마석산의 등을 쳤다.

"따라가 보자. 무언가 재미있는 일이 있을 것 같다."

마석산의 눈이 휘둥그레졌다.

'그놈은 너의 적이 아니냐?'

그가 목을 긋는 시늉을 했다. 두위가 다시 그의 등을 두드리며 웃었다.

"하하, 목숨을 구해줬는데 설마 옛 일을 가지고 화를 내겠냐? 그렇다면 속 좁은 놈이니 더 상대할 것도 없지. 또 달아나면 그뿐이다."

"따라오는데?"

힐끔 뒤를 돌아본 호두개가 번풍의 옆구리를 찔렀다. 번풍도 두위와 마석산이 멀찌감치 거리를 두고 뒤따르고 있다는 걸 알고 있었다. 그가 눈살을 찌푸렸다.

"내버려 둬."

"그럼 이제 친구의 복수는 잊은 거냐?"

"은혜와 원수도 구분할 줄 모를 만큼 어리석지 않다. 언젠가 기회가 올 것이다. 그때는 용서없다."

말은 그렇게 했지만 번풍의 머리 속도 혼란스러워져 있었다. 친구의 복수를 해주지 않는다면 사람도 아니다. 하지만 목숨을 구해준 은혜를 저버리는 일은 더 더욱 할 수 없었다.

'좋아, 언제든 그놈의 목숨을 한 번 구해주는 거다. 그런 다음에 복수를 하면 되겠지.'

번풍은 그렇게 작정했다. 강호는 넓었으나 그들 낭객들의 세계는 좁았다. 돈을 주고 사주는 자가 있으면 어디든지 간다. 오늘은 동료가 되어 함께 싸웠던 자가 내일은 적이 되어 맞서기도 하는 일이 비일비재했다.

어느 곳에서 분쟁이 있다는 소식이 바람결에 실려오면 자신을 팔기 위한 자들이 꾸역꾸역 모여들었다. 그러다 보면 멀리 떨어져 있던 자도 다시 만나는 일이 잦았다. 번풍은 언젠가 두위의 목숨을 한 번쯤 구해줄 기회가 오리라고 믿었다. 까짓 평생이 걸린들 어떨까. 죽지 않는 한 은혜는 갚을 것이고 원수 또한 그럴 것이다.

"아이고, 멀쩡하게 살아 돌아오셨구려. 이래서 하늘은 복있는 사람을 외면하지 않는다는 말이 있는가 보오. 장사들을 떠나보내고 나서 얼마나 걱정했는지 모른다오. 사실 그 산적 놈들의 협박에 못 이겨 가끔 그런 짓을 하기는 하지만 그게 어디 내 본심이겠소? 한 번씩 그런 일을 할 때마다 속으로는 그놈들의 십팔대 조상까지 욕을 하고, 애꿎게 죽어간 사람을 위해서는 지성을 다해 제를 드려준다오. 지금도 오늘 밤에 쓸 제물을 준비하려던 생각에 빠져 있던 참이라오. 그런데 이렇게 멀쩡하게 살아 돌아오셨으니 마치 죽었던 내 어머니, 아버지가 살아 돌아오기라도 한 것처럼 참으로 기쁘구려. 아, 이런 내 정신 좀 봐. 자, 자, 우선 그리들 앉으시오. 내 곧 요깃거리를 만들어 내오리다."

번풍 일행이 주루의 문을 박차고 들어서자 낡은 탁자에 앉아 꾸벅꾸벅 졸던 주인이 깜짝 놀라 일어섰다. 얼굴이 샛노랗게 질렸던 그자는 곧 안색을 바꾸어 온갖 수다를 늘어놓으며 번풍의 두 손을 덥석 잡고 눈물마저 찔끔거렸다. 그 넉살과 수다에 모두는 멍하니 어깨 위에 돼지머리를 올려놓은 듯한 주인의 얼굴을 바라볼 뿐이었다.

눈물 콧물을 찍어내며 정신없이 수다를 늘어놓던 주인이 그들을 끌다시피 하여 자리에 앉히고는 재빨리 돌아섰다. 그러나 그는 미처 두 걸음을 떼어놓지 못했다.

"거기 서!"

번풍의 그 한마디에 주인이 들어 올렸던 한쪽 발을 내려놓지도 못하고 얼어붙은 듯 멈추어 섰다.

"달아날 생각이면 그만두는 게 좋을걸? 우리는 네놈이 어디로 가 숨든 이틀 안에 찾아낼 수 있다."

"흥, 달아났다가 붙잡힌 놈을 죽일 때는 아주 재미있게 죽이지. 우선 산 채로 가죽을 벗겨낸 다음에 소금을 뿌려서 잘 절인다. 알맞게 절여졌으면 한 점씩 살을 저며내지. 아주 기술적으로 하기 때문에 별로 아프지는 않아. 뼈와 힘줄은 건드리지 않거든. 그러면 그놈은 제 눈으로 제 뼈가 어떻게 생겼는지 똑똑히 보게 되지. 아주 기막힌 경험을 하게 되는 거야. 그런 다음에……."

"그만, 그만!"

막고성의 위협에 이어서 호두개가 천천히, 그리고 친절하게 설명해주자 주인이 두 손으로 귀를 틀어막고 소리쳤다. 그의 얼굴에서 굵은 땀방울이 비 오듯 쏟아졌다. 사색이 된 얼굴로 털썩 무릎을 꿇은 그가 바닥에 이마를 찧어대며 소리쳤다.

"잘못했소! 잘못했소! 그러니 차라리 통쾌하게 죽여주시오. 그게 좋겠소!"

조금 전까지도 살고 싶다는 마음이 가득해 보이더니 이제 그는 진심으로 죽고 싶어하는 것 같았다.

"우리는 배가 고프다. 우선 술과 먹을 걸 내와. 또다시 수작을 부렸다가는……."

번풍은 말을 채 끝맺지 못했다. 주인이 번쩍 머리를 들고는 우렁차게 외쳤던 것이다.

"천만에! 천만에! 다시 그런 멍청한 짓을 한다면 내가 사람이 아니라 저 뒷간에 우글거리는 구더기 새끼요!"

한마디를 할 때마다 한 번씩 머리를 찧어댄 주인이 미처 발이 보이지 않을 만큼 재빠르게 주방으로 달려 들어갔다.

"봐, 내 말이 맞았지? 재미있는 구경을 하게 될 거라고 그랬잖아."

한쪽에서 물끄러미 바라보고 있던 두위가 마석산을 돌아보고 그렇게 말하고는 탁자를 두드리며 통쾌하게 웃어댔다.

아마도 돼지머리의 주인은 세상에서 가장 빨리 요리를 하는 자일 것이다. 볶고 지지고 튀겨내고 삶는 일을 동시에 처리하는 그는 마치 손이 여섯 개나 달려 있는 사람인 듯했다.

음식은 모두가 만족할 만큼 풍성했고 맛이 좋았다. 이런 후미진 곳의 낡아빠진 주루에서 썩기에는 아깝다고 할 만큼 주인은 솜씨가 좋은 자였던 것이다.

배부르게 먹고 난 포만감이 모두의 몸과 마음을 나른하게 했다.

"헤헤, 깨끗하게 드셨군요. 매우 좋습니다. 그런데 어디로 가실 생각인가요? 아니면 이곳에서 며칠 묵으셔도 좋습니다. 최고로 모십죠."

부지런히 탁자를 치우던 주인이 눈치를 보며 넌지시 물었다. 호두개가 눈을 부릅떴다.

"왜? 밤새 산적 놈들이 다시 내려와 주기를 바라는 거냐?"

"아이고, 그럴 리가……. 소인은 다만 여러 영웅 분들을 며칠 더 모시고 싶어서……."

"흥, 개소리."

호두개의 비웃음에 머쓱해진 주인이 입을 꾹 다물고 탁자를 치우는 일에만 열중했다.

"나는 말이다……."

번풍이 느긋하게 입을 열며 천천히 일어섰다. 주인이 손을 멈추고 번풍의 입을 바라보았다.

"빚이 있으면 반드시 받고 갚을 게 있으면 또한 반드시 갚아야만 직성이 풀리는 사람이다. 피를 나눈 형제라고 해도 예외는 없어."

"그, 그러시겠죠. 영웅은 자고로 맺고 끊는 게 확실한 법이니……."

주인이 엉거주춤하게 서서 그렇게 맞장구를 치며 소리가 나도록 눈알을 굴려댔다. 그는 번풍이 갑자기 그런 말을 꺼내는 속을 알 수가 없었다.

"이제는 배도 부르고 쉴 만큼 쉬었으니 힘도 충실해졌다. 그러니 다시 산채로 올라가야겠다. 이번에는 반드시 놈들의 씨를 말려 버리고 불을 질러 그 흔적마저 없애 버리고 말 작정이다."

번풍의 으스스한 말에 부르르 몸을 떤 주인이 무슨 생각이 들었던지 교활하게 웃으며 엄지손가락을 치켜세웠다.

"옳으신 말씀. 과연 영웅은 다르군요. 그놈들을 없애주신다면 형주산 주변 네 개 현(縣) 수만 명의 사람들이 모두 좋아할 것입니다. 소인이 나리께서 누구도 하지 못한 그 일을 해냈다고 온 세상에 크게 떠들어 알립죠. 정말 영웅이 되어 천하에 이름을 드날리는 쾌거가 될 것입니다!"

주인이 입에서 침을 퉁겨내며 외쳤다. 곧 번풍 일행의 등을 떠밀어 억지로라도 산채로 올려 보낼 듯한 기세였다.

번풍의 입가에 차가운 비웃음 한 가닥이 걸렸다.

"엇!"

두위가 외마디 소리를 질렀다. 눈앞에서 번쩍이는 칼 빛을 본 것이다. 그리고 다시 무어라 아첨의 말을 하려고 입을 벌리던 주인의 머리가 허공을 날아 건너편 탁자 위에 툭 떨어져 뒹굴었다. 아직도 입을 벌린 채였고 어리둥절한 눈빛을 하고 이쪽을 바라보고 있었다.

"이, 이런……!"

마석산이 벌떡 일어섰고 두위도 눈살을 잔뜩 찌푸린 채 일어섰다. 번풍의 그 한 칼질은 못마땅하기만 했다. 저항할 힘도 의욕도 남아 있지 않은 자를 군이 죽일 필요까지 있었을까? 하는 생각 때문이었다.

번풍이 그런 두위를 힐끔 바라보았다. 감정이라고는 한올도 실려 있지 않은 채 번쩍이는 눈빛이었다.

"음, 너는 정말 지독한 놈이로군."

"내가 살아가는 법일 뿐이다. 다른 길은 없어."

산채를 들이칠 기회를 엿본다는 번풍 일행을 주루에 남겨두고 두위는 마석산과 함께 미련없이 떠났다. 하지만 등 한복판에 번풍의 끈끈한 눈길이 내내 따라붙은 듯하여 한편으로는 불쾌하기도 했다. 그와 맺은 인연이 좋은 것인지 나쁜 것인지 잘 분간이 되지 않았다.

'그가 살아가는 법…….'

번풍의 말을 벌써 수십 번도 더 곱씹어 보았다. 그의 처지를 생각해 보자 그럴 수도 있겠다는 마음이 들었다.

그는 뛰어남이 지나쳐 무서운 칼 솜씨를 지니고 있으면서도 주류(主流)에 편입되지 못했다는 것 때문에 언제나 강호의 이방인으로 떠돌 수밖에 없는 자였다. 군웅성의 일백 영웅들이 이끄는 강호의 규칙에 따르지 않고 명문대파(名門大派)의 배경을 가지고 있지 않기 때문이다. 그는 군웅성으로 대표되는 현재의 무림에서 영원히 변방을 떠도는 한 마리 들개에 지나지 않을 것이다. 번풍에게는 그것이 불만이고 자신의 생존에 대한 불안이었다.

'나 역시 마찬가지 아닌가.'

두위는 문득 그런 생각 때문에 우울해지고 말았다. 번풍이나 자신의 처지가 다르지 않았던 것이다. 한번 사마외도(邪魔外道)로 낙인찍힌 자는 다시는 밝은 세계로 나갈 수가 없었다. 무엇이 사마이고 무엇이 외도인지는 알 수 없었다. 하지만 군웅성의 일백 영웅들이 그렇다고 하면 그런 것이다. 아무도 그것에 대해 따지지 않았고 의혹을 품지도 않았다.

양지에 사는 식물이 있으면 음지에 사는 식물도 있는 것이고, 낮에 활동하는 짐승이 있으면 밤에 활동하는 짐승도 있는 법이다. 그것들은 서로의 경계를 결코 침범하지 않았다. 음지에 사는 것이 양지에 사는 것을 부러워하지도 않았고, 양지에 사는 것이 그렇지 않은 것을 경멸하지도 않았다. 각자의 처지에서 최선을 다해 살아가면 그만인 것이다. 그것이 자연의 법칙이었다.

그러나 강호는 그렇지 못했다. 지금은 백도(白道)의 세상이었고 양지의 세상이었다. 그들은 철저하게 흑도(黑道)를 외면하고 경멸했다. 하지만 그들의 그늘 속에는 번풍이나 자신과 같이 음지에 뿌리를 내리고 살아가는 자들도 있었다. 백도의 무리들이 인정하든 그렇지 않든 상관없이 살기 위해 싸우고, 우정과 원한을 나누며 살아가는 삶들이 있는 것이다.

어쩌면 번풍은 그 속에서 벗어나기를 원하는 건지도 몰랐다. 떳떳하게 양지로 나가 그들과 어깨를 나란히 하고 정당한 대접과 존경을 받으며 사는 삶을 동경하는 건지도 모른다. 그의 잔혹함이 결국 자신의 처지에 대한 자학의 한 방편이라고 여겨졌기 때문이다. 그는 한 자루

칼에 모든 것을 걸고 자신의 비참한 운명에 반항하는 것이며, 음지의 삶에 대해 끊임없이 배반을 꿈꾸는 것이다.

두위는 그와 같은 자들을 더 알고 있었다. 지금 곁에서 묵묵히 따라 걷고 있는 마석산이 그랬고 귀반악(鬼潘岳) 반천수(潘泉壽)가 그랬다. 귀역에 머물고 있는 무리들 대부분이 그랬던 것이다. 그렇기 때문에 그들은 필요 이상으로 잔인했고, 싸움에 임해서 제 목숨을 아까워할 줄 몰랐다.

'하지만 지나치게 잔혹할 것도, 비정할 필요도 없는 것 아닐까?'

두위는 그렇게 스스로에게 물어보았다. 그리고 머리를 끄덕였다. 어떤 것이 더 보람되고 나은 삶인지는 단정해 말할 수가 없었다. 흑도면 어떻고 백도면 어떻단 말인가. 내가 처한 삶 속에서 최선을 찾기 위해 노력하는 것이 중요하다.

'나의 꿈은 그런 것이 아니다.'

두위는 자기 자신에게 그렇게 다짐해 주었다. 그가 바라는 것은 명예와 부가 아니었다. 그는 오직 강한 자, 더 강한 자가 되기를 원할 뿐이었다. 흑도니 백도니 하는 구분 따위가 그에게는 우스운 일에 지나지 않았다. 두위는 그런 고정관념의 벽마저 뛰어넘을 수 있고, 태산보다 더 높은 곳에 홀로 우뚝 서서 결국은 일백 영웅들마저 비웃어줄 수 있는 그런 절대의 강자가 되기를 간절히 원하고 또 원했다.

밥은 똑같은 쌀로 만들어진다. 그것을 정승이 먹으면 반(飯)이 되고 거지가 먹으면 동냥이 된다. 무공도 그와 다르지 않았다. 소림의 무공도 악한 자가 쓴다면 마공(魔功)이라 해야 할 것이고, 포악하기로 악명 높은 마공일지라도 고승(高僧)이 자비심으로 쓴다면 신공(神功)이 되는 것이다. 그것을 두고 정도(正道)와 마도(魔道)로 나눈다는 것이 억지스럽다. 그런 점에서 지금의 군웅성은, 그것을 이끌고 있는 일백 영웅들은 커다란 착각을 하고 있었다. 아니면 지독한 오만과 독선에 빠져 스스로를 망치고 있는 것이리라.

두위는 그렇게 생각했다. 그들이 끝내 자신의 아집을 버리지 않고 흑백을 나누고 편애한다면 그런 집단은 세상에서 사라지는 게 더 유익하다. 악을 부정한다면 정의는 존재할 수 없다. 절대적이라는 건 없었다. 언제나 세상을 어지럽히고 사람들을 고통스럽게 하는 악을 물리침으로써 정의는 더욱 빛나고 사랑을 받게 된다. 악을 경계하고 몰아내지만, 정의는 역설적으로 그런 악이 있기에 정의로 불리는 것이다.

그런데 두위가 보는 군웅성은 그렇지 않았다. 그들은 오직 악의 제거에만 최상의 가치를 두었다. 그것이 세상을 평화롭게 하고 사람들을 행복하게 하는 것이라고 믿었다. 그리고 그 뜻을 이루었다. 하지만 그들은 악을 부정함으로써 역설적으로 자신들의 존재 이유를 부정한 꼴이 되었다. 오직 자기 자신들의 정당성만을 인정하고 주장하기 때문에 오히려 악한 존재가 되어가고 있었던 것이다.

"다 쓸데없는 짓이다! 나누고 구분하며 그래서 증오하고 편애한다는 것 자체가 어리석다!"

갑작스러운 두위의 외침에 마석산이 깜짝 놀라 우뚝 멈추어 섰다. 두위의 눈빛이 활활 타오르고 있었다.

"그렇지 않아? 누가 번풍의 칼을 욕할 수 있겠어? 누가 군웅성의 깃발을 존경할 수 있겠어? 내가 그들을 존경하지 않는데, 그들이 나를 무시한다고 원망할 수 있나? 그들이 나를 죽이는 건 정당하고, 내가 그들을 죽이는 건 틀렸다고 감히 말할 수 있는 자가 누구냐! 다 개똥 같은 짓이다! 그걸 알아야 해!"

마석산의 눈이 더욱 커졌다. 그는 두위가 이처럼 흥분하여 소리 지르는 것을 본 적이 없었던 것이다. 무엇이 그의 마음 가득 분하고 억울한 기운을 가져다 준 것인지 알 수 없었다.

번쩍—

눈앞에서 한줄기 강렬한 빛이 터져 나갔다. 마석산이 지나친 놀람으로 입을 딱 벌린 채 눈을 부릅떴다. 어, 어! 하는 괴성이 그의 입에서 끊임없이 터져 나왔다. 그는 자신이 헛것을 보았다고 여겼다. 두위의 움직임 때문이었다.

그는 허공에 머물러 있었다. 곁에 있던 그가 언제 사라졌는지 마석산은 똑똑히 보지 못했다. 눈을 깜박인 그 순간에 두위의 모습은 이미 허공 중에 걸려 있었던 것이다. 그리고 그의 허리춤에서 시린 빛줄기가 뻗어 나갔다. 그것이 지니고 있는 엄청난 힘이 눈에 보였다. 두위를 떠받치고 있는 주변의 공기들이 소용돌이치며 사방으로 쏟아져 나갔다. 그의 칼과 온몸에서 해일처럼 쏟아져 나오고 있는 기파(氣波)들.

짜자자작—

그 무시무시하게 소용돌이치는 기류 속에서 뇌전이 작렬하는 듯한 굉음이 터져 나왔다. 두위의 칼이 낙뢰처럼 내리꽂혔다.

콰콰쾅—!

굉장한 폭발음과 함께 아름드리 거송의 둥치가 천 조각 만 조각으로 부서져 흩어졌다. 마치 그 안에 화약을 가득 채워 넣었다가 일시에 터뜨려 버린 것 같은 모습이었다. 불붙은 나무 조각들이 허공을 가득 뒤덮었다. 마석산이 두 손으로 얼굴을 가린 채 두려움으로 떨며 마구 물러서고 있었다.

이윽고 소용돌이치던 기류도 가라앉았고 두위의 몸에서 뿜어져 나오던 기파의 해일도 씻은 듯 사라졌다. 허공 가득 나무 타는 매캐한 냄새와 연기가 떠도는데, 아직도 조각난 파편들이 재가 되어 눈처럼 흩날렸다.

"그, 그게 뭐지?"

마석산이 두려움에 질린 얼굴로 두위를 손가락질하며 물었다. 어느덧 무심해진 두위의 눈이 이제는 아득한 허공을 바라보고 있었다.

"제삼초 혈풍뇌정(血風雷精)."

지금은 혈마삼도(血魔三刀)로 불리는 선풍삼도(旋風三刀)의 마지막 초식이었다. 그러나 그것을 전해준 흑룡보주 채군걸이 다시 살아났다고 해도 지금 두위가 보여준 도법에는 미치지 못할 것이었다. 두위는 이미 채 보주로부터 물려받은 도법에 자신만의 심득을 더하여 더욱 발전시켰던 것이다. 그러므로 그것은 이제 두위의 도법이라고 해도 과언이 아니었다.

두위가 도법을 펼칠 때 운용한 신공은 귀역의 풍 노인으로부터 일 년 전에 전해 받은 천마신공(天魔神功)이었다. 그것은 다른 심법이나 신공들과는 달리 평소에는 잠잠하다가 한번 운용하면 기름을 부은 불길처럼 격하고 갑작스럽게 타오르는 힘을 가지고 있었다. 그것이 천마신공만의 묘용이다. 서서히 신공의 단계를 높여가는 것과는 달리 처음부터 최고의 힘을 끌어낼 수 있었던 것이다. 그리고 한곳에 집중해서 쏟아내는 그 힘은 가히 천마(天魔)의 진노라고 할 만큼 무시무시했다.

선풍삼도에 그 천마신공을 접목하자 위력이 배는 더 커졌다. 그것은 두위 자신도 두려워할 만큼 무서운 것이어서 그는 아직까지 한 번도 그것을 시전해 본 적이 없었다. 채 보주로부터 전해 받은 선풍삼도를 얌전하게 펼치는 것만으로도 충분했던 것이다.

이제 두위가 지닌 그 도법은 혈마삼도라고 불리는 것이 마땅했다. 천마신공을 도법과 일치시키자 처음의 선풍삼도와는 그 위력이나 흉맹함에 있어서 크게 차이가 났던 것이다. 두위는 그것을 알고 있었기에 사람들이 선풍삼도를 왜곡해서 혈마삼도라고 부르는 것을 오히려 자랑스럽게 여기고 있었다. 그래서 마지막 초식의 이름까지도 선풍뇌정(旋風雷精)이던 것을 혈풍뇌정(血風雷精)이라고 고쳐 불렀다.

그런 사실을 알지 못하는 마석산의 눈에는 두위가 전혀 다른 사람으로 보였다. 그는 두위의 솜씨가 놀랄 만큼 뛰어나다는 걸 알고 있었지만 한 번도 이와 같은 도법의 위력을 보지는 못했던 것이다. 마석산이 엄지손가락을 세워 보이며 혀를 내둘렀다.

"처, 처, 천하제…… 일……!"

두위가 손사래를 치며 쓰게 웃었다.

"그만둬. 아직도 멀었다. 내가 진정으로 원하는 건 단지 위력이 극강한 도법이 아니야."

"그, 그럼?"

"저 하늘과 같아지는 거지."

마석산이 입을 딱 벌린 채 두위를 바라보았다. 그의 손가락은 청명하게 맑고 끝없이 높은 하늘을 가리키고 있었다.

제4장 매기자(賣技者)의 길

매기자(賣技者)의 길

귀역에는 강호인들이 매기자(賣技者)라고 부르며 경멸하는 많은 낭객들이 있었다
그들 중 상당수는 솜씨가 뛰어나 오래전부터 이름이 알려진 자들이었다

"어때요?"

맑고 시원한 음성이었다.

"노신의 생각으로는……."

비단 휘장을 두른 가마 곁에 공손히 서 있던 두 명의 노인들 중 왼쪽에 서 있던 노파가 짚고 있던 용두괴장(龍頭怪杖)으로 땅을 한 번 찍고 입을 열었다. 노파의 옷자락을 잡고 멍하니 서 있던 매괴(魅怪)가 깜짝 놀라 움찔 떨었다.

"선풍도법이 분명하지만 패도적인 위력과 살기에 있어서는 그것을 크게 앞지르는 바가 있습니다. 아마도 저 아이는 그 이후 또 다른 기연을 만났던 것 같습니다."

"기연이라……."

가마 안에서 낮게 중얼거리는 소리가 들렸다. 잠시 후 또 하나의 청

아하고 상쾌한 음성이 흘러나왔다. 가마 안에는 두 명의 여인이 타고 있었던 것이다.

"그럼 그의 도법이 나의 빙옥지(氷玉指)와 비교해서 어떻겠어요?"

이번에는 우측에 서 있던 깡마른 노인이 험, 하고 헛기침을 하고 나서 세 가닥 염소수염을 쓰다듬으며 천천히 입을 열었다.

"어떤 무공이든 그것이 절정의 경지에 이르게 되면 서로 상통하는 바가 있으면서 때로는 상극의 이치를 포함하는 법이니……."

"홍! 그래서 교 노인은 나의 빙옥지가 부족하다는 걸 말하고 싶은 건가요?"

교(嶠) 노인이라고 불린 그가 변명할 말이 궁한지 끙끙대기만 할 뿐 무어라고 대꾸하지 못했다.

"좋아요. 나머지 말을 마저 들어보고 나서 다시 따지기로 하지요."

여인의 차가운 말에 가만히 한숨을 쉰 노인이 풀이 죽은 얼굴로 떠듬떠듬 말을 이어갔다.

"그의 도법이 극양(極陽)한 것이라면 냉 소저의 빙옥지는 극음(極陰)의 기운을 가지고 있는 것이니 서로 어울리면 완벽한 음양의 조화를 이루어낼 것이지만……."

"홍! 그 말은 지금 나더러 그에게 추파를 던지고 꼬리를 치라고 부추기는 건가요? 그 말은 또 여기 채 언니를 속상하게 하려는 뜻이기도 하지요?"

여인의 말투가 더욱 앙칼져졌다. 냉 소저라고 불린 그녀는 아무래도 노인에게 못마땅한 바가 있는 모양이었다. 사사건건 트집을 잡아 노인을 괴롭히려는 듯했다. 교 노인이 한숨을 쉬고 머리를 흔들었다. 그의 얼굴 가득 낭패한 기색이 서려 있었다.

"냉 소저가 무어라고 말해도 노신은 대꾸할 말이 없소. 그러니 더 이상 말하지 않겠소."

"괜찮으니 계속 말해 보세요. 저는 교 노인의 말을 마저 듣고 싶답니다."

가마 안에서 처음의 그윽한 음성이 들려왔다. 교 노인이 어쩔 수 없다는 듯 쓴 입맛을 다시고 나서 다시 말했다.

"냉 소저의 말이 반은 맞았고 반은 틀렸다고 할 수 있습니다. 과연 그의 도법과 냉 소저의 지법이 서로 합쳐진다면 천하제일이 될 것입니다. 하지만 그 말을 두고 노신이 궁주님을 욕보이려는 속셈에서 한 말이라고 따진다면 그것은 틀렸습니다."

"흥!"

냉 소저의 코웃음 소리가 들려왔지만 교 노인은 이제 그것에 개의치 않고 자신의 말을 계속했다.

"하지만 만일 그가 냉 소저와 적이 되어 싸운다면 그때는 서로의 장점이 약점이 되어 결과를 예측할 수 없겠습니다. 그러나 자연의 이치는 궁극적으로 양이 음을 누르고 화기(火氣)가 한기(寒氣)를 물리치는 것이니 결국은 그의 도법이 냉 소저의 지법에 대한 천적이라고 할 것입니다."

"뭐라고요? 흥! 교 노인이 과연 내 사부님 앞에서도 그렇게 말할 수 있는지 어디 두고 보겠어요!"

노인의 말을 듣던 냉 소저가 분한지 씩씩거리며 뾰족하게 말했다. 그러나 자신이 할 말을 다한 교 노인은 무덤덤한 얼굴로 그녀의 말을 듣지 못한 듯 시치미를 뗄 뿐이었다.

비단 휘장을 두르고 있는 가마는 조금 전 두위가 칼을 휘둘러 산산

조각 낸 그 아름드리 나무둥치 앞에 놓여 있었다. 가마 주위에는 여섯 명의 건장한 사내들이 굳은 듯 서 있었는데, 하나같이 흑의에 흑립(黑笠)을 쓰고 역시 검은색의 피풍(披風)을 걸치고 있었다. 무거운 침묵이 내려앉았다.

"돌아가자."

가마 안의 여인이 낮게 말했다. 곧 사내들이 가마를 둘러쌌다. 네 명이 앞뒤에서 가볍게 그것을 들어 올리자 용두괴장을 짚은 노파와 교노인이 앞장섰고, 매괴가 무엇을 생각하는지 여전히 몽롱한 눈을 한 채 가마 곁을 떠나지 않았다. 잠깐 사이에 그들의 모습이 거친 산비탈을 날듯이 가볍게 넘어 사라졌다.

"언니, 그는 끝내 내 이름조차 묻지 않고 갔어요. 아마도 나 같은 건 안중에도 없나 봐요."

가마 안은 두 사람이 나란히 앉아 있을 만했다. 투정을 부리듯 말하는 여인은 며칠 전 흑룡보의 폐허에서 두위에게 살인을 의뢰하던 그 여인이었다. 자존심이 상한다는 듯 흥, 흥! 하고 연거푸 코웃음을 쳐대던 여인이 곁에 앉아 묵묵히 고개를 떨구고 있는 궁장(宮裝)여인의 무릎을 꼬집었다.

"이제는 언니까지 나를 무시하는 거예요?"

궁장여인이 살짝 이마를 찌푸리며 얼굴을 들었다. 이십 대 후반의 아름다운 여인이었다. 눈 속에 수심(愁心)이 깃들어 있어서 그것이 그녀의 농염한 아름다움에 처연함을 더해주어 형용할 수 없는 묘한 분위기를 자아냈다.

"보보야, 너는 그렇게 너무 앞질러 생각할 필요 없다."

보보(寶珀)라고 불린 여인이 샐쭉하니 흘겨보며 입을 삐죽거렸다.

"그의 마음속에는 아직도 언니가 가득 차 있는 게 분명해요. 언니의 마음속도 역시 그렇겠죠? 그러면서 그때 왜 나를 그에게 보낸 건지 알 수 없어요. 언니가 직접 가서 그를 만났더라면 좋았을 걸 그랬어요. 흥! 언니는 나를 놀리려고 했던 게 분명해요."

"아, 나는, 나는…… 이제 그를 만날 면목이 없단다."

궁장의 여인은 두위가 늘 가슴속에 품고 있는 그 수건의 주인이자 흑룡보주의 일점혈육인 채영경(菜玲瓈)이었다.

채영경의 눈가가 젖어드는 걸 본 냉보보(冷寶珀)가 더 이상 그녀에게 트집 잡을 생각을 하지 못하고 안타까운 눈길로 빤히 바라보다가 살며시 손을 잡았다.

"언니, 그렇게 상심할 것 없어요. 소매(少妹)가 중간에 나서서 다리를 놓아줄게요. 월하노인(月下老人), 아니, 노파(老婆)라고 해야 하나? 에그 참, 그것도 아니네. 나는 이렇게 젊고 예쁜데 징그럽게 노파라니…… 옳지, 월하소저(月下小姐)라고 하면 되겠군. 흠, 월하소저라…… 호호호, 내가 생각해도 좀 징그럽다. 하지만 그게 다 언니를 위한 일인데 뭐 어때. 그렇지 않아요? 암튼 소매가 그 월하소저의 역할을 다해서 두 사람이 맺어질 수 있도록 해줄 테니 나중에 중매쟁이한테 준다는 석 잔 술을 잊으면 안 돼요?"

냉보보의 붉은 입술이 쉴 새 없이 나풀거렸다. 그녀가 자신을 위로해 주기 위해 애쓰고 있다는 걸 잘 아는 채영경은 억지로라도 웃어 보이지 않을 수 없었다.

"그래, 그래, 바로 그거야. 어쩜, 언니의 웃는 모습은 내가 보아도 가슴이 설렌다니까. 그러니 사내들이 그것을 보면 어떻겠어. 역시 언니는 얼굴을 가리고 다니는 게 좋겠어요.”

냉보보가 손뼉을 치며 더욱 수다를 떨어댔다.

“동생, 그만 해. 자꾸 그렇게 놀리면 나중에 못생긴 신랑을 안겨줄 테야.”

“어머, 기가 막혀! 나는 누구를 위해서 매파(媒婆) 노릇도 마다하지 않을 참인데 그 누구는 보답으로 거북이 같은 신랑을 얻게 해주겠다니. 세상에 이렇게 못된 언니가 또 어디 있담!”

눈을 흘기며 펄펄 뛰는 보보의 기세에 영경은 드디어 터져 나오는 웃음을 참지 못하고 말았다.

'성급한 불장난이었을까?'

흔들리는 가마에 기대고 앉아서 영경은 가만히 그렇게 자기 자신에게 물어보았다. 실컷 수다를 떨어댄 끝에 피곤했던지 보보는 무릎을 베고 쪼그려 잠이 들었다. 그녀의 치렁한 머리카락을 부드럽게 쓸어주면서 영경은 자꾸 그날 밤을 생각했다.

“소, 소저…… 내가 뭘 잘못한 거 아니오?”

단단한 그의 가슴에 얼굴을 묻고 엎드려서 온몸으로 그의 숨소리를 듣고 있는 영경의 볼을 타고 눈물이 흘러내렸다. 가슴에 얼룩지는 그 눈물이 두위를 당황하게 했으리라. 그가 영경의 맨 등을 쓸어주던 손을 멈추고 더듬더듬 말했다. 영경은 가만히 고개를 저었다. 긴 머리카락이 부드럽게 일렁여 두위의 가슴을 덮었다. 간지러웠던지 두위가 몸을 움찔거렸다.

한바탕의 격정이 지난 뒤였다. 몸 안에 아직도 남아 있는 낯선 아픔이 영경을 꼼짝하지 못하도록 붙들어두고 있었다. 하지만 그녀가 눈물을 흘리는 건 그것 때문이 아니었다. 설명할 수 없는, 자기 자신도 무어라고 해야 할지 알 수 없는 그런 묘한 감정 때문이었는데, 그것은 서럽기도 하면서 달콤하고, 두려운가 하면 아쉽고, 또 부끄러우면서도 한편으로는 자랑스러운 그런 것이었다.

그 이해할 수 없는 감정은 열여덟 해를 살아오면서 처음 느껴보는 것이었다. 그래서 당황스럽기도 했다. 영경은 처음 달거리를 하던 때를 떠올렸다. 어쩌면 그때의 그 감정과도 매우 흡사한 그런 것이 아닌가 하고 생각했다.

"우리 멀리 달아날까?"

눈물을 훔친 그녀가 젖은 손으로 두위의 머리카락을 쓸어주며 속삭였다. 두위의 가슴이 흠칫하고 굳었다.

"아버지는?"

"바보, 멍청이!"

불쑥 아버지를 말하는 그 한마디에 영경의 가슴이 싸늘하게 식어버렸다. 그녀의 머리 속에도 부친의 근엄한 얼굴이 가득 떠올랐던 것이다. 차갑게 욕하며 뺨을 때렸다. 두위가 얼떨떨하여 그녀를 올려다보았다. 두위의 가슴에서 몸을 일으켜 앉은 그녀의 부드러운 어깨와 봉긋 솟은 가슴이 어둠 속에서 반짝였다.

"쳐다보지 마!"

그녀가 옷가지를 주워 가슴을 가리며 작고 날카롭게 소리쳤다. 상체를 일으켜 앉던 두위가 움찔하고는 질끈 눈을 감았다. 아직도 가라앉지 않은 그의 남성이 고스란히 눈에 들어왔다. 영경이 얼굴을 붉히고 외면했다. 몸속 깊은 곳에서 다시 익숙하지 않은 고통이 느껴졌다. 옷을 입기 위해 몸을 일으키던 그녀가 비틀거렸다. 가벼운 현기증이기도 했고, 다리에 힘이 남아 있지 않은 탓이기도 했다. 옷을 찾아 걸치는 그녀의 손가락들이 바들바들 떨리고 있었다.

흐린 달빛이 숲을 더욱 어둡게 해주고 있었다. 풍천강(風仟江)을 건너온 바람이 아득한 물소리와 함께 물비린내를 던져 주고 스쳐 갔다. 기대고 있는 노송 둥치에서 우우, 하고 우는 바람 소리가 들렸다. 개똥벌레 무리가 바람에 놀라 산산이 흩어지며 어두운 허공 가득 눈부신 별빛을 뿌렸다. 풀벌레들의 울음소리가 떠내려가는 송림이었다.

두위는 채영경의 무릎을 베고 누워 있었고, 그녀는 손을 들어 개똥벌레를 가리키고 있었다. 아흔아홉을 세고 더는 세지 못했다. 백까지 세면 이대로 모든 것이 끝나 버릴 것 같은 두려움 때문이었다.

"나 시집가."

"무어?"

두위가 벌떡 일어났다. 그녀를 바라보는 눈이 어둠 속에서 심하게 흔들렸다.

"아버지를 이해할 수 없어, 왜 갑자기 그런 결정을 내리셨는지."

지난봄부터 그녀의 혼례 소식은 보 안에 두루 퍼지고 있었다. 장정들은 결국 보주가 외인에게 그녀를 내준다는 것에 풀이 죽어 있었다. 더구나 이처럼 갑자기 그 일이 결정될 줄은 아무도 예상하지 못한 일이었다. 하지만 보주가 내린 결정이었다. 누구도 그것을 되돌릴 수 없었다.

"언제? 어디로?"

"닷새 뒤야. 귀주(貴州)."

"귀주…… 닷새 뒤라고?"

두위의 음성이 심하게 떨려 나왔다. 영경이 가만히 손을 뻗어 그의 가슴을 어루만졌다.

"너무 멀어. 다시는 보지 못하게 될 거야."

그녀는 어둠 속에서 두위의 입술이 악물려 있는 걸 보았다. 그 눈이 활활 불타오르고 있었다. 그의 가슴이 심하게 뛰었다.

"가, 가지 마……."

"바보."

영경이 그의 얼굴을 와락 끌어당겼다. 떨고 있는 그의 입술에 입술을 비비면서 그녀는 소리없이 울었다. 버스럭거리며 늑대 한 마리가 머리를 내밀어 그들을 바라보았다. 번쩍이는 눈과 사나움을 감춘 숨소리. 그러나 영경도 두위도 그것에는 조금도 신경을 쓰지 않았다.

두위는 점점 더 격렬해지고 있었다. 그의 입술이 영경의 입을 막아버렸다. 숨 쉬기가 힘들었다. 그래도 영경은 뿌리치지 않았다. 오히려 팔에 더욱 힘을 주어 두위의 목을 끌어당겼다. 두위의 목을 안고 그의 입술에 입술을 붙이고 조금씩 넘어졌다. 등이 차가운 풀 위에 닿고 돌멩이가 뼈를 찔렀어도 그녀는 두위의 목을 놓아주지 않았다. 늑대의 으르렁거림이 더 가까워졌다. 그놈의 눈이 적의를 드러내고 있었다. 그래도 영경은 두위를 묶어놓고 있는 팔을 풀지 않았다.

두위의 손이 거칠게 옷 속으로 파고들었다. 비로소 그의 불 같은 입술에서 풀려난 영경이 참았던 숨을 몰아쉬었다. 눈을 크게 뜨고 이마 위로 불어가는 바람과 그 너머에서 깜박거리는 별들을 보았다. 풀무질을 하듯 거친 두위의 숨결이 목덜미를 달구어놓고 있었다.

"가… 지… 마……."

탁탁 끊기는 그의 말이 수십 번도 더 넘게 그녀의 귓속에 박혀들었다. 그의 어깨와 등을 부둥켜안고 영경은 그래서 또 울었다.

영경은 첫 정을 나눈 후 지난 두 달 새 두위에게 듬뿍 정이 들어버려서 이제는 자기 자신의 마음을 다스릴 수 없게 되었다. 그녀는 가만히 생각해 보았다. 자신이 두위를 눈여겨본 것은 스스로 남자와 여자를 구분할 수 있게 되었던 무렵부터였다.

그를 보면 잘못한 것 없는데도 괜히 가슴이 두근거리고 볼이 붉어졌다. 그와 이야기를 하고 싶었다. 함께 봄 꽃놀이를 가고 싶기도 했다. 하지만 그녀는 언제나 두위의 모습을 보기만 했을 뿐 말을 걸어볼 수도, 손을 잡아볼 수도 없었다. 어려서는 아버지의 근엄한 시선과 유모며 몸종들의 지나친 보살핌 밖으로 한시도 벗어날 수가 없었던 때문이고, 조금 더 나이가 들면서는 그와 자신과의 사이에 가로놓여 있는 신분의 차이에 대해서 알아버렸기 때문이다.

그러던 거리가 한순간에 무너졌다. 어느 날 아버지가 불쑥 그를 청풍전(淸風殿)으로 데리고 온 것이다. 아버지와 자신만의 공간에 또 한 사람이 끼어들었다. 하지만 그때 영경은 그것을 기뻐할 줄 몰랐다. 자신을 바라보는 두위의 시선 때문이었다.

아버지가 청풍전을 비운 틈을 타 말을 붙이기 위해 다가갔던 그녀는 자신을 바라보는 두위의 눈빛에서 보(堡) 내의 여느 장정들과 다름없는 복종과 공경의 마음을 보았다. 그녀가 바라던 것은 그것이 아니었다. 그래서 그녀는 실망했고 더 화가 났다.

매섭게 흘겨보는 눈길을 받은 두위는 고개를 떨구고 쩔쩔매기만 했을 뿐 한마디의 말도 하지 못했다. 그것이 영경의 마음속에 억울함과 분노를 더해주었다. 마치 무시당한 것 같은 불쾌한 기분이 들었던 것이다.

다음부터 영경은 두위에게 말을 걸지 않았다. 그녀의 관심은 더욱 쌀쌀맞아진 얼굴과 눈길로 대신해졌고, 공연한 심술로 왜곡되어 표현되었다. 두위에게 그녀는 보 내에서 가장 상대하기 어려운 아가씨였을 것이다.

그렇게 석 달을 보내는 동안 영경은 자신이 두위를 원한다는 것을 깨달았다. 그건 두위도 마찬가지였다. 서로에 대한 관심을 표현하는 그들의 방법이 잘못되어 있었을 뿐, 눈길에서 눈길로 전해지고 읽어지는 마음은 같았던 것이다.

억눌려 있던 그 불길이 터져 나오는 데는 영경이 급히 갈겨 쓴 쪽지 한 장이면 충분했다. 그리고 그녀에게 그런 용기를 내게 해준 것은 다른 사람이 아닌 그녀의 부친이자 흑룡보주이면서 당대 최고의 도객(刀客)으로 명성이 드높았던 열화천도(熱火千刀) 채군걸(蔡君傑)이었다.

"너는 두 달 뒤 귀주(貴州)에 있는 옥수궁(玉樹宮)의 소궁주(小宮主)와 혼약한다."

아버지의 청천벽력 같은 말이 그녀의 마음을 갈기갈기 찢어놓았다.

"후회하지 않아."

영경은 입술을 깨물었다. 얕은 잠결에 그녀의 나직한 중얼거림을 들었던지 냉보보가 눈을 비비고 그녀를 바라보았다.

"뭘?"

"나의 선택에 대해서 말이다. 그리고 앞으로 내가 해야 할 일에 대해서도."

"핏, 언니는 혼자서 생각하고 중얼거리는 그 버릇을 고쳐야 해. 그러지 않으면 다른 사람들이 언니더러 미친 여자라고 할 거야."

영경이 곱게 눈을 흘기는 냉보보의 얼굴을 끌어당겨 가슴에 안았다.

"너도 후회하지 않을 수 있지?"

"물론이에요. 언니가 후회하지 않는데 내가 그럴 리가 있겠어요? 사문의 복수는 곧 가문의 복수나 같아요. 반드시 사부님의 한을 풀어드릴 거예요."

"그래야지."

어느새 영경의 얼굴에도, 보보의 얼굴에도 결연한 빛이 떠올라 있었다.

＊　　　　＊　　　　＊

두위는 내내 말이 없었다. 곁에 따라 걷고 있는 마석산도 그랬으므로 그들은 마치 서로 싸워서 화가 나 있는 사람들인 것처럼 보였다.

두위는 줄곧 초막 안에서 만났던 여인, 냉보보가 했던 말을 생각하고 있었다. 그녀는 백운장주(白雲莊主) 이릉운(李凌雲)의 목숨을 의뢰했다. 두위는 이릉운이라는 이름을 지난 십 년 동안 한시도 잊어본 적이 없었다. 삼십 년 전부터 그는 호북무림의 세력을 좌지우지하던 막강한 고수였으며, 지금도 그가 세운 백운장은 호북무림에서 성지로 떠받들어지고 있다.

그는 또한 군웅성을 탄생시킨 일백 영웅들 중 당당히 한 자리를 차지하고 있는 절대자이기도 했다. 하지만 그는 두위에게 잊을 수 없는 원한을 가져다 준 자였다. 그가 바로 십 년 전 흑룡보를 괴멸시킨 장본인이기 때문이다.

그는 물론 무존(武尊) 대무광(戴武光)의 명을 받았을 것이다. 아니면 그가 대무광을 부추겼는지도 모른다. 두위는 어느 쪽이든 그건 중요하지 않다고 여기고 있었다. 그가 지금은 군웅성에 편입된 일단의 고수들을 이끌고 삼우각을 넘어와 흑룡보를 피로 씻은 장본인이라는 것, 그것만이 중요할 뿐이다. 처참하게 죽임을 당한 일천 원혼들 안에는 자신의 아버지도 포함되어 있는 것이다. 그것이 더욱 중요했다.

'이제는 때가 되었다. 나는 반드시 해내고 말 것이다.'

두위는 지그시 입술을 깨물고 자기 자신에게 그렇게 다짐해 주었다.

흑룡보의 괴멸을 끝으로 일백 영웅들의 강호 정벌은 끝났다. 그들은 자신에게 무릎을 꿇지 않는 자들은 그것이 개인이든 문파든 가리지 않고 씨를 말려 버렸다. 그 피의 세월이 장장 십 년 동안이나 강호를 휩쓸었다. 그리고 그 정점에 있던 것이 흑룡보였다.

당시 두위는 아직 그런 것들에 대하여 알고 이해할 만큼 철이 들지 못했었다. 그의 나이 불과 열일곱 살이었던 것이다. 보주로부터 받은 선풍삼도주해서(旋風三刀註解書)를 들고 청태산(靑太山) 금쇄곡(禽鎖谷)에서 삼 년간의 수련을 마치고 나왔을 때 흑룡보는 이미 세상에서 존재하지 않는 곳이 되어 있었다.

두위는 피눈물을 삼키며 이를 갈았다. 어느새 열화천도(熱火千刀) 채군걸(寀君傑)은 혈마존(血魔尊)이라는 이름으로 바뀌어 있었고, 그를 강호 십대고수 중 제일도객으로 불리게 했던 선풍삼도(旋風三刀) 또한 혈마삼도(血魔三刀)라는 끔찍한 이름으로 불리고 있었다.

그건 이미 고인이 된 사람에 대한 무서운 음해였고 모독이었다. 그러나 두위는 세상을 향해 한마디도 항변할 수가 없었다. 자신이 보주의 선풍삼도를 물려받았다는 것이 알려진다면 곧 소혈마(小血魔)로 낙인찍혀 군웅성에서 나온 추살대의 사냥감이 될 것이기 때문이다.

그것을 눈치 챈 두위는 철저히 자신을 속이고 낭객(浪客)으로 강호의 음지를 떠돌 수밖에 없었다. 그리고 자연스럽게 귀역에 흘러들었다. 이 년 동안 강호를 떠돌았으니 귀역에 몸담은 지 다섯 해가 된 것이다.

'풍 노인은 나에게 많은 것을 주었다. 그가 원하는 것도 나와 같기 때문이다.'

두위는 귀역의 풍해산(馮海山), 풍 노인을 생각했다. 지금은 아편에 찌들고 몸이 병들어 볼품없이 변해 있는 초라한 늙은이에 지나지 않았다. 때로 괴팍하고 신경질적이었지만 그건 자신의 처지에 대한 불만 때문일 것이다. 그 풍 노인으로부터 두위는 많은 것들을 받았다. 그건 흑룡보에 있던 시절 채 보주로부터 받았던 은혜에 결코 뒤지지 않을 만큼 커다란 것이었다.

두위는 그가 과거에 어떠했는지에 대해서는 관심을 갖지 않았다. 중요한 것은 늘 지금이기 때문이다. 풍 노인이 자신에게 몇 가지의 초절한 절기들을 은밀히 전해주었다는 것. 그래서 자신의 무위가 스스로 생각해도 두려울 만큼 놀랍게 향상했다는 것. 그것이 중요했다. 천마신공(天魔神功)은 불가사의한 내공심법이었다. 한 가닥의 내력만 남아 있어도 그것을 촉매로 하여 몸 안의 무한한 잠재력을 남김없이 끌어낼 수 있었다.

"이놈아, 이건 보통의 내공 심법이 아니야. 대성한다면 불사지체(不死之體)를 이루게 된다. 사지육신이 절단나기 전까지는 결코 원기를 잃는 일이 없단 말이다. 어떤 경우에도 뒈지지 않는다는 거지."

　처음 두위가 천마신공에 대해 대수롭지 않다는 반응을 보이자 풍 노인이 정색을 하고 한 말이었다. 그건 과연 차가운 재 속에 한 가닥 불씨를 감추어둔 것과 같았다. 미약한 바람만 있어도 다시 불을 피워 올릴 수 있는 것이다.

　노인이 적어 준 비급을 받아 들고 꼬박 일 년 동안 귀역에 몸을 숨기고 있으면서 그것을 연성했다. 그 결과가 얼마나 무시무시한 것인지는 이제 두위가 알고 마석산이 알았다.

　그리고 다시 서른여섯 초의 지옥마도(地獄魔刀)를 전해 받았다. 그것이 누구로부터 전해진 것인지, 어떤 위력이 있는 것인지는 아직 알 수 없었다. 하지만 천하제일의 도법이라고 장담했던 풍 노인의 말이 결코 과장이 아닐 것이라고 생각했다. 두위는 자신이 움직여야 할 때가 가까웠음을 느꼈다.

　영취봉(靈鷲峯) 정상 너머로 우뚝 솟아 있는 석탑이 황혼에 물들어 금황빛으로 번쩍이고 있었다. 영웅비(英雄碑)였다. 숲 사이로 군웅성(群雄城)의 높은 석벽과 망루들도 바라보였다.

　"개, 개, 개, 개똥… 같은…… 곳이다."

　마석산이 발 아래 가래침을 뱉어내고 나서 그것을 손가락질하며 거칠게 말했다. 그의 눈 깊은 곳에서 뜨거운 불길이 활활 타오르고 있었다.

　두위는 마석산의 과거를 알지 못했다. 하지만 이처럼 군웅성과 영웅비에 대하여 적의(敵意)를 드러내는 것으로 보아 그 또한 자신과 비슷

한 사연을 가지고 있을 것이라고 짐작했다. 그건 마석산뿐만이 아닐 것이다. 방외인(方外人)으로 손가락질 받으며 무림의 변방을 떠돌거나 음지에 숨어 초라한 삶을 살 수밖에 없는 자들 중 많은 수가 그런 자들이었다.

"잊어버려. 네가 아무리 그래 봐야 콧방귀도 뀌지 않을 거다."

"흥!"

마석산이 주먹을 불끈 쥔 채 두위를 향해 눈을 부라렸다.

"어, 어, 언젠가는… 반드시 내, 내가……."

"저곳을 무너뜨려 버리겠단 말이냐?"

"그, 그, 그렇…… 다!"

그의 결심 앞에서 그것이 불가능하다고 말해 줄 수가 없었다.

"기다리는 자에게 언제나 기회는 찾아온다. 반드시 네 뜻을 이룰 날이 있을 것이다."

마석산이 뜨거운 눈길로 두위의 가슴을 치고 자신의 가슴을 친 다음 턱으로 군웅성을 가리켰다.

'너의 마음도 나와 같다. 나는 그것을 안다. 나는 언제나 너와 함께 있을 것이다.'

마석산의 눈이 그렇게 말하고 있었다. 두위의 가슴이 뜨거워졌다.

"저곳에서 함께 죽을 수 있다면 그래도 좋겠지."

마석산이 두위의 어깨를 끌어당겨 그 큰 가슴속에 파묻듯 거칠게 끌어안았다. 맞닿은 가슴과 가슴이 서로 거칠게 뛰고 있는 게 느껴졌다.

만금루(萬金樓)의 문을 열고 들어서자 제일 먼저 반천수(潘泉壽)가 눈을 흘기며 달려왔다.

"뭐야, 왜 이제 온 거야?"

"무슨 일이지?"

"흥! 별일이지 뭐겠어?"

저렇게 토라진 얼굴로 눈을 흘길 때는 꼭 사랑에 빠져 투정을 부리는 열아홉 계집애 같다. 그런 생각을 하며 어이없이 바라보는데 반천수는 정말로 화가 난 모양이었다. 그가 뒤꿈치로 두위의 발등을 사정없이 찍었다.

"억!"

발등을 쥐고 펄쩍펄쩍 뛰는 두위에게 루주인 동건유(董健留)가 뚱뚱한 몸을 흔들며 바삐 다가왔다.

"오늘 밤에도 돌아오지 않으면 찾아 나설 셈이었다."

언제나 졸고 있는 사람처럼 풀려 있던 동건유의 가느다란 눈이 무섭게 번쩍이고 있었다. 오 년 동안이나 이곳에 머물고 있으면서도 루주의 그런 모습은 처음 보는 것이어서 두위는 더욱 당황했다.

풍 노인은 여전히 침상에 비스듬히 누운 채 앵속을 쟁인 곰방대를 빨고 있었고, 한쪽 창가의 탁자 앞에는 규화가 턱을 괸 채 무료한 얼굴로 창밖을 바라보고 있었다.

두위가 들어온 지 한 식경이 다 되어가도록 그들은 돌아보지도 않았다. 마치 두위의 존재를 전혀 의식하지 않는 사람들인 것 같았다. 아니면 무엇엔가 단단히 토라져서 애써 무시하기로 약속이라도 하고 있는지도 몰랐다.

"그럼 이만 가보겠습니다."

조금은 심사가 뒤틀린 두위가 가볍게 고개를 숙여 보이고 등을 돌렸다. 그가 막 문고리를 잡았을 때, 무엇인가 뒤통수를 노리고 날아오는 기척이 느껴졌다.

퍽!

슬쩍 머리를 기울이자 화병이 문에 부딪쳐 산산이 깨졌다. 사방으로 튀는 자기병의 파편과 물방울이 두위의 얼굴과 옷을 때렸다. 이마와 뺨에 상처가 생겨 피가 맺혔다. 흩어진 꽃잎들이 어지럽게 날았다.

"이번에는 또 어떤 계집을 후리고 온 거지?"

벌떡 일어난 규화가 매섭게 노려보며 소리쳤다. 화사하던 그녀의 얼굴 가득 새파란 독기가 풀풀 날렸다. 물끄러미 바라보던 두위가 옷소매로 상처의 핏방울을 찍어내는데, 우르르 달려온 그녀가 두 손을 뻗어 두위의 가슴 앞 옷자락을 단단히 틀어쥐고 이를 뽀드득 갈았다.

"말해 봐! 왜 말을 못해!"

어이가 없었다. 표독스럽게 변한 그녀의 얼굴을 바라보는 두위의 눈빛이 조금씩 무거워졌다. 자기에 대한 그녀의 일편단심은 잘 알고 있었다. 하지만 이처럼 막무가내로 생떼를 쓰는 것은 딱 질색이었다.

천천히 몸을 일으켜 앉은 풍 노인이 못마땅한 눈으로 두위를 한 번 흘겨보고는 혀를 쯧쯧 찼다.

"어떤 여자가 너를 찾아왔었다. 그래서 규화가 저렇게 화가 나 있는 거야."

"여자라고요?"

"자고로 사내는 설근(舌根), 족근(足根), 남근(男根), 이 삼근(三根)을 조심하지 않으면 자칫 패가망신하고 신세를 조지는 법이다. 네놈 꼴을 봐라. 벌써부터 그럴 조짐이 보이지 않느냐?"

"대체 무슨 말을 하는 겁니까? 저도 영문을 알아야 변명을 하든지 해명을 하든지 할 것 아닙니까."

"그렇지. 그렇게 끝까지 시치미를 떼는 것이 오입쟁이가 갖추어야 할 자세지. 하지만 그건 중책에 불과해. 완벽한 비밀 유지를 해서 처음부터 끝까지 들키지 않는 것이 상책이고, 하책은 무릎 꿇고 싹싹 빌어서 잠시 위기를 모면하는 것이다. 네놈은 이미 들킨 것을 알고 중책을 택했으니 적당한 선택을 한 거야. 그러니 변명이든 해명이든 할 필요가 없다. 계속 밀어붙여."

훈수를 두는 것인지 약을 올리는 것인지 모를 어조와 표정으로 능글맞게 이죽거리던 풍 노인이 혼잣말처럼 구시렁거렸다.

"그러다가 맞아 죽는 놈도 여럿 보기는 했다만……."

"냉보보라고요?"

두위가 머리를 갸웃했다. 처음 들어보는 이름이었던 것이다. 그러자 풍 노인이 슬쩍 손을 뻗어 두위의 사타구니를 가리키며 목소리를 낮추고 속삭였다.

"이놈아, 나한테까지 오리발을 내밀 필요는 없어. 나도 사내다. 그 일에 관한 한 네놈 편이라구."

어이없어하는 두위의 눈길에는 아랑곳없이 노인이 호호 하고 음흉스럽게 웃었다.

"눈이 번쩍 뜨이게 아름다운 아가씨더구나. 어흠, 물론 규화보다야 못하지만……."

헛기침을 하며 던진 마지막 말은 흘깃 규화의 눈치를 보고 목청을 높여서 했다. 규화는 아직 분이 가시지 않은 얼굴로 꼼짝하지 않고 앉아서 내내 두위의 뒤통수만 노려보고 있었는데, 이번에는 탁자 위의 벼루를 만지작거리고 있었다.

"저 아래의 많은 놈들을 돌아보지도 않고 대뜸 너를 찾는 것이 오래전부터 잘 알고 있던 듯했다."

"냉보보라……."

여전히 두위는 그 이름을 기억해 낼 수 없었다. 풍 노인이 답답하다는 듯 혀를 차고 눈을 흘겼다.

"네놈이 삼우각으로 갔을 거라고 하자 그녀가 무릎을 치며 이렇게 말하더군."

"……?"

"아차, 길이 어긋났구나. 가만히 기다리고 있으면 될 것을 괜히 다리품을 팔았다."

입술을 오므리고 여인의 뾰족한 말투를 흉내 낸 노인이 히히, 웃는데 창가에서 싸늘한 규화의 목소리가 들려왔다.

"어쩌나, 그이가 혹시라도 나를 기다리다 지쳐서 망부석이 되어버리면 긴긴 밤을 보낼 낙이 없어지는데…… 더 늦기 전에 어서 낭군님께 달려가야겠구나."

두위가 피식 웃었다. 한껏 교태를 보태서 몸을 꼬며 말을 해대는 규화의 그 능청에 입을 호물거리며 웃음을 참지 못하던 풍 노인이 넌지시 두위를 바라보고 중얼거렸다.

"저년이 갈수록 심해지니 큰일이다. 빨리 시집을 보내 버리든지 해야지, 이대로 뒀다가는 구미호가 되어서 여러 사내놈을 잡아먹겠다."

"대체 그녀가 나를 찾은 이유가 뭐랍니까?"

"이놈아, 귀역에 와서 너를 찾는 이유가 뭐겠냐?"

"철정신검(撤情神劍) 이릉운(李凌雲)의 목을 원했군요?"

"허! 네놈은 그녀를 만났구나?"

두위는 풍 노인이 말하는 냉보라는 여인이 흑룡보의 폐허에서 만
난 그 여인임을 알았다. 그는 속으로 그녀가 자신을 안 것은 역시 채영
경과 관계가 있기 때문이라고 짐작했다. 그의 눈빛이 아련해지는 것을
본 규화가 분을 참지 못하고 두위를 향해 쥐고 있던 벼루를 냅다 집어
던졌다. 그러나 그것은 풍 노인의 담뱃대에 맞아 떨어지고 말았다.

"흥, 흥, 이제는 늙고 젊은 두 사람이 한통속이 되어서 나를 골탕 먹
이는군요? 좋아요. 다시는 당신들과 상대하지 않겠어요!"

화가 잔뜩 난 규화가 찬바람을 풀풀 날리며 문을 박차고 나갔다.

"너는 이제 어쩔 셈이냐?"

풍 노인이 걱정스런 얼굴로 그녀가 뛰쳐나간 문을 바라보며 중얼거
렸다. 두위는 그것이 규화를 두고 묻는 말임을 알 수 있었다. 그의 얼
굴도 어두워졌다.

규화는 두위가 귀역에 찾아들기 전부터 이곳에서 풍 노인과 함께 생
활하고 있었다. 루주인 동건유에게서 들은 말로는 그녀가 어려서 길에
버려졌을 때부터 풍 노인이 거두어 손수 길렀다고 하니 그 정이야 더
말하지 않아도 알 수 있었다.

"그녀는 노야의 혈육이나 다름없으니 노야에게 얼마나 소중한 사람
인지 잘 압니다. 하지만……."

"그렇게 마음에 들지 않는단 말이냐?"

두위를 바라보는 풍 노인의 얼굴에 이제 장난기라고는 눈을 씻고 찾
아보아도 없었다.

"그런 것이 아닙니다. 처음에 말씀드렸잖습니까. 저에게는 이미 정
을 나눈 사람이 있다고……."

"열화천도 채군걸의 딸 말이냐?"

두위가 긍정도 부정도 하지 않은 채 묵묵히 서 있기만 하자 풍 노인이 홍! 하고 코웃음을 쳤다.

"십 년 전의 일이다. 채군걸은 이미 죽었고 그녀는 시집을 갔다면서? 너는 설마 남의 여편네가 된 여자를 강제로 빼앗아오기라도 하겠다는 거냐? 쯧쯧, 어리석은 놈."

풍 노인의 말처럼 자신은 어리석은 자인지도 모른다고 생각했다. 하지만 두위는 첫 정을 쉽게 잊을 수 없었다. 그것이 덫이 되어 자신의 마음을 붙잡고 있는 이상 다른 여인에게 나누어줄 정이 없었다.

"내 말을 명심해라. 장차 너에게 가장 큰 힘이 되어줄 사람은 나도 아니고 마석산이나 반천수도 아니다. 그 사람은 바로 규화가 될 것이다. 너는 지금 고 깜찍한 계집을 붙잡아두지 않는다면 평생을 두고 후회하게 될지도 모른다."

어쩌면 그럴지도 모른다는 생각이 불쑥 들었다. 아직 규화는 무공을 모르고 있었다. 아니, 감추고 있는 건지도 모른다. 어쨌든 그녀는 두위 앞에서 한 번도 솜씨를 보인 적이 없었고, 풍 노인은 물론 동건유도 거기에 대해서는 일언반구 말이 없었던 것이다.

하지만 두위는 규화야말로 어쩌면 가장 무서운 고수일지 모른다는 의문을 품어야 했다. 그녀가 어려서부터 풍 노인과 함께 생활했다는 것 때문이다.

지금은 무공이라고는 한 푼도 남아 있지 않은 채, 늙고 병든 데다가 아편에 찌들어 아무 쓸모 없는 늙은이에 불과했지만, 그는 과거 강호를 공포에 떨게 했던 구지신마(九指神魔)라는 어마어마한 마두였던 것이다. 그것만으로도 그 몸에 지녔던 무공이 결코 만만치 않다는 걸 알 수 있었다. 더구나 두위는 노인으로부터 벌써 두 가지의 절세신공을 전해 받아 자신의 무위를 훌쩍 높이기까지 했다.

그런 노인이 규화에게 절기를 전해주었다면 당연히 그 공부가 놀랄 만큼 높을지도 몰랐다. 그랬기에 풍 노인이 자신에게 협박 비슷한 말로 규화를 남에게 빼앗기지 말라는 암시를 주었으리라.

두위가 묵묵히 그런 생각에 빠져 말이 없자 풍 노인이 혀를 차고 무심한 어조로 지나가듯 말했다.

"그래서, 그 여시 같은 계집의 의뢰를 받았느냐?"

"아니올시다."

풍 노인이 끌끌 웃었다.

"그랬겠지. 제 일을 하면서 남이 주는 돈을 받는 것만큼 고소한 것도 없지만 네놈 같은 벽창호에게는 못할 짓이겠지."

두위를 흘겨본 노인이 다시 정색을 하고 물었다.

"그래서 그 일을 이제 하려는 것이냐?"

풍 노인은 두위의 과거를 잘 알고 있었다. 두위가 자신의 신세에 대해서 노인에게만은 숨김없이 다 말했기 때문이다. 그만큼 노인에 대한 그의 믿음이 컸고 정이 깊었다.

"모르겠습니다."

"아직 멀었다. 네가 나의 천마신공(天魔神功)을 익혔지만 공력이 아직 부족하다. 게다가 그 잘난 채군걸의 선풍삼도만으로는 어림도 없지."

마음속 깊이 은인으로 생각하고 있는 채 보주의 도법을 깎아내리는 데에는 은근히 마음이 상했다.

"저는 아직 선풍삼도를 제대로 펼쳐 본 적도 없습니다. 그저 흉내만 냈어도 감히 그것을 감당하는 자를 찾아볼 수 없었지요."

"흥! 얼간이들만 만났기 때문이지. 제대로 된 고수를 만났더라면 반초식의 도법도 펼치기 전에 네놈의 머리통이 하늘 높은 줄 모르고 날아갔을 거다."

두위의 불만에 대하여 더 큰 모욕으로 무시해 버린 풍 노인이 다시 그가 뭐라고 대꾸하기 전에 재빨리 말했다.

"지옥마도(地獄魔刀) 삼십육 초식을 모두 익혔다면 한번 해볼 만하겠지. 너는 그것을 얼마나 터득했느냐?"

"아직 입문도 하지 않았습니다."

두위가 퉁명스럽게 말을 받았다. 노인이 입을 삐죽거렸다.

"왜? 그 잘난 선풍삼도보다 나을 게 없어서?"

"……?"

"이놈아, 내 말을 허투루 듣지 마라. 지옥마도는 절세의 도법이다. 그것만 제대로 익혀 강호에 나가면 도법으로 너의 적수가 될 자는 없을 것이다."

"대체 그런 무시무시한 도법을 제게 전해주는 이유가 뭡니까?"

두위는 이미 노인의 속을 짐작하고 있었다. 그러면서도 굳이 묻는 것은 단지 무엇이든 걸고 넘어가 핀잔을 주고 싶은 오기가 불끈 솟구쳤기 때문이다. 이전에도 몇 번 그와 같은 질문을 한 적이 있었다. 그때마다 노인은 농으로 받아넘기곤 했을 뿐 속내를 내비치지 않았는데 이번에는 달랐다.

풍 노인이 이글거리는 눈으로 한참 동안이나 두위를 노려보았다.

"네놈은 정말로 몰라서 묻는 것이냐?"

"노야의 속을 형편없는 제가 어찌 알겠습니까?"

"고약한 놈."

몇 번 숨을 고르고 난 노인이 여느 때와는 달리 진지하고 엄숙한 표정이 되어 천천히 말했다.

"네놈이 하고자 하는 일이 내가 하고자 하는 일과 같기 때문이다."

"음……."

두위가 깊이 침음성을 발했다. 막상 노인의 입을 통하여 그 말을 듣자 새로운 비밀을 알게 된 것처럼 가슴이 마구 뛰었다.

군웅성과 일백 영웅들에 대한 원한은 강호 도처에 널려 있었다. 하지만 아무도 그것을 드러내지 못했다. 지금은 그들의 세상이고 그들의 운이 극성한 때이다. 하지만 가득 찬 달도 기우는 게 천지자연의 이치였다. 문제는 그들의 왕성한 운이 언제 기우느냐를 아는 것이었고, 또 그들에게 누가 과연 첫 칼을 들이밀 것이냐다. 풍 노인은 자신이 하고 싶은 그 일을 두위를 통해 대신하고자 했다. 그들에게 첫 칼을 들이밀 자로서 두위만한 자가 없다고 여긴 것이다. 그리고 그때가 목전에 다가왔다는 것도 느낄 수 있었다.

"시간을 아껴라. 최대한 빠른 시간 안에 지옥마도를 네 것으로 만들어라. 그런 다음에는 본격적으로 노부의 절기 중 가장 위력이 강한 것 한 가지를 더 전해주겠다. 그 후에 일을 시작한다면 네 뜻대로 될 것이다."

"그렇다면 천마신공이나 지옥마도는 노야의 것이 아니었단 말씀입니까?"

"이놈아! 소림사에 칠십이 종의 절기가 있다. 그중 한 가지를 익힌 중놈이 있어서 그것이 내 것이라고 한다면 그 말이 맞았느냐, 틀렸느냐?"

절기는 분명 처음 창안한 사람이 있을 것이다. 하지만 후대에 그것을 물려받은 자가 있다면 그 절기는 이제 그의 것이라고 해도 옳았다. 두위는 대답할 말을 찾을 수 없었다. 노인이 그런 두위에게 흰자위가 드러나 보이도록 눈을 흘긴 다음 다시 말했다.

"내 절기를 전해 받는다면 너는 능히 일을 도모할 수 있다."

"노야는 이미 군웅성에 의해 패배하지 않았습니까?"

아직도 서운한 마음이 남아 있었던지, 두위가 그만 노인의 아픈 곳을 찌르고 말았다. 이미 패한 자의 절기를 전해 받을 뿐이라면 그것으로 어찌 다시 그들과 싸울 수 있겠느냐는 말에 노인의 얼굴이 핼쑥해졌다.

한동안 무섭도록 침묵을 지키던 노인이 겨우 마음의 격동을 다스린 듯 휴, 하고 길게 한숨을 쉬고 나서 다시 담담해진 눈으로 두위를 바라보았다.

"그렇겠지. 매우 옳은 말이다."

"죄송합니다. 노야를 괴롭히려던 것이 아니었습니다."

뒤늦게 자신의 잘못을 깨달은 두위가 진심으로 사죄했으나 풍 노인의 무거운 안색은 달라지지 않았다.

"하지만 이것은 알아둬라. 무공뿐만 아니라 어떤 일이든 그 궁극의 자리에 오르게 되면 새로운 세계가 보이는 법이다. 그런 세계를 세 번쯤 넘어선 자라면 그가 풀잎 하나를 들고 있고 하찮은 삼류의 초식을 구사한다고 해도 그것은 절세무적이 될 것이다. 누구의 어떤 무공을 배웠느냐는 이미 아무 의미가 없는 일이라는 말이다. 너는 그렇게 되어야 한다. 그래야만 저 오만한 무존(武尊) 대무광(戴武光)을 꺾을 수 있을 것이다. 나와 그의 차이는 바로 거기에 있었다."

노인의 눈빛은 이제 유현(幽玄)하게 가라앉아 있었다. 그에게서 볼 수 있는 것은 현자(賢者)의 모습이었지 구지신마라는 악랄한 마두의 모습이 아니었다. 두위는 극마지경(克魔之境)이라는 말을 알고 있었다. 마(魔)의 궁극을 초월한 자는 선인(仙人)의 경계와 구분할 수 없는 것이다. 극과 극은 통한다는 지고한 이치였다. 두위는 어쩌면 풍 노인이 그런 경지를 이미 엿본 건지도 모른다고 생각했다. 그렇다면 그건 무서운 일이었다. 더 무서운 건 그런 노인을 이 지경으로 만들어놓은 대무광이었다.

그 생각에 미치자 두위는 의기소침해지고 말았다. 군웅성이 더 아득하게 느껴졌고, 대무광의 존재가 거대한 산악이 되어 가슴을 내리눌렀다. 내가 과연 그 산을 넘을 수 있을까? 하는 회의마저 들어 그의 어깨를 무겁게 했다. 노인의 말대로라면 그는 이미 세 번 절정의 경지를 뛰어넘은 초인이었다. 그리고 눈앞의 풍 노인 또한 그랬을 것이다.

'하지만…….'

두위는 자신은 아직 절정이 어떤 건지조차 모르고 있다는 것을 생각했다. 어쩌면 대무광뿐만 아니라 영웅비에 이름을 올리고 있는 백 명의 절대자들은 모두 그 절정지경을 뛰어넘는 가공할 무위의 세계를 밟은 자들일지도 몰랐다. 그렇다면 그들 또한 초인이라 불러도 이상할 게 없을 것이다.

'과연 내가 할 수 있을까?'

두위의 마음이 더욱 어두워졌다. 그에게 군웅성의 존재가 이처럼 거대하고 높은 철벽이 되어 다가온 것은 처음이었다.

"너는 반드시 해낼 수 있다. 그렇지 않다면 노부가 네놈에게 모든 것을 걸었을 리가 없지."

풍 노인이 그런 두위의 마음을 읽은 듯 따뜻하게 말했다.

"네 한계를 한번 시험해 보는 것도 좋지 않겠느냐? 그것을 극복해 낸다면 새롭게 개안(開眼)하는 것이다. 하지만 그렇게 되기 위해서는 너의 의지를 극한까지 이끌어줄 어떤 계기가 필요하지."

노인이 말을 멈추고 두위를 의미심장하게 바라보았다.

"아마도 그럴 날이 곧 찾아올 것이다."

"……?"

어리둥절해하는 두위를 흘겨본 노인이 지나가는 말처럼 무심하게 말했다.

"너를 찾는 자가 또 있다. 그리고 보니 네놈도 이 바닥에서 꽤나 유명해진 모양이다."

"또 있다고요? 이번에도 여잡니까?"

지레 놀라 묻자 풍 노인이 히히, 웃었다.

"안심해라, 이놈아. 이번 것은 냄새나는 사내, 그것도 늙은 놈이다."

두위는 이상한 일이라고 생각했다. 귀역에는 강호인들이 매기자(賣技者)라고 부르며 경멸하는 많은 낭객들이 있었다. 그들 중 상당수는 솜씨가 뛰어나 오래전부터 이름이 알려진 자들이었다. 그런 자들을 다 놓아두고 굳이 자신을 찾았다는 것이 수상했다.

"그가 누굽니까?"

"만나보면 안다."

못마땅하다는 듯 두위를 아래위로 흘겨본 노인이 앞장서서 방을 나 갔다. 두위는 다시 어리둥절해지고 말았다. 그가 본 풍 노인은 언제나 침상 위에 누워 있었고, 아무리 귀한 손님이 왔더라도 그를 맞이하기 위해서 밖으로 나가본 적이 없었던 것이다. 얼마 전 군웅성의 이인자 인 검신(劍神) 진사후(陣獅侯)가 찾아왔을 때도 노인은 꼼짝도 하지 않왔다. 진사후가 오히려 노인을 만나기 위해 걸어 올라왔다. 그런 풍 노인이 지금은 스스로 몸을 움직이고 있었다.

두위는 노인을 따라 만금루 후원의 별채에 들었다. 두위를 앉혀놓고 노인은 온다 간다 말도 없이 어디론가 가버렸다.

별채는 만금루에 머물고 있는 무리들이 접근하지 않아서 언제나 조용하고 적막했다. 일 년 전 두위는 이곳에서 천마신공(天魔神功)의 연성에 매진한 적이 있었다. 아무것도 하지 않은 채 꼬박 일 년 동안 구결을 연구하고 심법(心法)에 매달렸으며 운기(運氣)를 수련했다.

그때의 그 별원이었고 별채였는데 일 년 만에 돌아와 본 곳은 전혀 다른 곳인 듯했다. 위치며 가구 집기들이 그대로였으나 분위기는 영 낯선 것이어서 두위는 그것을 이상하게 여겼다.

'무슨 일인가 일어나고 있다.'

별채를 둘러보고 창밖으로 별원의 낯익은 풍경을 돌아보면서 두위는 그것을 느꼈다. 일 년 전에는 느끼지 못했던 음습하고 어두운 기운이 가라앉아 있었다. 그것은 사악하다고 느껴지는 그런 기운이었다. 대체 이곳에서 무슨 일이 벌어지고 있기에 허공에 그런 기운이 남아 떠도는 것인지 궁금해하는데 사악하고 음산한 그 기운이 씻은 듯 가셔 버렸다. 그리고 누군가가 그를 불렀다.

"두 공자, 노야께서 부르시오."

두위가 크게 놀라 획 돌아섰다. 문 앞에 흑의 경장을 입은 사내가 공손히 두 손을 모으고 서 있었다. 피풍(披風)이 몸을 덮고 있어서 마치 박쥐가 날개를 접고 있는 것처럼 보였다. 창백한 얼굴에 박혀 있는 두 눈이 유난히 반짝였고 입술은 붉었다. 두위는 그가 이처럼 가까이 다가오도록 아무 기척도 느끼지 못했다는 것에 등줄기가 서늘해졌다.

"당신은 누구요?"

경계의 눈빛을 실어 보냈지만 사내는 여전히 표정이 없는 얼굴로 서서 같은 말만 되풀이할 뿐이었다.

"노야께서 부르시오."

"한 사람의 목숨을 의뢰하려고 한다."

첫마디가 대뜸 반말이었다. 두위는 아무런 동요의 빛도 떠올리지 않기 위해 애쓰며 눈앞의 노인을 바라보았다. 검붉은 얼굴에 눈빛이 맑은 것이 예사로워 보이지 않았다. 노인이 탐스럽게 늘어진 수염을 쓰다듬으며 두위를 다시 한 번 찬찬히 살펴보았다.

두위에게 이곳은 처음 와보는 방이었다. 별원에 이런 방이 있었다는 걸 그동안 전혀 알지 못했다. 이를테면 밀실 같은 곳이었는데, 방 한가운데에 탁자 하나와 의자 네 개가 있을 뿐 아무런 장식품도 없어서 황량해 보이기만 했다. 심지어 창문마저 나 있지 않았다. 사방이 꽉 막힌 상자의 한쪽에 문을 달아놓은 그런 형상이었던 것이다.

두위는 정체를 알 수 없는 자의 안내를 받아 방에 들어오고 나서 제일 먼저 방의 구조에 놀랐고, 다음으로는 자신을 뚫어지게 바라보는 낯선 노인의 기도에 놀랐다. 탈속한 듯하면서도 강렬한 힘을 느끼게 하는 것이 은연중에 사람을 압박하는 묘한 기운을 두르고 있었던 것이다.

한참 동안 아무 말 없이 두위의 전신을 구석구석 살펴보기만 하던 노인이 불쑥 꺼낸 그 말이 또 한 번 두위를 놀라게 했다.

"나는 청부업자가 아니오."

"상관없다. 노부는 네가 그 일에 적임자라고 생각한다. 그러면 된 거다."

더 말할 것 없다는 듯 노인이 품에서 금낭(錦囊) 하나를 꺼내 두위 앞에 밀어놓았다.

"선금이다."

천천히 매듭을 풀고 그것을 열어본 두위는 깜짝 놀랐다. 중원에서는 좀체 보기 드문 묘안석(猫眼石)이었다. 엄지손톱만한 그것이 무려 다섯 개나 들어 있었다. 그 하나가 금 두 관에 버금가는 값어치가 있으니 황금 열 관짜리 청부인 셈이었다. 두위는 여태까지 이처럼 큰 의뢰를 받아본 적이 없었다. 대체 누구의 목이기에 황금 열 관을 아깝지 않게 던질 수 있는 건지 궁금해졌다.

"누구를 원하는 거요?"

"낙성추혼(落星追魂) 유응백(柳鷹伯)."

"유응백?"

처음 들어보는 이름에 의아해하는데 노인이 품에서 봉서 한 장을 꺼내 내밀었다.

"그자에 관한 것이다."

두위가 무심코 그것을 받아 들자 이제 더 이상 볼일이 없다는 듯 노인이 앉아 있던 의자를 밀고 일어섰다.

"석 달 안에 끝내주기를 바란다."

미처 뭐라고 대꾸하기도 전에 노인은 성큼성큼 걸어 박쥐 같은 사내가 열어주는 문밖으로 사라져 버렸다. 두위는 얼떨떨하기만 했다. 그때 풍 노인이 슬그머니 들어와 노인이 앉아 있던 자리에 앉아 두위를 바라보았다.

"흐흐, 드디어 놈들이 똥줄이 타기 시작했나 보다."

두위 앞에 놓여 있는 금낭을 열어 안을 들여다보던 노인이 흘흘, 하고 괴상한 소리로 웃었다.

"제법 큰돈이다. 이렇게 몇 건만 처리하면 너는 남부럽지 않은 부자가 되어 귀역을 떠날 수 있겠다."

"나는 아직 한다 안 한다 말한 적도 없습니다."

"이놈아, 돈을 받았고 정보를 받았으면 다된 거지 꼭 문서를 작성하고 도장을 찍어야만 되는 거냐?"

풍 노인이 금낭을 흔들어 보이며 이죽거렸다. 두위는 자신이 너무 경솔했다고 뉘우쳤다. 확실히 금낭과 봉서를 받기 전에 뜻을 분명히 밝혔어야 했으나 정체를 알 수 없는 노인의 기세에 눌려 그러지 못했던 것이다. 이런 일에 아직도 경험이 부족한 탓이었다.

"어디 보자."

풍 노인이 냉큼 두위의 손에서 봉서를 빼앗아 개봉했다. 불빛에 비추어가며 꼼꼼히 읽어가던 노인이 껄껄 웃었다.

"됐다. 이제 시작된 거다!"

그렇게 소리친 노인이 유응백에 대한 정보가 담겨 있는 문서를 봉서와 함께 태우기 시작했다. 놀란 두위가 손을 뻗었지만 그것은 이미 불길에 휩싸인 뒤였다.

"뭐 하는 겁니까?"

그가 소리치자 풍 노인이 손을 털며 다시 흘흘, 하고 괴상하게 웃었다.

"이까짓 종이쪽에 적혀 있는 것보다 내게서 듣는 게 훨씬 자세하고 정확할 거다."

"이제 보니 노야께서 저를 소개한 것이로군요?"

그것뿐만이 아니라 풍 노인은 의뢰인의 신분에 대해서도, 그가 왜

이 일을 가지고 귀역에 찾아왔는지는 물론, 의뢰 대상인 유응백이라는 자에 대해서도 모두 알고 있었던 게 틀림없었다. 두위를 빤히 바라보던 노인이 대답 대신 다시 흘흘, 하고 그 괴상한 웃음을 낮게 터뜨렸다.

운남(雲南)은 무려 육천 리나 떨어진 먼 곳이다. 쉬지 않고 말을 달린다고 해도 한 달은 족히 걸릴 것이다. 의뢰인이 못 박은 시간이 석 달이었으니 서두르지 않으면 약속을 지킬 수 없을지도 몰랐다. 급히 행장을 꾸려 나서려는데 마석산과 반천수, 그리고 새로 만금루에 묵게 된 양사명이 일제히 뛰어나와 앞을 가로막았다.

"같이 가자!"

그들이 약속이라도 한 듯 동시에 소리쳤으므로 두위는 어리둥절해지고 말았다.

"곰 같은 놈아, 이번에는 내 차례다."

반천수가 마석산의 옆구리를 찌르며 을러댔다.

"나도 가고 싶다."

뺨을 달리고 있는 한 가닥 검상(劍傷) 자국을 빼면 아직 동안(童顏)을 간직하고 있는 양사명도 지지 않겠다는 듯 가슴을 펴고 나섰다. 두위는 난감하기만 했다.

"한 명만 데려가라."

걷기조차 힘든 듯 항아리 같은 배를 두 손으로 받치고 느릿느릿 다가온 동건유가 가늘게 찢어진 눈을 몇 번 감았다 뜨고 말했다.

"여기도 사람이 필요하거든."

"네 몫의 삼 분의 일을 받는 것으로 만족하지. 심심하지 않았다면 그런 조건으로는 절대 따라나서지 않아. 너는 운이 좋은 거다."

반천수가 이미 결정되었다는 듯 낡은 검집을 두드리며 턱을 내밀었다. 두위는 마석산을 바라보았다. 그는 언제나 반천수에게 양보한다. 이번에도 예외는 아니어서 반천수가 적극적으로 나서자 슬그머니 물러섰는데, 두위를 바라보는 두 눈 가득 서운함이 실려 있었다.

"쳇, 나는 아직 신참이라서 믿지 못하겠다 이건가?"

양사명이 잔뜩 불만을 담은 눈길로 반천수를 노려보았다. 그도 분위기가 이미 반천수에게 돌아갔음을 느낀 것이다.

"흐흐, 귀여운 아이야, 너는 아직 이곳에서 할 일이 많아. 주방 청소는 다 끝냈니?"

동건유의 말에 양사명이 눈을 부릅뜨고 그를 노려보았다. 양사명은 스물이 넘은 혈기 왕성한 청년이었다. 그러나 이곳에 찾아온 이래 모두로부터 아이 취급을 당했다. 가장 늦게 들어온 신입인 탓도 있지만 그의 동안(童顔) 때문이었다.

모두의 우려와는 달리 양사명은 만금루에서의 생활에 제법 잘 적응하고 있었다. 처음에 그를 못마땅하게 여겼던 자들도 점차 그와 가까워지기 시작했고, 거칠고 삭막하게 굴기만 하던 양사명도 이제는 만금루의 낭객들 모두를 자신의 동지로 여기게 되어서 제법 농담도 하며 어울리기 시작했다.

"제기랄, 빨리 돈을 벌어서 이놈의 빌어먹을 주루를 몽땅 사버리든지 해야지…… 나원, 더럽고 아니꼽고 치사해서……."

동건유가 투덜대는 양사명의 볼을 쓰다듬었다.

"제발 그래라. 덕분에 나도 좀 놀고 먹어보자."

"흥! 그럴 새가 어디 있어? 루주는 그때 나 대신 주방을 열심히 쓸고 닦아야 할걸? 날마다 살이 쭉쭉 빠져서 곧 몰라보게 날씬해질 거요."

"괘씸한 놈."

새우눈을 치뜨고 매섭게 노려본 동건유가 어쩔 수 없다는 듯 입맛을 다시고 다시 두위에게 돌아섰다.

"받아라. 노야께서 전해주라고 하셨다. 목숨이 위급한 때가 아니면 열어보지 말라는 말도 하셨어."

그가 건넨 것은 봉서 한 장이었다. 그것을 받아 품에 넣은 두위가 머리를 끄덕여 대답을 대신하고 마석산과 양사명을 한 번 바라보아 주고는 곧 걸음을 옮겼다.

"다녀오마. 말썽 부리지 말고 얌전히들 있어!"

반천수가 모두가 들으라는 듯 큰 소리로 외치며 한 손을 번쩍 들어 보였다.

"지랄. 너나 잘해, 이쁜아!"

"한눈팔지 말고 꽁무니에 꼭 붙어 다녀!"

"괜히 계집들이나 후리고 다녀서 두위를 골치 아프게 하면 내가 가만 안 두겠다!"

주청에 나와 있던 십여 명의 낭객들이 일제히 손을 흔들며 저마다 소리쳤다. 그들의 얼굴에도 하나같이 부러워하는 기색이 가득했다. 그들은 거의 반년째 구미가 당기는 일거리를 찾지 못한 채 무위도식하고 있었던 것이다.

"이건 좀 찜찜한 일 아니냐?"

반천수가 걸음을 멈추고 물끄러미 두위를 바라보았다. 두위로부터 비로소 일을 맡게 된 사정을 전해 들은 것이다.

"우리는 살수 행각을 하는 백정들이 아니야."

비록 낭객으로 타락해서 의뢰인 대신 싸워주고, 그래서 매기자(賣技者)라고 불리며 경멸당하고 있지만 전문적으로 사람의 목숨을 대가로 장사를 하는 무리와는 또 엄연히 달랐다. 비겁하게 어둠 속에 숨어서 암습하는 따위의 일은 하지 않았던 것이다. 상대에게 정정당당하게 나를 알리고 대리인의 자격으로 맨 앞에 나서서 싸우는 것이다. 감당해야 할 자가 열 명이 되었든 백 명이 되었든 두려워하지 않았다. 돈을 받은 만큼 정직하게 싸워주는 것이다.

그러나 살수라고 불리는 자들은 그렇지 않았다. 그들이 돈을 받고 의뢰인에게 파는 것은 지닌 바 순수한 솜씨가 아니라 오직 살인 기술이었다. 그들은 한 사람의 목숨을 집요하게 노렸다. 대상을 죽이기 위해서는 수단과 방법을 가리지 않는 것 또한 그들만의 특징이었다. 어둠 속에서 불쑥 검을 뻗어 등을 찌르는 일 따위도 아무렇지 않게 해내는 자들인 것이다. 그래서 살수들은 낭객보다 더 천하게 여겨지고 있었다. 그런데 지금 두위의 말을 들어보니 그가 나선 것은 명백히 살수 노릇을 하기 위해서였다. 반천수는 온통 이맛살을 찌푸린 채 못마땅한 얼굴로 두위를 바라보았다.

"이제는 그나마 남아 있던 자존심마저 내던져 버릴 셈이냐?"

두위는 아무 말도 하지 못했다. 반천수의 부릅뜬 눈을 똑바로 바라볼 수도 없었다. 그의 비난이 백 번 옳았던 탓이다.

'하지만……'

두위는 문득 흑룡보의 폐허에서 자신에게 백운장주 이릉운의 목숨을 의뢰하던 여인 냉보보의 말을 생각했다.

"당신은 돈을 받고 의뢰인을 위해서 싸움을 하지요? 칼을 휘둘러 싸움터를 휘젓고 다닐 때 한 사람도 죽이지 않나요?"

입술을 악문 두위가 반천수를 똑바로 바라보았다.

"의뢰인을 위해 대신 싸워준다지만, 싸움에는 언제나 죽음이 따르기 마련이다. 나의 칼에 죽은 자만도 벌써 십여 명이 넘었다. 너도 마찬가지일걸? 그들과 나는 아무 원한도 없었다. 처음 보는 자들이었지. 그런데도 나는 돈을 받고 그들을 죽였다."

"그래서? 그렇게 살인을 하는 것과 살수가 살인을 하는 것과 다를 게 뭐냐고 말하고 싶은 거냐?"

반천수가 입꼬리를 비틀며 싸늘한 웃음을 매달았다.

두위는 처음 냉보로부터 그 말을 들었을 때 마음에 충격을 받았다. 그가 무심결에 괴노인의 의뢰를 받아들인 것은 어쩌면 그의 마음 속에 남아 있던 갈등 때문인지도 몰랐다. 그것은 스스로의 처지에 대한 자학이기도 했다.

"지금이라도 늦지 않았다."

"그래서? 여기까지 끌고 와놓고 이제 다시 돌아가라고?"

"네 스스로 따라왔지 내가 강요한 적 없다."

"빌어먹을 놈."

두위의 발 아래 침을 내뱉은 반천수가 다시 입꼬리를 비틀며 차갑게 웃었다.

"좋아, 어차피 나선 길이니 그냥 가지. 돌아간다는 것도 체면 구기는 일이 될 테니까 말이야."

"네 마음에 내키지 않는다면 하지 않는 게 좋다."

두위가 진심으로 말했다. 반천수가 곁에서 도와준다면 훨씬 쉽게 일을 끝낼 수 있을 것이다. 하지만 내가 편하자고 반천수를 이용하기는 정말 싫었다.

"제기랄. 이왕 이렇게 된 거 한번 끝까지 해보자니까 그러네. 사실 네 말도 틀린 건 아니야. 아무러면 어때. 어차피 남의 돈을 받고 죽여 주는 건 똑같은데 말이야. 이번 일은 좀 색다를 것 같다. 그게 궁금하거든. 새로운 경험을 해보는 것도 괜찮을 거야. 빌어먹을, 요즘 같아서는 정말 따분해서 몸에 곰팡이가 필 지경이거든."

두위의 입가에 비로소 한 가닥 웃음이 걸렸다. 그가 반천수의 어깨를 툭, 치고 말했다.

"생각처럼 쉬운 게 아닐 거다."

"그 자식이 세면 얼마나 세겠어? 서로 붙으면 죽기 살기로 싸우는 데에 뭔 차이가 있냐? 고수? 홍! 군웅성에서 믿고 보냈다는 놈은 과연 얼마나 센지 어디 한번 보자."

두위는 만금루를 떠나 함께 길을 걸으며 반천수에게 의뢰받은 자에 대한 정보를 다 말해 주었다. 물론 풍 노인으로부터 전해 들은 것들이었다.

노인의 말에 의하면 낙성추혼 유웅백은 남령산맥(南嶺山脈) 서쪽 지방에서 대단한 명성을 누리는 고수였다. 추혼팔수(追魂八手)로 불리는 그의 장법(掌法)은 독하고 사납기로 이름이 높았다. 한 번 격중당한 자는 여덟 걸음을 채 떼어놓지 못하고 불귀의 객이 된다고 해서 그렇게 불리는 그의 장법은 음유함을 주로 하는 지독한 면장(綿掌)이었다.

그가 자신의 세력권을 떠나 멀리 운남에까지 나가 있는 것은 그곳에 있는 옥(玉) 광산(鑛山)의 책임을 맡았기 때문이었다. 점창산(點蒼山)

남쪽 끝자락에 솟아 있는 귀문산(鬼門山)에서 생산되는 옥은 중원에서는 보기 힘든 한옥(寒玉)이었다. 워낙 질이 좋았기 때문에 그곳에서 생산된 옥은 내놓기 무섭게 중원은 물론 서역에서 찾아와 기다리고 있던 상인들이 낚아채듯이 사 갔고, 그래서 생긴 수익금은 대부분 군웅성으로 흘러 들어갔다. 말하자면 귀문산의 옥 광산은 군웅성의 중요한 자금원 중 하나인 셈이다.

그런데 최근 그 옥 광산에 대한 소유권을 주장하는 자가 생겼다. 운남 제일의 방파인 점창파(點蒼派)가 그들이었다. 원래 점창파는 오래전부터 귀문산에서 조금씩 옥을 캐내오고 있었다. 그러던 것이 일백 영웅들이 강호를 정벌했을 때 군웅성에 의해 점유당했던 것이다.

점창파에서는 아무 소리도 하지 못했다. 그들 또한 공개적으로 무존(武尊) 대무광(戴武光)의 지지를 선언했기 때문이다. 그들이 운남을 평정하고 옥 광산을 요구했을 때 점창파는 속이 쓰렸지만 그것을 거절할 수 없었다. 거절한다는 것은 대무광에게 불복하는 일이었고, 그렇게 한 자들이 어떤 최후를 맞이했는지 너무나 잘 알기 때문이었다.

군웅성에서는 대대적으로 옥 광산을 개발했다. 그곳에 청의검대(青衣劍隊) 서른 명 중 열 명을 보내 상주하게 한 것만 보아도 그들이 귀문산의 옥 광산을 얼마나 중요하게 여기는지는 잘 알 수 있었다. 청의검대는 무존 대무광의 친위 무사 집단인 오검대(五劍隊) 중 당당히 한 자리를 차지하고 있는 세력이었던 것이다.

군웅성에서는 별도로 강호의 이름 높은 고수들 중 한 명을 택하여 그에게 광산 감독과 광물 매매의 권한을 위임했다. 삼 년마다 한 번씩 바뀌는 그 자리에 임명된다는 것은 영광스러운 일이었다. 임기를 무사히 마치고 나면 그는 공을 인정받아 당당히 군웅성의 일원으로 입성할 수 있었기 때문이다. 지금 감독관의 직위에 있는 유응백은 네 번째로 선택된 인물이었다.

그렇게 옥 광산이 커지고, 그곳에서 나오는 소득이 한 성(城)을 유지할 만하자 원소유주였던 점창파는 심기가 불편하기 짝이 없었다. 그들은 십 년이 지난 요즘 들어 쉬지 않고 군웅성에 대해 옥 광산을 돌려달라고 요구했고 번번이 묵살당했다. 더 이상 참을 수 없게 된 그들은 드디어 행동으로 나서려 했다. 그러나 실행에 옮기기도 전에 그 기미가 군웅성의 촉각에 잡히고 만 것이다.

"노야의 말에 의하면 유응백은 그렇게 만만히 여길 자가 아니다."

두위가 반천수에게 주의를 주었다. 그러나 반천수는 여전히 무엇인가 불만스러운 기색을 버리지 못하고 있었다.

"흥! 길목을 지키고 숨어 있다가 불시에 등을 찌르는데 제놈이 아무리 고수라고 하더라도 별수있겠어? 더구나 너 정도의 솜씨를 지닌 자가 한다면 아마 대무광이라고 할지라도 속수무책으로 당하고 말 거다."

"음, 고약한 친구로군. 내가 조력자를 데려가는 건지 훼방꾼을 데려가는 건지 모르겠다."

"걱정 붙들어매. 여차하면 나 먼저 달아나겠지만 일을 하는 동안 훼방을 놓지는 않을 테니까."

두위의 핀잔에 반천수가 입술을 내밀며 이죽거렸다. 두위는 그저 웃을 수밖에 없었다.

"그나저나 점창파 놈들도 그래. 제놈들 일이면 스스로 알아서 할 것이지 거금을 들여서까지 남의 손을 빌리는 걸 보면 영 배짱이 없는 놈들이야. 흥! 그런 것들이 구대문파입네 어쩌구 하면서 으스대는 꼴을 보면 정말 등을 확 찔러주고 싶다니까."

반천수는 말끝마다 등을 찌른다는 걸 강조하고 있었다.

"이제 그만 좀 할 수 없나?"

"왜? 등이 간지러워져서?"

"썩을 놈."

풍 노인은 의뢰를 하기 위해 온 그 사람이 점창파의 장로인 유운검객(流雲劍客) 설송중(薛松仲)이라고 했다. 두위로부터 그 말을 전해 들은 반천수는 그 뒤로도 한동안 내내 그들을 욕했다.

이십여 일 전 군웅성의 검신(劍神) 진사후(陣獅侯)가 백의검대를 이끌고 급히 남쪽으로 달려간 것은 바로 점창파를 위협하고 달래서 이 일을 원만하게 마무리짓기 위해서일 것이다. 그런데도 점창파에서는 은밀하게 장로 한 명을 보내와 살인을 청부했다.

'그렇다면 장차 화근이 귀역에까지 미칠 것이다.'

전후 사정을 차근차근 생각해 보자 그런 결론을 얻을 수 있었다. 만약 그렇게 될 줄을 모르고 일을 추진한 것이라면 풍 노인은 어리석은 결정을 한 것이다. 하지만 그토록 모든 정보에 밝은 노인이 앞뒤의 일을 생각하지 않았을 리가 없었다. 그러자 대체 노인은 하루 종일 방구석에 틀어박혀 꼼짝도 하지 않으면서 그 많은 일들을 어찌 그렇게 소상히 알고 있는 걸까? 하는 의문이 들었다.

'어쩌면 나와 반천수가 희생양이 되는 건지도 모른다.'

그런 불안감도 들었다. 노야가 암중에서 무엇인가 일을 꾸미고 있으며, 이제 자신이 그 일의 선봉에 나선 것이 분명했다. 그렇다면 노야는 점창파의 분노를 이용하여 자신의 계획을 이루려고 하는 것이다. 문득 만금루를 떠나기 전 노야가 이제 머지않아 그 뜻을 펼 때가 올 것이라고 했던 말이 떠올랐다. 그렇다면 지난 십여 년 동안 노야는 만금루의 다락방에 몸을 숨긴 채 은밀하게 무엇인가를 계획해 왔었다는 결론이 되었다.

'무서운 사람이다.'

두위는 비로소 그것을 느꼈다. 등줄기로 서늘한 바람이 지나갔다. 앵속에 찌들어 망가진 폐인에 불과하다고 여기고 동정했는데, 실은 그것이 모두의 눈을 속이기 위한 것에 지나지 않았던 것이다. 귀역으로 낭객들을 끌어 모은 것과 굳이 군웅성의 턱 밑에 자리 잡고 주저앉은 것도 모두 숨겨진 속셈이 있어서일 것이다.

거기에까지 생각이 이르자 이제 두위는 노야는 물론 동건유와 규화까지도 믿을 수 없게 되고 말았다. 내 집처럼 여기고 있던 만금루 자체가 거대한 음모의 발원지라면 그건 무서운 일이었다. 문득 후원의 별채에서 자신을 안내했던 박쥐 같은 사내가 떠올랐다. 지금 생각해 보아도 예사롭지 않은 자였다.

'대체 그런 자들이 얼마나 더 숨어 있는 것일까?'

그 생각이 다시 두위의 가슴을 답답하게 했다. 자신이 만금루에 머문 지 벌써 오 년이 지나고 있었지만 한 번도 그 박쥐 같은 자를 본 적이 없었다. 그자는 철저하게 숨어서 사람들의 눈을 피하고 있었던 것이다. 그렇다면 후원에는 누구도 알지 못하는 또 다른 세계가 있는 것이 틀림없었다. 그리고 그 세계를 암중에서 움직이고 있는 사람은 바로 풍 노인일 것이다.

두위는 이제 자신의 추측에 대해 확신했다. 어쩌면 만금루에 머물고 있는 자들 모두가 그들과 한통속이 되어 일을 꾸미고 있는 건지도 모른다는 의심마저 들었다. 그렇다면 규화는?

'무서운 사람들이다.'

부르르 몸서리가 쳐졌다. 갑자기 눈앞에 다가온 일들이 자신의 의지와는 상관없이 그렇게 되도록 이미 만들어졌다는 것을 느꼈다. 그것을 주재하는 자는 바로 귀역의 풍 노인이었다. 그동안 두위에게 있어서 풍 노인은 자신에게 호감을 갖고 있고, 그래서 몇 가지 절기를 전해준 고마운 존재였을 뿐이다. 두위가 노인에 대하여 갖게 된 호감도 그래서 생긴 것이다. 그러나 지금 그는 그런 자신의 감정에 대해서까지 혼란스러워졌다.

"내가 하고자 하는 일과 네가 하고자 하는 일이 같기 때문이다."

두위는 다시 풍 노인이 했던 말을 떠올렸다.

'같은 일……'

그렇게 중얼거려 보았다. 피식 웃음이 나왔다. 더 이상 신뢰할 수 없는 자와 같은 일을 도모한다는 것은 어리석었다.

'이게 마지막이다.'

입술을 지그시 깨문 두위는 이번 일을 무사히 마치고 나면 귀역에서 떠나리라고 결심했다.

*　　　　*　　　　*

"그들이 끼어들고 있습니다."

감정이 담겨 있지 않은 건조한 음성이 허공에 웅웅 울렸다. 창가에 뒷짐을 지고 서서 황혼에 물들어가는 정원을 바라보고 있던 거구의 사내가 천천히 몸을 돌렸다. 각진 얼굴에 검게 그을린 피부를 가지고 있어서 강철처럼 단단해 보이는 중년인이었다.

"어느 정도인가?"

그의 인상과 걸맞게 굵고 위압적인 음성이 흘러나왔다. 서재의 구석진 곳, 짙은 그늘이 웅크리고 있는 그곳에 한 사람이 무릎을 꿇고 엎드려 있었다. 그가 조심스럽게 얼굴을 들었다. 어둠 속에서 두 눈만 반짝여 보일 뿐, 모습을 알아보기 힘들었다.

"두 사람을 내보냈습니다."

"음……."

사내가 수염이 거칠게 자라 있는 턱을 쓰다듬으며 침음했다. 한동안 무거운 적막이 감돌았다.

"위험한 자들인가?"

어둠 속에서 번쩍이고 있던 두 개의 눈빛이 신중해졌다. 자신의 한마디가 이 일에 얼마나 중대한 영향을 끼치게 될지 잘 알고 있기 때문이다. 주저하며 망설이던 자가 조심스럽게 말했다.

"그럴 것입니다."

"호오?"

사내가 의외라는 듯 탄성을 발했다. 그의 부리부리한 눈에 호기심이 일렁이기 시작했다.

"위험한 자들이라…… 과연 그들 중에 낙성추혼 유웅백을 위협할 만한 자가 있을까?"

"그들이 암습을 한다면 충분히 그럴 수 있습니다."

"암습이라……."

다시 턱을 쓰다듬는 그의 얼굴에 이제는 조소(嘲笑)가 떠올랐다.

"그들이 드디어 실수 노릇까지 하기 시작했단 말이지? 그건 풍해산(馮海山)답지 않은 일인걸? 하긴, 늙고 병들었으니 마음이 급하기도 하겠지. 게다가 동건유의 전력(前歷)이라면 충분히 그런 생각을 할 수도 있을 테고."

사내의 얼굴에는 이제 경멸의 기색이 가득했다. 묵묵히 침묵하고 있던 자가 어둠 속에서 다시 눈을 빛냈다.

"하명(下命)을……."

"좋아, 유응백에게 귀띔을 해줘라. 이번 일을 그자가 어떻게 처리하는지 그것을 지켜보는 것도 재미있을 거야."

"하오면 정의전주(正義殿主)님께는 어찌하오리까?"

"음, 진사후(陣獅侯) 그 늙은 여우는……."

말을 멈춘 사내가 눈살을 살짝 찌푸린 채 무엇을 생각하는지 한동안 방 안을 서성거렸다.

"됐다. 시시콜콜하게 이런 일까지 미주알고주알 고해 바칠 필요는 없겠지. 자신의 일은 스스로가 잘 알아서 할 거다."

짜증기가 섞인 말투로 빠르게 내뱉은 사내가 손을 저었다. 바닥에 한 번 이마를 찧은 자가 뒤로 물러섰다.

"대체 누구지?"

사내가 문득 생각났다는 듯 지나가는 말처럼 물었다. 막 방을 나가려던 자가 어깨를 움찔 떨었다. 그가 뒤도 돌아보지 않은 채 다시 건조하고 감정없는 음성으로 대답했다.

"두위와 반천수라고 합니다."

"됐다."

사내가 다시 창가로 돌아섰고, 이제 어둠 속에는 아무도 없었다. 그 새 더욱 짙어진 땅거미가 밀려와 방 안을 무겁게 가라앉혔지만 사내는 불을 켤 생각도 잊은 듯 그렇게 서서 어둠에 잠겨가는 정원을 바라보고만 있었다. 군웅성의 제일비(第一秘)로 알려져 있으면서 대내외의 모든 정보를 총괄하는 비문(秘門)의 총수(總帥)이자 영웅비에 열 번째로 이름을 새겨 넣은 철혈패도(鐵血覇刀) 장조상(張操象)이었다.

장조상의 검은 얼굴에 불쾌하다는 빛이 드러나 있었다. 매번 이렇게 군웅성으로 직접 찾아가야 한다는 것이 귀찮기만 한 요즈음이었던 것이다. 검은 휘장이 드리워져 햇빛 하나 새어들지 않는 어둠 속에 앉아서 그는 두고 온 매영영(梅榮影)을 생각했다. 매끄럽고 향기로운 그 몸은 아무리 탐해도 물리지가 않았다.

"요녀의 기질을 타고난 계집이다."

그가 입맛을 다시며 중얼거렸다. 그녀는 지난밤에도 열병에 걸린 듯 뜨겁게 달구어진 몸으로 온몸을 문지르고 조이며 감아왔었다. 가슴을 후끈 달구던 그녀의 뜨거운 숨결과 교성이 다시 느껴져 아랫배가 근질거렸다.

"그런 년이 어떻게 머리를 깎고 비구니 노릇을 했을까?"

아무리 생각해 보아도 이해할 수 없는 일이었다.

매영영은 아미파의 여제자였다. 예정(譽淨) 노사태(老師太)의 제자인 그녀가 각 문파의 이대제자들 중 뛰어난 자 열 명씩을 군웅성에 보내는 관례에 따라 영취봉(靈鷲峯)으로 찾아왔다. 반년마다 한 번씩 열리는 회합에 참석하기 위해 군웅성에 들른 장조상은 단번에 그녀가 만나기 힘든 우물(尤物)임을 알아보았다. 비록 박박 깎은 머리를 수건으로

동이고 관(冠)을 쓰고 있었지만 타고난 미태와 염기(艶氣)를 감출 수는 없었던 것이다.

구대문파에서 보내온 청년 고수들 구십 명은 지난 삼 년간 각처에서 봉사한 자파의 사형제들과 교대하여 다시 삼 년을 군웅성에서 기거했다. 마침 새로 온 신입들에 대한 부서 배정이 거론되고 있었다. 그 자리에서 장조상은 오직 매영영을 지목했다. 그리고 그의 뜻대로 그가 남경부(南京府)로 돌아올 때는 그녀를 대동할 수 있었다.

그날부터 그는 남경부에 있는 자신의 비문에서 한 발자국도 움직이지 않았다. 지금 매영영은 비구니가 아니었다. 지난 몇 달 동안 기른 머리카락이 제법 자랐고, 더 이상 칙칙한 승복을 입지도 않았다.

꼬장꼬장하기로 이름난 아미파의 예정 사태가 그런 사실을 안다면 길길이 날뛸 일이었다. 그러나 매영영이 그 꼴을 하고 비문 밖으로 나가지 않는 이상 천하에 그런 사실을 알 사람은 없었다. 어쨌든 그날 이후 장조상은 밤마다 극락의 환희를 맛볼 수 있게 되었다. 매영영의 몸을 탐하는 일에 거리낌은 아무것도 없었다.

남경부를 떠나온 지 겨우 하룻밤이 지나지 않았는데도 벌써 그 매영영의 몸이 그리워졌다. 장조상은 무슨 평계를 대더라도 이번 회합에서 자신이 보고할 일만 마치면 곧장 군웅성을 떠나 비문으로 돌아가야겠다고 결심했다.

"서둘러라!"

그의 낮은 외침에 마차가 조금 더 요동을 치기 시작했다. 네 필의 준마(駿馬)가 일제히 발굽을 놓아 달리자 마차는 대낮을 두려워하지 않고 날듯이 달려나갔다. 앞뒤로 호위하고 있는 열 명의 무사들도 쉬지 않고 채찍으로 말 엉덩이를 두드려 댔다.

"조금 전 비문의 문주인 철혈패도 장조상이 지나갔습니다."

노인은 다른 때와 달리 손수 소를 몰아 수레를 끌고 있었다. 볏단이 산같이 싸여 곧 무너질 것처럼 위태로워 보였다. 소를 멈추고 새끼줄을 둘러 다시 한 번 볏단을 단단히 묶고 있던 노인이 말없이 고개를 끄덕였다.

"금년에는 수확이 많다. 이만하면 만금루의 아귀(餓鬼)들이 일 년 동안 배불리 먹고도 남겠어."

"노야."

노인의 엉뚱한 말에 곁에서 부지런히 떨어진 볏짚을 주워 나르던 장한이 손을 놓고 조금 언성을 높였다. 허름한 농군의 모습 그대로인 장한이었다.

"이놈아, 보채지 마라. 귀가 있으니 네놈 말을 듣지 못했을 리가 있겠느냐?"

얼굴을 붉혔던 장한이 재빨리 주위를 훑어보았다. 들에는 여기저기 농군들이 흩어져 수확에 여념이 없었는데, 누구도 자신들을 눈여겨보는 사람은 없었다. 장한이 한아름 주워 온 볏짚을 수레에 던져 올리며 다시 은밀하게 말했다.

"그를 마지막으로 외부에 나가 있던 아흔여섯 명의 영주들이 모두 돌아왔습니다."

"그래? 그들 중 성미가 가장 급한 장조상이 금년에는 제일 늦었으니 별일이로군. 그 대신 그는 제일 먼저 군웅성을 떠날 거다."

"예?"

"이놈아, 그렇다는 말이다."

눈을 흘긴 노인이 볏단을 묶은 새끼줄에 매듭을 치고 나서 손을 털었다.

"이랴, 쩌쩌! 이 미련한 대무광 같은 놈아, 어서 가자!"

노인이 한가롭게 되새김질하고 있는 소의 고삐를 채며 다그쳤다. 그 순간 장한이 새파랗게 질린 얼굴로 재빨리 주위를 두리번거려 보았다. 그의 가슴이 철렁 하고 내려앉은 것과는 상관없이 더운 숨을 불어낸 소가 느릿느릿 움직이기 시작했다.

"두위, 그놈은 어떻게 하고 있다더냐?"

소 고삐를 쥔 채 한가롭게 걷던 노인이 문득 혼잣말인 것처럼 물었다. 낫과 삼태기를 들고 뒤따르던 장한이 망설임없이 대답했다.

"배를 탔답니다. 지금쯤은 불산(佛山)에 가 있을 겁니다."

"흐흐, 대무광 못지않게 미련한 놈인 줄 알았더니 제법이다. 배를 탈 생각을 다 해내다니."

"하오나 거기까지는 세작(細作:첩자, 정탐꾼)이 닿지 못합니다. 어떻게 할까요? 따로 수하를 풀어 그의 뒤를 따르게 할까요?"

"그대로 둬. 그놈이 무슨 짓을 하든 그놈 마음대로다. 마음껏 활개 치게 놔두고 장조상의 숨통을 조이는 일에나 더 신경을 써라."

"존명."

장한이 슬그머니 뒤처지더니 재빠른 걸음으로 논둑길을 거슬러 멀어져 갔다. 콧노래까지 흥얼거리며 걷는 노인의 곁에서 소가 한가롭게 방울을 쩔렁거렸다.

"좋군. 오래간만에 쐬는 바깥바람이 이렇게 상쾌할 줄 몰랐다. 앞으로는 종종 산책이라도 해야겠어."

노인이 저물어가는 하늘가를 바라보며 중얼거렸다.

다른 때 같으면 열흘이 걸릴 길을 나흘 만에 접었다. 영취봉 아래에 이르렀지만 마차는 조금도 속력을 늦추지 않았다. 각처에 흩어져 있던 일백 영주들이 모여 회합을 갖는 날은 내일이었다. 영취봉 주위에는 그들을 맞이하기 위해 나와 있는 군웅성의 무사들로 뒤덮이다시피 하고 있었다.

"비문의 문주이시다!"

앞서 길을 열던 호위 무사가 소리쳤다. 황급히 장조상을 맞이하기 위해 나온 자들이 크게 놀라 물러섰다. 마차가 부딪칠 듯 달려왔던 것이다. 그들이 영접의 예를 갖추기도 전에 장소상을 태운 마차는 쏜살처럼 지나가 버렸다. 군웅성의 무사들이 어안이 벙벙하여 그런 마차를 바라보았다. 예년에는 볼 수 없었던 일이기 때문이다.

"열어라!"

말의 속도를 늦추지 않은 채 선두의 호위 무사가 버럭 외쳤다. 군웅성의 거대한 문이 좌우로 활짝 열렸다. 마차는 서슴없이 그것을 통과하여 성안 깊숙이 들어갔다. 수문을 맡고 있던 무사들이 저마다 혀를 차며 머리를 내둘렀다. 그들 또한 장조상이 원래 급한 성격이라는 것은 잘 알았지만 이처럼 서두르는 것을 본 적이 없었던 것이다.

마차는 곧장 내성 깊숙한 곳까지 뚫고 들어가 집무전(執武殿)이 바라보이는 곳에서 비로소 멎었다. 검은 휘장이 펄럭이더니 장조상이 훌쩍 뛰어내렸다. 멀리서 그를 알아보고 달려나온 집사와 호전(護殿) 무사들이 일제히 허리를 굽혔다.

"문주를 뵈오!"

그들의 우렁찬 외침이 울려 퍼졌으나 장조상의 눈은 오만하게 허공을 바라볼 뿐 마치 듣지 못하고 보지 못한 듯했다. 그가 급한 걸음으로 무사들을 스쳐 집무전으로 나 있는 청석 길을 걸었다.

대전 안에는 아흔여덟 명의 영주들이 모두 모여 있었다. 그들의 시선이 일제히 마지막으로 들어서는 장조상에게 향했다.

"성주를 뵈오!"

다른 사람들에게는 눈길 한 번 주지 않은 채 장조상이 정면의 태사의에 앉아 있는 대무광을 향해 가볍게 한쪽 무릎을 꿇고 예를 올렸다.

"어서 오시오. 다들 기다리고 있었소."

대무광의 입가에 희미한 웃음이 떠올랐다. 황금빛 장삼을 걸치고 역시 황금빛으로 번쩍이는 관을 쓴 그의 풍채는 언제 보아도 위풍당당했다. 칠십에 가까운 나이라고는 믿어지지 않을 만큼 젊어 보이는 얼굴이었는데, 온화한 중에 사람을 억누르는 위엄이 깃들어 있었다. 그가 정기가 번쩍이는 눈으로 잠시 장조상을 내려다보았다. 장조상은 감히 멋대로 얼굴을 들지 못했다.

"먼 길 오시느라고 수고했소. 회합을 마친 다음 며칠 푹 쉬었다 가시구려."

대무광의 우렁우렁한 음성이 그런 장조상의 어깨 위에 내려앉았다. 비로소 장조상이 얼굴을 들었다. 대무광의 옆 자리가 비어 있는 것이 눈에 들어왔다. 점창산으로 떠난 진사후의 자리였다. 장조상의 입가에 보일 듯 말 듯 희미한 미소가 떠올랐다.

회합은 언제나 잡담으로 시작해서 잡담으로 끝났다. 중요한 일들은 그때그때 사람을 보내 보고했고, 급한 일은 전서구(傳書鳩)를 이용했으므로 석 달에 한 번 모이는 자리에서 특별히 보고할 만한 사항이 없었던 것이다. 군웅성에서 명령이 하달될 때도 그랬다. 그럼에도 모두가 이렇게 모이는 건 자신들의 건재함을 알리기 위함이었다. 친목을 다지는 성격이 더 짙었던 것이다.

지난 일들, 함께 힘을 모아 강호를 종횡하던 무용담들이 끝없이 오갔다. 매번 되풀이되는 그 말들이 장조상을 지겹게 했다. 회합을 마치고 늦은 만찬이 벌어졌다. 장조상은 다들 술에 취하여 큰 소리로 자신들의 무용담을 자랑하는 자리를 슬그머니 빠져나왔다.

제5장 **이름을 얻다**

이름을 얻다

〈매기자(賣技者) 두위(杜偉)가 낙성추혼(落星追魂) 유응백(柳鷹伯)에게 한 수 가르침을 청한다〉
명백한 도전이었고 건방지기 짝이 없는 글귀였다
무림인이 본다면 누구나 어이없어할 문구이기도 했다

광동(廣東)까지 배를 타고 올 생각을 해낸 건 반천수였다. 산을 넘고 강을 건너 운남까지 가는 길은 너무 멀고 험했다. 한 달을 꼬박 계획했던 것이, 영파(寧波)에서 배를 타자 사흘 만에 광주(廣州) 앞까지 이를 수 있었다. 그곳에서 하루를 쉬고 다시 불산(佛山) 아래의 나루에서 서강(西江)을 거슬러 올라가는 배를 얻어 탔다. 장족(壯族)들이 모여 사는 남령(南寧)까지는 다시 이틀 길이면 충분했다. 거기까지는 강폭이 제법 넓고 물살도 완만해서 물자와 사람을 실은 배들이 끊임없이 오갔다.

그러나 남령에서부터는 배로 강을 거슬러 올라가기가 불가능했다. 강폭이 좁아지는 데다가 급하게 여울지며 흐르는 물살 때문이다. 이제는 강을 옆에 끼고 터덜터덜 걸을 수밖에 없었다. 하지만 여기까지 오는 데 고작 엿새 남짓이 걸린 것은 좋은 일이었다. 그만큼 여유롭게 시간을 쓸 수 있게 되었기 때문이다.

대륙의 남쪽이지만 계절은 어쩔 수 없어서 시월에 접어든 날은 점점 추워지고 있었다. 남령에서 대리(大理)에 이르는 길은 높고 험한 산들로 묻혀 있었다. 이제는 오직 두 발로 걷는 수밖에 없었다. 가파른 벼랑 위에 겨우 나 있는 길을 따라 걷는 걸음이 위태롭기만 했다. 한 걸음만 잘못 내디디면 천길의 낭떠러지로 굴러 떨어져 급류에 휩쓸리고 마는 것이다.

두위는 이 험지만 벗어나 마을에 이르면 말을 사서 타야겠다는 생각을 했다. 그러면 열흘이면 목적지에 도착할 수가 있다. 처음 한 달을 계획했던 데에서 열사나흘 남짓을 아낄 수 있게 되는 것이다. 그러면 충분하다고 생각하는데 반천수가 두위의 옷자락을 잡고 멈추어 섰다. 천길 벼랑 아래에서 으르렁거리는 사나운 물소리가 들려왔을 뿐, 인적 하나 없는 깊은 산중이었다.

"이젠 정말 뭘 좀 먹고 가자."

반천수는 웬일인지 아까부터 계속 먹는 타령을 하고 있었다. 하지만 아무리 가도 마을이 나타날 기미는 보이지 않았다.

"제미랄, 길은 제대로 잡은 거냐?"

그가 있는 대로 인상을 썼다. 두위는 난감해졌다. 투정을 부리는 꼬마처럼, 반천수는 심사가 틀어져서 한번 보채기 시작하면 달리 대책이 없는 자였다. 이른 아침을 먹고 내처 나선 길이었으니 배가 고플 때도 되긴 했다. 벌써 해가 머리 위에서 한 뼘이나 기울어 있었던 것이다.

"저쪽 산모퉁이만 돌자. 그러면 마을이 있을 거다."

"염병, 나는 이제 한 걸음도 가기 싫다."

반천수가 산비탈의 바위 위에 털썩 주저앉아서 검마저 풀어 내려놓았다. 두위도 조금씩 짜증이 나기 시작했다.

"그럼 어쩌겠다는 거냐? 보다시피 이곳은 인가는커녕 지나다니는 사람도 없다."

"네놈을 믿고 있다가는 길에서 굶어 죽겠다. 먹을 건 내가 해결할 테니 이제부터는 잠자코 나 하는 대로 맡겨두고 구경이나 해라."

대체 무슨 생각을 하고 있는 건지, 반천수는 이제 개구쟁이 소년처럼 장난스런 얼굴을 하고 있었다. 언제 투정을 부리고 심통을 냈는지 까맣게 잊었다는 듯했다. 두위가 그런 반천수를 물끄러미 바라보다가 머리를 절레절레 흔들었다. 곰처럼 묵묵히 따르기만 할 뿐 말이 없었던 마석산이 더욱 그리워졌다. 아무래도 먼 여행의 동행으로 반천수 같이 변덕이 심한 놈은 어울리지 않다고 생각했다.

"좋다. 개미 새끼 한 마리 보이지 않는 이 외진 산길에서 네가 무슨 재주로 먹을 걸 마련하는지 어디 구경 좀 해보자."

될 대로 되라는 심정으로 두위는 반천수와 떨어진 풀밭에 아예 벌렁 누워버렸다. 이렇게 게으름을 피우다가는 날이 저물도록 인가를 찾지 못하고 차가운 밤이슬을 맞으며 칠흑 같은 어둠 속을 걸어야 할 것이다. 그때 가서 저놈이 또 투정을 부린다면 따끔하게 혼을 내주고 말리라고 내심 작정했다.

그런 두위의 마음을 아는지 모르는지, 반천수는 다리를 흔들며 콧노래까지 흥얼거리고 있었다. 대체 무슨 속셈이 있어서 갑자기 저러는 건지 궁금해진 두위가 슬그머니 상체를 일으켜 앉았다.

"온다, 온다. 저기 주먹밥이 제 발로 찾아오는구나. 참기름을 발라서 꽁꽁 뭉친 위에 볶은 깨를 살살 뿌리고 소금 간을 한 것이면 좋을 텐데. 밥을 주는 놈은 착한 놈이니 살려주고, 눈을 흘기는 놈은 나쁜 놈이니 멱을 따버려야지."

반천수가 가락을 붙여 흥얼거리는 노랫소리를 가만히 듣고 있던 두위의 눈이 빛나기 시작했다. 그가 슬그머니 풀어놓았던 칼을 잡아갔다. 그걸 본 반천수가 씩 웃었다. 이제야 눈치를 챘느냐고 조롱하는 눈빛이었다.

산이 꺾어지는 곳의 송림 속에서 이쪽을 엿보는 시선이 있었다. 매우 은밀하고 조심스러운 것이었기에 아무 생각 없이 있던 두위는 미처 느끼지 못했던 것이다. 그런 시선은 자신들이 지나온 길에도 있었다.

멀찍이 떨어진 곳에 세 명의 사내들이 모습을 드러냈다. 두위와 반천수가 쉬고 있는 것을 본 자들이 의외라는 듯 주춤거리더니 힐끔힐끔 눈치를 보면서 다가왔다. 먼 길을 옮겨 다니며 물건을 사고 파는 장사꾼들로 보였다. 저마다 등에 커다란 봇짐을 지고 있었던 것이다. 그들이 두위와 반천수로부터 이십여 보 떨어진 곳에 봇짐을 내려놓고 주저앉았다.

두위가 눈여겨 그들을 살펴보았다. 그의 고개가 끄덕여졌다. 그들 중 한 명은 불산에서 함께 배를 탄 자가 분명했다. 남령에서 배를 내렸을 때는 다른 길로 가버렸는데 어떻게 된 일인지 낯선 두 놈과 일행이 되어 다시 이곳에 나타났다.

두위가 이번에는 반천수를 바라보았다. 이놈은 신경도 계집애처럼 날카롭다고 생각했다. 길을 가면서 두위는 오직 앞만을 바라보았고, 앞으로 해야 할 일을 이리저리 생각하느라고 한눈을 팔 정신이 없었는데, 반천수는 꼼꼼하게 주변을 살피고 낯선 기척들에 신경을 곤두세우고 있었던 것이다.

"이봐, 설마 그 안에 주먹밥이 없는 건 아니겠지?"

반천수가 검을 끌고 일어서며 턱으로 상인들의 봇짐을 가리켰다. 낯익은 놈이 일행의 눈치를 보고 우물쭈물거리다가 대답했다.

"있소만…… 팔거나 나누어 줄 건 아니오."

"그래? 그렇다면 빼앗아 먹으면 되겠군."

반천수가 히죽거리며 다가가자 그놈의 얼굴에 당황한 기색이 완연했다. 두위도 이제는 일어서 있었다. 그는 가만히 서서 반천수가 하는 양을 지켜보기만 했다. 그의 눈은 앞에 있는 놈들을 바라보고 있었지만 신경은 산모퉁이의 숲 속에 숨어서 엿보고 있는 자들에게 온통 향하고 있었다.

"나, 나는 당신들도 같은 길을 가고 있는 나그네인 줄 알았는데, 도, 도적이란 말이오?"

반천수의 눈길을 받은 자가 보퉁이를 끌어안고 엉덩이를 뭉기적거리며 겁먹은 눈으로 바라보았다. 반천수의 입가에 사악해 보이는 웃음이 떠올랐다.

"적반하장이란 이런 걸 두고 하는 말이지. 도둑은 네놈들이 도둑이 아니더냐? 나는 다만 배가 고파서 먹을 걸 좀 달라고 하는 거지일 뿐이야."

"에잇, 치워라, 이놈아!"

곁에서 눈을 빛내고 있던 자가 봇짐을 안고 주춤거리는 자를 냅다 밀쳐 내고 벌떡 뛰어 일어섰다. 반천수를 노려보는 놈의 기세가 제법 흉흉하게 살아 있었다.

"좋다. 너 계집인지 사내인지 모를 애매한 놈아! 네가 이미 눈치를 챘다니 긴 말 하지 않겠다. 우리가 원하는 건 딱 한 가지뿐이다."

"그게 뭐지?"

"네놈과 저기 저놈의 목."

"뭣이?"

반천수가 발끈해서 검을 쥐고 한 걸음 나섰다. 사내도 지지 않겠다는 듯 봇짐 속에 감추고 있던 칼을 꺼내 들었는데, 날이 시퍼렇게 살아 있는 귀두도(鬼頭刀)였다. 그것을 본 다른 한 놈도 더 망설이지 않고 칼을 꺼내 들었다. 그때까지 뭉기적거리며 눈치를 보던 놈이 실실 웃으며 일어섰다. 놈의 손에도 이제는 칼 한 자루가 들려 있었다.

"이것 봐라? 이제 보니 칼을 팔러 다니는 놈들이었던 모양일세? 어디 그 안에 얼마나 더 있는지 다 꺼내봐라. 쓸 만한 게 있다면 내가 한 자루 사주지."

세 명의 사내가 날이 퍼렇게 서 있는 칼을 들고 다가오고 있었지만 반천수는 재미있다는 듯 눈을 반짝이며 웃기만 할 뿐 조금도 두려워하지 않았다. 그의 다섯 걸음 앞에까지 다가온 자가 제법 눈을 부라리며 으름장을 놓았다.

"무릎을 꿇어라. 순순히 포박을 받으면 목숨만은 붙여두겠다."

"전에 내가 했던 말 기억나냐?"

반천수가 눈앞의 사내는 본 척 만 척한 채 두위를 돌아보고 소리쳤다.

"칼을 든 놈을 만나면 두위, 요놈! 하고 소리치면서 제일 먼저 그놈의 멱을 따겠다고 했잖아!"

긴장하여 입을 굳게 다물고 있던 두위의 얼굴에 웃음이 번졌다. 반천수의 그 말은 두위가 강서성(江西省) 의황현(宜黃縣)에 있는 양가장(楊家莊)에 무사로 고용되어 싸우고 무사히 귀역으로 돌아왔을 때 했던 말이었다. 반천수는 어떻게 싸웠는지 다 말하라며 졸라댔고, 마지못해 두위가 검을 든 놈을 제일 먼저 쳤다는 말을 하자 하얗게 눈을 흘기며 자신도 싸움을 하게 되면 제일 먼저 칼을 든 놈을 베겠다고 했던 것이다.

두위가 대답없이 웃고만 있자 그들이 자신을 놀리고 있다고 여긴 자가 화가 나 버럭 소리쳤다.

"죽일 놈들, 감히 이 대흑모(大黑貌)님 앞에서 허튼소리를 지껄이다니. 용서할 수 없다!"

한 번 눈을 부라리더니 성큼 다가서며 태산압정(泰山押頂)의 수법으로 반천수의 머리통을 노리고 힘껏 칼을 내려쳤다. 씨잉— 하는 날카로운 소리가 허공을 갈랐다. 평범한 초식이었지만 사내의 손에서 펼쳐지자 제법 위협적인 기세가 있었다. 사내는 완력이 있고 칼을 쓰는 솜씨도 뛰어난 자였다.

"병신."

반천수가 이죽거리며 다리를 꼬고 몸을 기울였다. 무지막지한 칼이 그의 옆머리를 아슬아슬하게 스치고 지나갔다. 뒤따른 칼바람이 뺨을 얼얼하게 때렸다. 반천수가 입꼬리를 차갑게 일그러뜨리며 꼬았던 다리를 풀었다. 그러자 그의 몸이 한 바퀴 맴돌아 사내 곁을 매끄럽게 빠져나갔다.

핏—

반천수의 손목이 한차례 떨리는 듯했다. 검이 검집을 빠져나오는 작고 날카로운 소리가 귓전을 스쳤다.

"두위, 요놈!"

그리고 조롱을 실은 외침이 터져 나왔다. 언뜻 한줄기 창백한 빛이 사내의 목을 훑듯이 스쳐 가는 게 보였다.

"끄으으—!"

사내가 목을 움켜쥔 채 제자리에서 맴돌았다. 기괴한 신음이 그의 입과 목에서 동시에 흘러나왔다. 반천수는 이미 그곳에 없었다.

"두위, 요놈!"

그의 조롱 섞인 외침이 다시 들려왔다. 얼떨떨해 있던 자가 비로소 위기를 느끼고 힘껏 칼을 휘둘렀지만 반천수의 검봉은 이미 처음 말대꾸를 해오던 자의 미간을 가볍게 누르고 있었다. 그의 뒤에서 목젖에 구멍이 뚫린 자가 제대로 비명도 지르지 못한 채 고통스럽게 끅끅대며 중심을 잃고 옆으로 기울고 있었다.

처음 목줄이 끊긴 자는 이미 엎어져 움직이지 않는 주검이 되어 있었고, 다시 목젖을 꿰뚫렸던 자가 벼랑 아래로 떨어져 내렸다. 사나운 물살에 휩쓸린 그는 시체조차 온전히 보전하지 못할 것이었다.

"어때? 이제 주먹밥을 나누어 주고 싶은 마음이 들었나?"

단 두 번의 깨끗한 검격이었다. 어디로부터 어떻게 치고 베어 나간 것인지 눈을 부릅뜨고 있었지만 똑똑히 볼 수가 없을 만큼 빠르고 신랄했다. 비로소 미간에 와 닿은 차가운 검봉의 감촉을 느낀 자가 멍한 눈으로 반천수를 바라보다가 부르르 몸을 떨었다. 그에게는 눈앞에서 계집보다 더 매혹적으로 웃고 있는 깨끗한 반천수의 얼굴이 저승사자처럼 보였을 것이다.

"지독한 놈이다."

두위가 눈살을 찡그린 채 혀를 찼다. 저렇게 나긋나긋하고 곱상하게 생겨먹은 놈의 어느 구석에 그처럼 잔인하고 냉혹한 심성이 도사리고 있는 건지 이해할 수가 없었다. 귀신같은 솜씨와 그보다 더 귀신같은 요사스러움. 그것이 절세의 미남자 반천수를 귀반악(鬼潘岳)으로 불리게 해주는 것이었다.

"거기 꼼짝 말고 있어라!"

한소리 우렁찬 외침이 산을 타고 쩌르릉 울려 나왔다. 이번에는 내 차례라는 듯 두위가 천천히 돌아섰다. 숲을 벗어나 날듯이 달려오고 있는 두 명의 사내가 보였다. 남색 경장을 입고 있었는데, 어깨가 넓고 허리가 잘록한 것이 멀리서 보기에도 만만치 않아 보이는 자들이었다.

"좋아할 것 없어. 보나마나 두위, 저놈이 심심할까 봐 재미있게 해주려고 몸 바쳐 오는 얼간이들일 테니까 말이야."

달려오고 있는 자들을 본 사내의 얼굴에 한줄기 안도의 빛이 어리자 반천수가 미간을 누르고 있는 검끝에 조금 힘을 주며 그렇게 이죽거렸다. 한줄기 피가 흘러내려 사내의 콧등을 타고 턱으로 떨어졌다.

"그렇지 않을걸? 그들은 우리와 비교할 수 없는 고수들이다. 지금이라도 늦지 않았어. 어서 검을 던지고 무릎을 꿇어. 그 길만이 살 수 있는 길이다."

사내가 이를 악물고 또박또박 말했으나 두려움을 감추려고 애쓰는 기색이 역력했다. 반천수는 눈앞의 사내가 보기와는 다르게 제법 강단이 있는 자라고 생각했다. 물끄러미 사내를 바라보던 그가 피식 웃었다.

"내기할까? 열을 세기 전에 저놈들이 모두 죽으면 내가 이기는 거고, 그렇지 못하면 네가 이기는 거다."

"좋아. 그런데 뭘 걸어야 하지?"

"간단해. 내가 이기면 너는 우리 뒤를 미행한 것에 대해서 설명해주면 돼. 내가 진다면…… 음… 좋다. 까짓, 네가 하라는 대로 다 해주지."

사내의 얼굴에 득의의 미소가 떠올랐다. 그가 손가락으로 아직까지 자신의 미간을 누르고 있는 검을 가리켰다.

"이젠 이것 좀 치워줘도 되지 않을까?"

"죽일 놈들."

마지막으로 한 번 힘껏 도약하여 단숨에 삼 장여의 거리를 뛰어넘은 자가 두위 앞에 떨어져 내리며 이를 갈았다. 바람에 날려온 낙엽이 떨어지듯 그렇게 가볍고 경쾌한 신법이었다. 뒤질세라 바람처럼 달려온 자도 두위의 다섯 걸음 앞에서 못이 박힌 듯 우뚝 멈추어 섰다. 쏜살같이 달려오던 힘을 전혀 느끼지 못하는 듯 단번에 뚝 멈추어 서는 그자의 신법 또한 앞서 떨어져 내린 자 못지않게 고명했다.

'한가닥 하는 놈들이군.'

두위는 그들의 경공신법에서 그것을 느꼈다. 찬찬히 살펴보자 광대뼈가 튀어나왔고 각진 얼굴에 콧망울이 넓은 것이 전형적인 남방인의 얼굴을 한 중년의 사내들이었다. 처음 보는 자들이 무엇 때문에 자신들을 미행했고, 어떻게 이곳으로 올 것을 미리 알고 기다리고 있었던 것인지 의문이 구름처럼 일었다.

"곱게 데려가려 했다만 네놈들이 이처럼 잔인무도하니 그대로 둘 수가 없다. 우선 두 팔을 자르고 두 다리를 분지른 다음에 다시 생각해봐야겠다."

앞선 자가 어금니를 악문 채 스산하게 말했다.

"해볼 테면 해봐."

사내의 험악한 말에 불끈 오기가 솟구친 두위가 가슴을 쑥 내밀고 한 걸음 나섰다. 그가 부릅뜬 눈으로 두 사내를 한꺼번에 쓸어보았다. 앞서 있는 사내의 얼굴에 차가운 조소가 스쳐 지나갔다. 두위쯤은 안

중에도 없는 듯했다. 그는 오직 반천수를 뚫어지게 노려볼 뿐이었다. 멀리서도 반천수의 지독한 검법을 똑똑히 본 그자는 눈앞의 두위보다 반천수를 더 경계하는 게 분명했다.

두위의 입꼬리가 차갑게 말려 올라갔다. 무시당하고 있다는 노여움이 그의 마음에 독한 살기를 채워 넣은 것이다.

"네가 두위겠지? 그럼 저 계집 같은 놈이 귀반악이라는 반천수겠군?"

"허?"

두위가 탄성을 발했다. 이자들이 자신들의 정체를 똑똑히 알고 있다는 것이 의외이기만 했다. 일을 벌이기도 전에 이처럼 모든 것이 다 들통나서는 더 해볼 수가 없는 것이다. 대체 어디서부터 잘못되었던 건지 알 수가 없었다.

"사설 늘어놓을 필요 없어. 후딱 끝내 버리고 빨리 가자구."

반천수가 이제는 사내와 나란히 서서 느긋한 얼굴로 바라보며 말했다. 저 두 놈은 두위, 네 몫이니 나와는 상관없다는 듯했다.

"내가 한 말 다 들었겠지? 열이다. 그 안에 끝내 버리지 않으면 안 돼."

두위의 입가에 차가운 미소가 걸렸다. 그가 아주 느린 움직임으로 칼자루를 잡아갔다.

'영악한 놈이다.'

비로소 반천수의 의도가 이해되었다. 처음부터 뒤를 미행해 오던 놈을 붙잡았으니 그놈에게 캐물으면 이유를 알 수 있을 것이다. 반천수가 엉뚱한 내기를 제안한 것은 이미 그놈이 이 일의 열쇠를 쥐고 있는 자라는 것을 눈치 챈 때문이다.

두위는 눈앞의 놈들을 단번에 해치워서 사내에게 잔뜩 두려움을 심어주어야 한다고 생각했다. 반천수가 망설임없이 살검을 뻗쳐 두 놈을 단번에 해치운 것도 같은 생각일 것이다. 그렇게 정리하자 더 망설일 필요가 없었다.

"열은 너무 길어. 다섯까지만 세라."

두위의 태연한 음성에 진득한 살기가 실려 있었다. 그의 손이 드디어 칼자루를 꽉 움켜쥐었다. 그리고 힘껏 땅을 밀며 상체를 기울였다.

"조심해!"

뒤에 있던 사내가 다급하게 외치며 몸을 던지듯 와락 덮쳐 왔다. 하지만 두위의 움직임이 반 호흡 빨랐다.

"하나!"

반천수의 외침이 들려왔을 때, 허공에 찬란한 은빛 무지개가 걸렸다. 앞을 가로막고 서 있던 자의 얼굴에 언뜻 의아해하는 기색이 떠올랐다.

"이 죽일 놈!"

분노의 외침이 두위의 등 뒤에서 터져 나왔다. 동시에 귀청을 찢는 듯한 파공성이 쏘아져 왔다.

"둘!"

두위의 칼이 느린 듯 완만한 곡선을 그리며 허공에서 꺾였다. 그것을 뒤쫓기라도 하듯 선연한 피보라가 퍼져 무지개처럼 긴 꼬리를 끌고 머리 위에 걸렸다. 사내의 목이 미끄러지듯 옆으로 떨어져 갈 때, 이미 그것을 떠난 두위의 칼이 세 번 가볍게 흔들렸다.

쨍, 쨍, 쨍—!

날카로운 쇳소리가 터져 나오고 비늘처럼 반짝이는 것들이 어지럽게 퉁겨져 날았다. 십자표(十字鏢)였다.

"셋!"

무심한 반천수의 외침이 허공을 갈랐다. 그것에 이끌리듯 두위가 땅을 박차고 가볍게 몸을 띄워 올리고 있었다.

파라라락—!

사내의 몸에서 마치 유성우(流星雨)가 흐르듯 반짝이는 빛들이 무리 지어 쏟아져 나갔다. 수십 개의 십자표를 한꺼번에 쏘아내는 솜씨가 놀라운데, 그것을 뒤쫓기라도 하듯 눈에 보이지도 않게 재빨리 움직여 오히려 두위를 덮쳐 가는 신법 또한 경쾌하기 짝이 없었다.

"흡!"

허공에서 두위가 급히 숨을 빨아들이는 거친 소리가 들렸다. 동시에 너풀거리던 그의 옷자락이 우산처럼 펼쳐지며 허공을 덮었다. 은어(銀魚) 떼를 노리고 활짝 펼친 그물을 던진 듯했다. 날카로운 파공성을 내며 쏟아져 나갔던 십자표들이 흔적없이 그 속으로 빨려 들어갔다.

"헛!"

사내의 입에서 비로소 다급한 경호성(驚號聲)이 터져 나왔다. 떨어져 내리는 두위를 향해 마주쳐 나간 것을 뉘우치며 급히 신형을 세우는 그의 이마 앞에 두위의 부릅뜬 눈이 가득 다가왔다.

사내는 두위가 자신의 십자표를 피하거나 쳐내느라고 주춤거릴 것을 예상했던 것이다. 그 찰나의 틈을 노리고 덮쳐 갔으나 그것이 오히려 절체절명의 위기가 되어 돌아왔다.

씨잉—

귓가에 떨어지는 날카로운 바람 소리. 그것이 사내가 이 세상에서 마지막으로 들은 소리였다.

"넷!'

갑자기 찾아든 정적 속으로 반천수의 음성이 무심하게 울려 퍼졌다.

"음—!'

반천수 곁에서 그것을 지켜본 자가 부르르 어깨를 떨고 나서 깊은 탄식을 뱉어냈다. 정수리에서 턱 아래까지 두 쪽이 나 쓰러진 자의 옷깃에 칼을 문질러 피를 닦아내던 두위가 돌아보고 씩 웃었던 것이다.

"자, 이제 약속을 지켜야겠지?"

반천수가 사내의 어깨를 툭툭 쳤다. 가볍고 정겨움이 묻어 있는 손길이었다. 사내의 얼굴에서 굵은 땀방울이 떨어졌다. 이를 악문 그가 두위와 반천수를 번갈아 바라보았다. 멀뚱히 마주 바라보는 두위와는 달리 반천수의 얼굴에 순간 긴장이 스쳐 갔다.

"고약한 친구로군!'

그가 버럭 외치며 갑자기 손을 뻗어 사내의 목줄을 꽉 움켜쥐었다. 숨을 쉴 수 없게 된 사내가 끅끅거렸다. 얼굴이 새파랗게 질려갔다.

"무슨 짓을 하는 거야? 마저 죽일 셈이냐?"

두위가 놀라 소리쳤다. 그러나 반천수는 여전히 사내의 목줄을 움켜쥔 채 다른 손을 등 뒤로 돌려 명문을 세차게 때렸다.

"컥!'

사내가 한 모금의 선혈을 뱉어냈다. 비로소 그를 놓아준 반천수가 차가운 얼굴로 노려보았다.

"한 번만 더 잔꾀를 부리면 그때는 죽지도 살지도 못하게 해놓겠다."

사내의 얼굴에 짙은 절망의 빛이 떠올랐다. 두위는 비로소 반천수가 왜 그랬는지 알았다. 사내가 발치에 뱉어낸 선혈 속에 검은 환약 한 알이 섞여 있었던 것이다.

"자, 다 말해 봐. 솔직하게 털어놓는다면 곱게 살려 보내겠다. 어디 멀리 가서 숨어버리면 그뿐이야. 뒷일은 걱정할 필요가 없다."

"아마도 그는 당신들이 이처럼 지독하다는 걸 모르고 있을 거요."

사내가 어쩔 수 없다는 듯 한숨을 내쉬었다.

"왜 우리 뒤를 미행하고 있었던 거지?"

"명령을 받았으니까."

"그게 누구지?"

"낙성추혼 유응백."

"허?"

두위와 반천수의 입에서 동시에 놀람의 외침이 터져 나왔다. 사내의 얼굴에는 이제 체념의 빛이 가득했다.

"대체 그놈이 어떻게 이 일을 눈치 챘을까?"

반천수가 탕면(湯麵)을 뒤적이다 말고 문득 말했다. 우물거리던 면을 꿀꺽 삼키고 난 두위가 뚱한 얼굴로 그를 바라보았다.

"네가 모르는데 나라고 알겠냐?"

"아무래도 이번 일은 틀린 것 같다. 그냥 돌아가자."

입맛이 돌지 않는지 반천수가 탕면 그릇을 밀어냈다. 한 젓가락도 입에 대지 않은 채였다. 자신의 그릇을 들어 후루룩 마셔 버린 두위가 냉큼 반천수의 그릇을 당겨갔다.

"배가 고프다고 졸라댈 때는 언제고 이제는 먹을 걸 앞에 두고도 염불이나 하고 있으니 대체 네놈의 속을 알지 못하겠다."

"돼지 같은 놈."

자신의 탕면마저 아귀처럼 먹어대는 두위를 어이없다는 듯 바라보던 반천수가 눈을 흘기며 핀잔을 주었다.

주루 안은 한가하기만 했다. 손님이라고는 두위와 반천수, 그리고 건너편 탁자에 있는 두 사람의 여객(旅客)이 전부였던 것이다. 주인은 회계대에 앉아 열심히 주판알을 퉁기고 있었는데, 눈살이 잔뜩 찌푸려져 있는 걸로 보아 아마도 수지가 맞지 않는 모양이었다.

"자자."

어느새 두 그릇의 탕면을 깨끗하게 해치운 두위가 트림을 하고 나서 불쑥 말했다. 반천수는 기가 막힌다는 얼굴로 다시 두위를 바라보았다.

"이놈아, 시끄러워서 잘 수가 없다!"

기어이 침상에서 내려오고 만 반천수가 냅다 옆구리를 걷어찼다. 지붕이 들썩일 정도로 코를 골아대던 두위가 음, 하고 한 번 몸을 뒤척이더니 겨우 눈을 떴다.

"왜?"

"썩을 놈."

이런 일은 한두 번이 아니었다. 함께 이곳까지 오는 동안 반천수는 하루 밤도 편히 자본 적이 없었던 것이다. 내일부터는 정말 내 돈을 내더라도 방을 두 개 얻어 따로 자야겠다고 생각했다. 두위는 한사코 한 방을 고집했던 것이다. 그에게는 황금 열 관에 달하는 묘안석이 있다. 그것만으로도 그는 몇 년은 흥청망청 놀고 먹어도 될 만큼 부자였다. 하지만 먹고 자는 일에 돈을 펑펑 써서는 안 된다는 이유를 대는 데에는 기가 막힐 뿐이었다.

늘어지게 하품을 한 두위가 눈가에 맺힌 눈물을 찍어냈다.

"너는 너무 많은 것들에 신경을 쓴다. 그러다가는 제 명대로 살지 못해."

"흥!"

반천수가 코웃음을 쳤다. 그는 두위가 얼마나 예민하고 꼼꼼한 자인지 잘 알고 있었다. 그런 그가 이처럼 무기력하게 게으름을 피우는 것은 자잘하고 귀찮은 것들을 다 자기에게 미루어 버렸기 때문이리라. 그러자 그처럼 마음 편하게 먹고 자는 두위가 얄미워졌다.

"이제 어떻게 할 작정이냐?"

"뭘?"

"스스로 함정인 줄 알면서 걸어 들어갈 거냐 말이다."

두위의 능청에 반천수가 짜증스럽게 다그쳤다.

"어쨌든 점창산까지는 가야 하지 않겠어? 가서 살펴보고 정 일을 하지 못하게 되었으면 그 늙은이를 만나 보석을 되돌려 주기라도 해야겠지."

"징그러운 놈."

"날이 밝는 대로 말을 두 필 사자. 그러면 앞으로 열흘이면 넉넉히 갈 수 있을 거다."

이제는 반천수가 두위의 속셈을 알지 못하게 되고 말았다. 기껏 보석을 돌려주자고 그 멀고 험한 길을 애써 가자는 말은 처음부터 믿게 되지 못했다. 그렇다면 저 음흉스런 놈의 속셈은 따로 있을 것이다. 반천수는 그게 궁금했다.

다음날, 두위는 주루의 주인에게 부탁해 마을에서 가장 좋은 말 두 필을 사들였다. 은자 열 냥씩을 지불했으니 보통 비싸게 산 것이 아니다. 하지만 급해서 찾는 것이라면 무엇을 사든 그만한 손해는 감수해야 했다.

"이놈아, 비싼 말이다. 좀 조심해서 다뤄."

반천수는 뒤꿈치로 말의 배를 찰 때마다 두위의 그런 잔소리를 들어야 했다.

말들은 그런대로 건장해서 말썽없이 잘 달려주었다. 다시 몇 개의 산을 넘고 강을 건널 때까지 별다른 일은 벌어지지 않았다. 이제는 뒤를 쫓는 자도 없었고 앞을 가로막는 자도 없었다. 이렇게 순조롭게 나아간다면 이틀 뒤에는 곤명(昆明)에 이를 것이다. 그러면 거기서 하루를 묵고 다음날 일찍 나서면 다시 이틀 뒤 해질 무렵에는 점창산이 보이는 대리(大理)에 도착할 수 있었다.

"뭣이? 장적과 태보가 죽어?"

의자를 박차고 일어선 사내의 두 볼이 분노와 놀람으로 푸들푸들 떨렸다.

"이, 이런 죽일……."

주먹을 불끈 쥐고 부르르 떨던 그가 힘껏 내려쳤다.

꽝!

단단한 자단목(紫檀木)의 책상이 네 조각으로 부수어져 무너졌다. 그 너머 바닥에 납작 엎드려 있는 자의 어깨가 두려움으로 흔들렸다.

"그래서, 네놈 혼자서 자랑스럽게 살아 돌아왔단 말이지?"

"저는, 저는, 어쩔 수가 없었습니다."

사내가 겨우 얼굴을 들고 바라보았다. 반천수에게 모든 것을 털어놓을 수밖에 없었던 바로 그자였다. 사내를 노려보는 낙성추혼 유응백의 눈에서 불길이 활활 타올랐다.

두위의 손에 의해 처참하게 죽은 두 명의 남방인은 유웅백의 친위 무사들 중 제법 뛰어난 자들이었다. 유웅백은 귀문산(鬼門山)으로 부임해 온 후 귀주(貴州)에서부터 데려온 자신의 심복 무사들과 운남에서 가려 뽑은 고수들로 사병 조직을 만들어 운용했다. 귀문산 옥 광산을 지키는 수비대와는 별도로 그들은 유웅백의 각별한 아낌을 받는 고수들이었다. 천웅대(天雄隊)라는 거창한 이름으로 불리는 그들은 모두 오십 명에 달했는데, 하나같이 고수 아닌 자들이 없었다.

유웅백은 내심 그들을 내세워 군웅성에 자신을 더욱 부각시키려는 속셈을 품고 있기도 했다. 그래서 그들이 군웅성에서부터 직접 파견되어 와 있는 열 명의 청의검대(靑衣劍隊)와 사사건건 마찰을 빚기도 했지만 유웅백은 모르는 척 외면하고 있었다.

청의검대 한 명 한 명은 대무광에 의해 직접 키워진 청년 고수들이었다. 하지만 유웅백은 충분한 실전의 경험과 십인십색(十人十色)의 독특한 무공을 가지고 있는 자신의 천웅대 또한 그들에게 결코 못하지 않다는 자부심을 갖고 있었다. 이곳에서의 임기를 마치고 군웅성에 들어간다면 그들 천웅대 오십 인은 군웅성 내에서의 자신의 입지를 더욱 굳게 해줄 중요한 자들이었다.

그런데 그들 중에서도 제법 솜씨가 돋보이던 장적(張籍)과 태보(太甫)가 변변히 싸워보지도 못하고 죽었다는 데에는 기가 막히다 못해 억장이 무너질 지경이었다.

"떠나라. 다시는 내 눈에 띄지 마라. 그때는 너를 죽일지도 모른다."

유웅백이 스산하게 말했다. 그를 바라보는 사내, 진가문(秦伽文)의 눈빛이 무심해졌다. 그는 약속대로 반천수에게 자신이 알고 있는 모든 전후 사정을 고했다. 그리고 어디 멀리 떠나 숨으라는 말을 듣지 않고 귀문산으로 돌아왔다. 죽음을 각오하고 돌아온 것은 귀주에 있던 시절부터 지난 십 년간 따르던 주인을 아무 말 없이 배신하는 것은 의리가 아니라고 생각했기 때문이다. 그런데 이제 그에게 돌아온 것은 죽음 대신 축출이라는 치욕이었다. 진가문은 그것이 죽임을 당하는 것보다 더 부끄럽다고 여겼다.

"부디 보중하시어 대업을 이루시길 바라겠습니다."

엎드려 마지막 절을 올린 진가문은 유웅백의 외면 속에 어깨를 떨구고 귀문산을 등져야 했다. 그리고 다음날 아침, 그는 스스로 목을 매단 초라한 주검으로 발견되었다.

갱구(坑口)는 산 중턱부터 산정에 이르기까지 수십 개가 뚫려 있었다. 그 갱구들이 시작되는 곳부터는 귀문산의 금지였다. 산을 빙 둘러서 높은 목책이 세워져 있고, 곳곳에 망루가 섰다. 점창파에서 소유권을 주장하면서부터 혹시 있을지도 모르는 분쟁에 대비하기 위해 급히 세워진 것들이었다.

광산을 지키는 무사들과 광부들의 숙소가 목책 안에 있었고, 목책 밖 귀문산 어귀에는 유웅백과 그의 사병 집단인 천웅대가 머무는 백림(柏林)이 있었다. 그리고 백림에서 반 마장쯤 떨어진 동쪽 언덕 아래에는 군웅성에서 나와 있는 청의검대 소속 청년 고수들의 숙사(宿舍)가 있었는데, 숙사 뒤의 언덕에 올라서면 서쪽으로 구름에 덮여 있는 점창산의 웅자(雄姿)가 멀리 보였고, 발 아래로는 귀문산 자락을 깔고 있는 천화평(千華平) 넓은 들이 한눈에 내려다보였다.

이곳에 와 있는 청의검대 십 인(十人)이 주로 하는 일이라고는 삼삼

오오 짝을 이루어 사냥을 나가거나, 때로 저잣거리에 나가 활달하고 개방적인 남방 처녀들과 어울려 달콤한 시간을 보내는 것이 다였다. 그들은 휴가라고 할 만큼 한가로운 시간을 보내고 있었던 것이다. 그것은 군웅성이 그들을 귀문산에 보냈다는 자체에 상징적인 의미를 부여했을 뿐, 달리 할 일을 정해주지 않았기 때문이기도 했다.

그 청의검대 열 명의 청년들이 오늘은 아침부터 숙사 중앙의 취화각(取華閣)에 모여 있었다. 하나같이 정기로 가득 차 있는 모습들이었다. 그들을 이끌고 있는 자는 청의검대의 부대주(副隊主)인 유성검(流星劍) 호문량(湖文梁)이었다.

그는 원래 청성파의 속가제자였는데 그의 자질이 뛰어나 단번에 대무광의 눈에 띄었다. 청성파는 파문의 형식으로 그를 문파에서 내보냈고, 그는 즉시 군웅성에 입성하여 대무광의 친위대인 오검대에 들었다. 그것은 파격이라고 할 만큼 커다란 혜택이었으므로 강호인들의 이목은 일시에 호문량에게 집중되었다. 그러나 그 이후 호문량은 별다른 활약을 보여주지 못했다. 군웅성에 의해 주도되는 지금의 무림에서는 그가 활약할 만한 사건이나 사고가 일어날 수 없었기 때문이기도 했다. 하루하루가 분쟁없이 평온한 날들로 채워졌던 것이다.

강호는 마치 폭풍 전야의 고요함처럼 깊이 가라앉아 있었다. 그것은 평화 그 자체였으면서 또한 숨 막히게 하는 정적이기도 했다.

"진가문의 자살에 대해서 아는 사람 있나?"

호문량이 부리부리한 눈으로 수하들을 둘러보았다. 그러나 그의 물음에 대답하는 자는 아무도 없었다. 호문량의 눈살이 찌푸려졌다.

"음, 역시 아는 사람이 없었군."

"그가 어디론가 떠났다가 돌아오더니 돌연 산 아래에서 목을 매달았고, 그의 죽음을 두고도 산 위에서는 아무런 동정이 없소. 이건 이상한 일이오."

무리 중에서 육오(陸五)가 낮은 음성으로 말했다. 호문량의 눈살이 더욱 찌푸려졌다.

"유 대협이 우리에게 무언가 감추는 게 있다."

"소생도 그런 느낌이 드오. 근래에 들어 그는 왠지 초조해하는 것 같소. 우리와 어울리는 것도 꺼려하는 것 같고."

장규(張奎)의 말에 모두가 머리를 끄덕였다.

그들은 오늘 아침에 싸늘한 주검으로 발견된 진가문이 유웅백의 심복 중 한 명이라는 것을 잘 알고 있었다. 그런 진가문의 죽음을 대하는 유웅백의 태도는 모두에게 의문을 갖게 했다. 오래전부터 거느리고 있던 심복이 죽었는데도 유웅백은 그를 거적에 싸서 양지바른 곳에 묻게 했을 뿐 장례식은커녕 그에 대한 애도의 뜻도 표하지 않았던 것이다.

"좋다. 이 일에 대해서 즉시 성(城)에 연락하도록."

"복명."

군웅성과의 연락을 책임지고 있는 이정량(李亭樑)이 씩씩하게 대답하고 밖으로 나갔다. 그가 전서구를 날리고 돌아올 때까지 호문량은 찌푸린 낯을 펴지 않은 채 무언가 생각에 잠겨 있었다.

＊　　　＊　　　＊

"이봐, 지금 뭘 하려는 거지?"

반천수가 어이없다는 얼굴로 두위를 바라보았다. 길게 찢은 무명천 위에 일필휘지(一筆揮之)하고 난 두위가 붓을 던지고 하하, 웃었다.

"보면 모르겠냐? 깃발을 하나 만들려는 거다."

"너, 지금 설마 그걸……."

반천수가 입을 딱 벌린 채 다물지 못했다.

"네 생각대로다. 이걸 들고 기다리려는 거야. 이렇게 하면 네놈이 그렇게 못마땅해하는 짓을 하지 않아도 될 것 아니겠냐?"

"하긴 그렇다. 네 생각대로만 된다면 굳이 숨어 있다가 등을 찌르는 따위의 치사한 짓을 하지 않아도 되겠지. 하지만 말이다……."

"됐다. 더 말할 거 없어. 너는 그저 구경만 하고 있으면 된다. 정 심심하면 바람잡이 노릇을 조금 해도 나쁠 건 없겠지."

두위가 무명천을 미리 준비한 대나무에 단단히 묶으며 건성으로 대꾸했다. 어설프지만 깃발 하나가 순식간에 만들어졌다. 그가 세워 든 깃대에는 〈매기자(賣技者) 두위(杜偉)가 낙성추혼(落星追魂) 유응백(柳鷹伯)에게 한 수 가르침을 청한다〉는 글귀가 먹 빛도 생생하게 적혀 있었다.

명백한 도전이었고, 건방지기 짝이 없는 글귀였다. 무림인이 본다면 누구나 어이없어할 문구이기도 했다. 그것은 지금 반천수도 마찬가지였다. 그가 한심하다는 듯 두위를 흘겨보며 혀를 찼다.

"나는 도대체 네가 바보인지 천재인지 알 수가 없다. 네 생각은 때로 너무 심오해서 이해할 수가 없어."

"그래? 그럼 네가 멍청이인 게지."

더 말할 것 없다는 듯 두위가 깃발을 들고 방을 나갔다.

그들은 지난밤에 비로소 대리에 도착했다. 여관에 찾아들자마자 잠에 곯아떨어졌던 두위가 새벽부터 설쳐 대더니 겨우 이 어처구니없는 깃발 한 개를 만들어서는 의기양양하게 거리로 향한 것이다. 반천수는 대체 그가 무슨 짓을 하는지 지켜보자는 심정으로 어슬렁거리며 멀찍이 떨어져서 뒤를 따랐다. 어쩌면 재미있는 구경을 하게 될지 모른다는 기대감도 조금은 있었다.

삼탑사(三塔寺)로 불리는 숭성사(嵩聖寺) 경내를 들락거리는 많은 사람들은 모두 두위가 세워놓은 깃발을 보았다. 글자를 모르는 자들은 깃발 하나를 꽂아두고 태연하게 앉아 있는 두위를 신기한 듯 바라보았고, 글자를 읽을 줄 아는 자들은 깃발에 적혀 있는 글귀를 보고 다들 혀를 차며 머리를 내둘렀다.

"미친놈."

그들이 한결같이 내뱉는 말이었다. 적어도 대리 인근, 아니, 운남성에서 낙성추혼 유응백과 맞설 만한 고수는 찾아볼 수 없었다. 그의 후광이 군웅성이라는 데에는 더욱 그랬다. 운남을 대표하는 거대 방파인 점창파의 고수들도 그에게만은 두어 걸음 양보하는 처지였던 것이다. 그런 유응백에게 이름도 알려지지 않은, 더구나 강호의 무뢰한으로 치부될 뿐인 하찮은 낭객 따위가 정면으로 도전했다는 것은 누가 보아도 미친 짓으로밖에는 보이지 않았다.

당나라 시대에 세워진 고찰(古刹)인 숭성사는 새벽부터 찾아드는 참배객들로 하루 종일 북새통을 이루었다. 당연히 사찰 주변에는 참배객들을 상대로 한 좌매(坐賣:행상)며 복술사(卜術士), 약장사, 걸인 등이 들어차 마치 시장을 옮겨놓은 듯 시끄럽고 어지러웠다. 다른 때 같으면 사람들의 시선을 끌기 위해 갖은 재주를 다 부려 보이던 그들이 오늘은 조용하기만 했다. 자신들이 아무리 소리를 지르고 요란을 떨어보아도 사람들의 시선이 향하는 곳은 따로 있다는 것을 알았기 때문이다. 그곳은 바로 두위 앞이었다.

"미친놈이 아닌 다음에야 이곳에서 유 대협에게 내놓고 도전을 할
리가 있어? 그러니 저놈은 당연히 미친놈이라구."

"그참, 겉보기에는 멀쩡한데 젊은 놈이 어쩌다 저 지경이 되었을까?"

"네놈도 겉보기에는 멀쩡해."

"뭐라구? 이 썩을 놈이!"

그런 놀림은 하루 종일 되풀이되었다. 하지만 두위의 귀에는 아무
소리도 들리지 않는 모양이었다. 그는 깃발 곁에 가부좌를 틀고 앉은
채 지그시 눈을 감고 미동도 하지 않았다. 어찌 보면 마치 입정에 든
고승 같기도 했고, 또 어찌 보면 앉은 채 깊은 잠에 빠져 있는 것 같기
도 했다.

반천수가 한가롭게 숭성사 구경을 하고 어슬렁거리며 나왔지만 두
위는 여전히 그렇게 앉아 있었다. 혀를 찬 반천수가 죽립을 더욱 눌러
쓰고 다시 어슬렁거리며 그곳을 떠났다. 그리고 한참 뒤 그가 저녁을
먹고 돌아왔을 때도 두위는 여전히 그렇게 앉아 있었다. 하루 종일 물
한 모금 마시지도 않고 버티는 게 용했다.

사흘이 지났다. 변함이 없는 날들이었다. 여전히 두위는 아침이 밝
기 무섭게 깃발을 들고 거리로 나섰고, 반천수는 멀찍이 떨어져 어슬렁
거리며 그 뒤를 따랐다.

"이젠 그만 좀 해라. 벌써 운남성 구석구석에 소문이 나서 지나다니
는 개들도 다 안다."

반천수가 머리를 절레절레 흔들며 탄식했다. 두위는 새로운 깃발 한
개를 만들고 있는 중이었다. 그곳에 쓰인 글귀는 반천수를 질리게 했다.

（두렵다면 와서 무릎을 꿇어라.）

다시 한 번 깃발을 바라본 두위가 흡족하다는 표정을 지었다.

"어때? 이만하면 꽤 자극적이지?"

"미친놈. 너는 지금 제정신이 아닌 게 확실해."

"두고 보면 알겠지."

말없이 방을 나가는 두위를 보던 반천수가 다시 한 번 깊은 한숨을 내쉬었다.

"돈은 필요없습니다. 헤헤, 원하신다면 언제까지라도 공짜로 모시겠습니다."

하루치의 여관비를 지불하려 하자 주인이 두 손을 홰홰 내저으며 사양했다. 주루를 겸하고 있는 여각(旅閣)이었는데, 아래층의 주청에는 이른 아침임에도 불구하고 빈자리가 없을 정도로 많은 손님들이 들어차 있었다.

"덕분에 이렇게 손님들이 많이 찾아들었으니 오히려 소인이 대협께 사례를 해야 마땅합죠."

은자를 내미는 두위의 손을 한사코 밀어내는 주인의 얼굴에는 웃음이 가득했다. 물끄러미 그런 주인을 바라보던 두위도 씩, 웃어주었다.

그가 두 개의 깃발을 들고 여각을 나서자 문 앞에서 기다리고 있던 꼬마들이 와, 소리를 지르며 뒤를 따랐다. 반천수는 창피해서 견딜 수 없었던지 슬그머니 사라져 버리고 없었다.

다시 숭성사 앞으로 왔다. 지난 이틀 동안 두위가 앉아 있던 자리 앞에도 이미 많은 사람들이 모여 서서 웅성거리며 기다리고 있었다.

"저기 온다!"

누군가의 그 한마디에 군중들이 두 쪽으로 쫙 갈라졌다. 떠나갈 듯한 야유와 박수를 받으며 두위는 의기양양하게 군중들 사이를 걸어 자신의 자리로 갔다. 새로운 깃발 하나가 더 생겼다는 것에 사람들은 더욱 좋아했다. 무언가 통쾌한 활극이 금방이라도 벌어질 것 같은 기대감으로 그들은 잠시도 두위에게서 눈을 떼지 못했다. 하지만 그날 하루도 아무 일 없이 지나갔다.

다음날 두위는 다시 한 개의 깃발을 더 만들었다. 거기에는 〈유응백은 바지 입은 아녀자인가?〉라는 어처구니없는 글귀가 적혀 펄럭이고 있었다. 넷째 날, 그것을 본 사람들은 모두 배꼽을 잡고 웃어댔다. 그들에게 유응백은 더 이상 무서운 고수도 아니었고, 감히 넘볼 수 없는 운남의 절대자도 아니었다. 나흘에 걸쳐 계속된 두위의 시위로 인해 그는 어느새 일개 평범한 무부(武夫)로 전락하고 말았던 것이다.

그렇게 넷째 날도 아무런 변화 없이 지나갔다. 오히려 곁에서 지켜보는 반천수가 초조해할 뿐 두위는 태연하기만 했다. 변화는 그들과 멀리 떨어진 곳에서부터 서서히 일기 시작했다.

*　　　　　*　　　　　*

"두위라고?"

검신(劍神) 진사후(陣獅侯)가 눈살을 찌푸린 채 다시 물었다.

"그렇습니다. 그자의 깃발에 분명히 그렇게 적혀 있다고 합니다."

백의검대(白衣劍隊)를 이끌고 진사후를 호위해 온 하도욱(河道昱)이 공손히 두 손을 모은 채 대답했다.

"허, 그놈이 드디어 미치기라도 했단 말인가?"

진사후의 눈살이 더욱 찌푸려졌다. 그는 어쩌면 이 엉뚱한 일이 귀역에 숨어 있는 풍해산(馮海山)의 수작일지도 모른다고 잠깐 생각했다. 하지만 곧 자신의 그런 생각을 스스로 부정했다.

'풍가가 그렇게 어리석을 리가 없지.'

제 스스로 만천하에 존재를 드러낼 만큼 어리석은 풍해산이 아니었고, 그런 일을 벌이기에는 그는 너무 늙고 무기력해져 있었다. 진사후는 이처럼 엉뚱한 일을 벌이고 있는 두위의 속셈을 짐작할 수가 없었다. 귀역에서 처음 그를 보았을 때 주의해야 할 자라는 느낌은 받았지만 그가 이 먼 곳까지 와서 굳이 유웅백에게 도전을 하고 있다는 데에는 어이가 없을 뿐이었다.

"유웅백은 어찌하고 있다더냐?"

진사후가 한 손으로 이마를 짚은 채 말했다. 골치가 다 아픈 모양이었다.

"호문량의 보고에 의하면 길길이 날뛰고 있다고 합니다. 하지만 자신의 체면 때문에 선뜻 나서지는 못할 것이라고 보입니다."

고하고 있는 하도욱의 표정 한구석에 은근히 궁금해하는 기색이 있었다. 그 또한 두위의 행위와 유웅백의 대응에 자못 호기심을 느끼는 모양이었다.

"너라면 어떻게 하겠느냐?"

진사후가 넌지시 물어보자 하도욱의 표정이 한결 생생해졌다. 그가 눈빛을 번쩍이며 호기롭게 말했다.

"도전을 피한다는 것은 삼 척 장검 한 자루에 의지하여 강호에 몸담고 있는 자로서 취할 바가 못 됩니다. 사람들로부터 겁쟁이라는 누명을 쓰지 않기 위해서라도 성큼 나서서 단번에 꺾어놓겠습니다."

"만일 진다면?"

"……."

그 물음에는 선뜻 대답하지 못하던 하도욱이 한참 만에야 억지로 말하듯 입을 열었다.

"속하가 아무리 무능하기로서니 설마 근본도 없는 낭객 하나를……하오나 이기지 못한다면 그 자리에서 죽더라도 할 말이 없겠지요."

"유응백은 네가 아니다."

진사후의 입가에 잔잔한 웃음이 걸렸다. 유응백이 운남 지방에서 명성을 떨치고 있는 고수라지만 하도욱은 그보다 더 뛰어난 실력을 지니고 있다는 뜻이었다. 어두워져 있던 하도욱의 얼굴이 비로소 밝아졌다.

강호에서는 비무(比武)가 자유롭게 이루어졌고, 무명의 검객이 이름 있는 자에게 도전하는 일 또한 비일비재했다. 서로 합의하고 입회인의 참관 아래 정당하게 겨룬다면 죽거나 심하게 다쳐도 그것을 가지고 왈가왈부할 수 없었다.

하수는 이름을 알리기 위해 목숨을 걸고 상수에게 도전했고, 상수는 자신의 체면을 지키기 위해서 상대해 주었다. 그런 대결에서 더러는 하수가 뜻밖에도 상수를 꺾고 사람들에게 놀라움을 안겨주는 경우도 있었다. 하지만 대개는 상수의 손에 의해 죽거나 심하게 다치기 마련이었다.

그러면서도 그런 도전이 끊이지 않는 것은 명예 얻기를 목숨보다 더 중하게 여기는 강호인의 생리 탓이었다. 군웅성으로서도 그런 대결마저 가로막을 수는 없었다.

"만일 유응백이 패한다면 사태가 걷잡을 수 없이 커진다."

진사후가 우려 섞인 음성으로 한탄하듯 말했다. 하도욱의 얼굴에 불만의 기색이 아주 빠르게 스쳐 지나갔다.

"설마 유응백이 그깟 귀역의 낭객 하나를 감당치 못하리라고는 생각할 수 없습니다."

물끄러미 하도욱을 바라보던 진사후가 손을 내저었다.

"너는 모른다. 그만 물러가라. 유응백의 동정에 더 세심하게 촉각을 곤두세우고 사소한 일이 벌어지더라도 곧 나에게 알려라."

"존명!"

하도욱이 깊이 허리를 꺾어 예를 취하고 조심스럽게 나가자, 탁자를 짚고 일어선 진사후가 뒷짐을 진 채 초조한 얼굴로 방 안을 맴돌기 시작했다. 점창파에서 귀빈을 위해 마련한 숙소인 청운각(靑雲閣) 안이었다.

"이건 의외의 일이잖소?"

점창파의 장문인인 비천검객(飛天劍客) 사후명(史厚明)이 한껏 목소리를 낮추어 말했다. 그와 마주 앉아 차를 마시고 있는 자는 다섯 장로 중 수좌인 목염자(木炎子) 화문걸(華文傑)이었다. 칠십 줄에 든 노인이었지만 안색은 붉은색을 띠고 있었고 동안(童顔)이었다. 그가 탐스럽게 늘어져 있는 수염을 쓸고 나서 역시 속삭이듯 대답했다.

"둘째가 추진한 일이외다. 평소에도 실수라고는 없는 사람이니 이번 일 또한 빈틈이 없을 것이오. 맡겨두고 돌아가는 양을 지켜보기나 합시다."

이 일에 대해서 알고 있는 자는 점창파 내에서도 장문인과 제일, 제이장로 세 사람뿐이었다. 귀역으로 유응백의 목을 의뢰하러 떠났던 제이장로 유운검객(流雲劍客) 설송중(薛松仲)은 아직 돌아오지 않고 있었다. 그런데 두위라는 자가 먼저 도착해 풍파를 일으키고 있었던 것이다. 살수면 살수답게 은밀하고 조용하게 일을 처리할 것이지 저처럼 요란을 떤다는 것이 불안하기만 했다.

"저러다가 이 일의 내막이 혹시라도 외부에 알려진다면……."

사후명이 우려하고 있는 것은 진사후가 눈치를 채는 일이었다. 만에 하나 그렇게 된다면 점창파로서는 섶을 지고 불에 뛰어든 꼴이 되고 만다. 지금 두위라는 자가 요란법석을 떨고 있는 것이 그래서 더욱 불안했다.

"살수의 본분 중 하나가 죽더라도 의뢰인에 대해서는 한마디도 하지 않는 것이외다. 그자가 기왕에 살수로 나섰다면 믿는 수밖에 달리 도리가 없지 않겠소?"

"음……."

아무리 생각해 보아도 지금에 와서 다른 방법이 없었다. 이미 엎질러진 물이라면 그저 두고 볼 수밖에 없는 것이다. 장문인 사후명이 깊은 한숨을 불어내고 식어버린 찻잔을 들었다. 이런 식으로 일을 처리하겠다고 결정한 것이 조금은 후회가 되기도 했다. 검신 진사후가 백의검대를 이끌고 달려와 좀체 떠나려고 하지 않는다는 것 때문이기도 했다.

"어쨌거나 일이 성사되면 혼란이 올 테니 그때 재빨리 귀문산을 장악하는 게 지금으로서는 가장 중요한 일이외다. 진사후가 와 있다고는 하나 그는 소수이니 우리를 무시하지 못할 것이오. 그가 나서기 전에 모든 일을 마무리지어 버린다면 그로서도 어쩔 수 없을 것이외다."

지금으로서는 화문걸의 말에 모든 걸 맡기는 수밖에 없었다. 사후명이 다시 한숨을 내쉬고 시선을 돌렸다.

닷샛째 되는 날에는 조그만 변화가 생겼다. 수많은 구경꾼들의 무리 속에 무림인으로 보이는 자들이 더러 눈에 띄었던 것이다. 반천수는 더욱 긴장했다. 군중들 속에 몸을 숨긴 채 두위를 노려보는 그들의 눈길이 심상치 않았기 때문이다. 그리고 사건은 엿새가 되는 날 터졌다.

"치워라."

무리들을 헤치고 성큼성큼 다가온 자가 매섭게 눈을 치뜨고 두위를 노려보며 낮게 말했다. 그러나 두위는 겨우 눈을 뜨더니 두어 번 끔벅이며 그자를 한 번 올려다보고는 이내 다시 눈을 감았다. 어느 집 개가 짖느냐는 듯 태연하기만 했다.

"못 들었느냐? 치워라."

사내가 다시 한 걸음 나서며 이제는 조금 높아진 음성으로 말했다. 말속에 짜증과 함께 은은한 노여움까지 담겨 있었다. 심상치 않음을 느낀 반천수가 슬그머니 앞으로 나섰다. 사내에게 조금 더 가까이 가려고 하였으나 그럴 수 없었다. 사내의 주위에 네 명의 장정들이 둘러서 있었기 때문이다. 반천수는 그들 또한 무림인들이라는 것을 느낄 수 있었다.

"유응백인가?"

마지못한 듯 눈을 뜬 두위가 멀뚱하게 올려다보며 물었다. 사내의 얼굴이 살짝 찌푸려졌다.

"네놈 따위가 함부로 입에 올릴 이름이 아니다."

"아닌 모양이군."

심드렁하게 말한 두위가 그렇다면 관심이 없다는 듯 다시 눈을 지그시 감아버렸다. 사내의 얼굴에 이제는 숨길 수 없는 노여움이 드러났다. 그러나 그는 자신들을 빤히 바라보고 있는 사람들의 시선을 의식한 듯 최대한 감정을 억제하고 있었다. 그의 숨결이 거칠어지고 있는 게 확연히 느껴졌다.

"좋다. 누구든 도전을 하고 비무를 청할 수 있는 게 강호의 관행이니 이해해 주지. 하지만 이런 처사는 지나치다. 네가 정말 원한다면 나와 함께 귀문산으로 가자. 그곳에서 유 대협에게 정식으로 도전해라."

사내가 애써 감정을 다스리며 침착하게 말했다. 두위는 이제 눈을 떠 그를 쳐다보지도 않았다. 그가 입술만 달싹여 대꾸했다.

"그것도 좋겠지. 하지만 나는 이곳이 더 좋아."

사내의 분노는 폭발 직전이었다. 이제는 누구든 그의 살기를 느낄 정도가 되었다. 심상치 않은 분위기를 눈치 챈 사람들이 주춤거리며 물러섰다. 자연스럽게 두위 앞에는 사내와 그를 따라온 네 명의 장정들만 남겨지게 되었다. 한 번 주위를 둘러본 사내가 어쩔 수 없다는 듯 어깨를 으쓱해 보이고는 입가에 얇은 웃음을 매달았다.

"네가 정 고집을 부리니 할 수 없는 일이다. 우선 나를 꺾어라. 그러면 네가 과연 유 대협에게 도전할 만한 자라는 것을 누구나 인정할 거다."

두위가 비로소 눈을 뜨고 사내를 똑바로 바라보았다.

"나는 이름도 없는 자와는 상대하지 않아."

사내가 가소롭다는 듯 피식 웃었다. 그가 경멸의 시선으로 두위를 내려다보며 오만하게 말했다.

"잘 들어둬라. 나는 귀주의 생사편(生死鞭) 왕창령(王彰嶺)이라고 한다. 유 대협을 보필하고 있는 사람이기도 하지."

사내는 자신의 이름에 대단한 자부심을 가지고 있는 듯했다. 사실 귀주에서는 그의 이름 석 자를 알지 못하는 사람이 없을 만큼 대단한 자였다. 한 자루 철편(鐵鞭)으로 귀주의 십대고수에 올랐고, 강남무림에서도 쟁쟁한 명성을 자랑하는 자였던 것이다. 그러나 두위는 그런 것을 알지 못했다. 강호의 정세에 대해서는 그동안 신경도 쓰지 않았기 때문이다. 천하에 흩어져 있는 그 많은 고수들을 일일이 기억한다는 것도 귀찮은 일이었다.

두위의 관심은 오직 사내의 마지막 말에 있었다. 그가 스스로 유응백의 수하라고 했으니 자신의 이 엉뚱한 계획이 반은 성공한 것이라고 여겼다. 회심의 미소를 지은 두위가 그런 속마음을 감춘 채 애써 심드렁한 표정을 더 짙게 하며 빈정거리듯 물었다.

"정말 내가 너를 이기면 유응백이 싸우러 오는 거냐?"

"미친놈이 분명하군."

어이없다는 듯 실소한 사내가 턱을 치켜들었다. 그는 눈앞의 두위가 가소롭게만 보일 뿐이었다. 아직 강호에 이름도 올리지 못한 하찮은 낭객 따위와 이렇게 맞대면하고 있다는 것 자체를 치욕스럽게 여기는 그였다.

"그럴 리도 없겠지만, 천지가 개벽해서 네놈이 정말 나의 철편을 이긴다면 내가 가서 직접 유 대협을 모셔 오기라도 하겠다."

"그래? 믿을 수 있을까?"

두위가 머리를 갸웃거리며 아직도 일어설 기미를 보이지 않자 멀찍이 떨어져 있던 무리들이 일제히 소리쳤다.

"싸워라, 싸워! 화끈하게 해버려!"

"깃발만 내걸고 사기친 게 아니라는 걸 보여봐!"

"벌써 엿새를 기다렸다. 뭔가 통쾌한 걸 보여줘야지!"

둘러선 사람들이 약속이라도 한 것처럼 재촉했다. 왕창령의 눈살이 찌푸려졌다. 그를 한 번 바라본 두위가 사람들의 성화에 떠밀려 마지못해 일어선다는 듯 칼을 쥐고 느릿느릿 몸을 일으켰다. 그가 맞잡은 두 손을 높이 들고 절레절레 흔들어서 고마움을 표시하자 사람들이 다시 와! 하고 함성을 질러댔다.

"한꺼번에 덤빌 건가?"

손을 흔들어 사람들의 함성을 가라앉힌 두위가 한차례 네 명의 장한들을 둘러보고 나서 왕창령을 마주 보며 의젓하게 말했다. 왕창령은 이제 미칠 지경이 되고 말았다. 그의 코에서 더운 숨이 씩씩 뿜어져 나왔다.

"걱정할 필요 없어. 내 한 팔로도 충분하니까."

그가 어금니를 악물고 스산하게 말했다. 두위의 눈가에 웃음이 번졌다.

"그래? 뭐, 상관없지만 혼자서 해보겠다면 그것도 좋아. 그런데 뒤탈이 없게 하기 위해서는 역시 정당한 대결임을 입증해 줄 입회인이 있어야 할 텐데……."

말꼬리를 흐리며 주위를 둘러보자 사람들이 너도나도 손을 들며 외쳐 댔다.

"내가 한다!"

"좋아. 내가 증인이 되어주겠다!"

두위가 다시 사람들을 향해 두 손을 맞잡고 흔들어댔다.

"감사하오, 감사해. 부디 이 싸움의 증인이 되어서 훗날 유웅백이 트집을 잡으면 오늘 일을 말해 주시오!"

끝까지 유웅백을 걸고 넘어지는 두위의 말에 왕창령의 분노는 이제 터질 지경이 되었다.

"죽일 놈."

이를 간 그가 손을 내밀자 뒤에 서 있던 자가 재빨리 등에 지고 있던 함에서 묵 빛이 번들거리는 철편을 꺼내 공손하게 건넸다. 두위는 그

자의 태도에서 왕창령이 유웅백의 수하들 중에서도 제법 거들먹거리는 자리는 것을 짐작했다. 그렇다면 일은 더욱 잘된 것이다.

철편을 건네 받은 왕창령이 그것을 풀었다. 길이가 무려 일 장여에 달하는 것이 흉맹스럽기 짝이 없어 보였다. 저렇게 긴 철편을 자유자재로 휘두른다면 과연 그것을 상대하기가 만만치 않을 것이었다. 왕창령이 시위하듯 그것을 허공에 한 번 휘두르자 윙윙거리는 바람 소리가 날카롭게 일었다.

짝―!

요란한 소리와 함께 두위의 발 아래 마른 땅바닥이 깊게 패이며 쩍 갈라졌다. 흙먼지가 풀썩 피어올라 자욱이 퍼졌다. 한 대만 제대로 맞으면 살이 찢기고 뼈가 부서지고 말 것이다.

이만하면 충분히 겁을 먹었으리라고 여기던 왕창령이 음, 하고 낮은 신음 소리를 냈다. 두위가 꿈쩍도 하지 않은 채 빙글빙글 웃고 있었던 것이다.

"하룻강아지 범 무서운 줄 모른다더니 네놈이 바로 그 짝이구나. 좋다. 내가 오늘은 참으로 오래간만에 통쾌하게 피 맛을 보고 말 테다."

"이봐, 이번에는 얼마까지 셀 거지?"

왕창령이 이를 갈며 말했지만 두위는 다른 곳에 눈길을 준 채 엉뚱한 말을 했다. 사람들 속에 섞여 있던 반천수가 아무 말 없이 손가락 다섯 개를 펴 보였다.

"다섯? 너무 지루하지 않겠어? 하지만 나야 뭐 상관없긴 해. 그러지 말고 셋으로 해라. 후딱 끝내고 오늘은 그만 자리를 걷자."

두위의 속셈을 모르는 왕창령은 드디어 폭발하고 말았다. 그가 '죽일 놈!' 하고 외치며 힘껏 채찍을 휘둘러 두위의 목을 후려쳐 왔다. 윙윙거리는 바람 소리가 허공에 가득했고, 살기로 충만한 편영(鞭影)이 하늘을 뒤덮었다. 그 속에서 부서질듯 이를 가는 소리와 낮은 기합성이 우레 소리처럼 은은히 섞여 들려왔다.

두위의 눈빛이 처음으로 신중해졌다. 그는 온 힘을 기울여 단번에 끝장을 보리라고 작정하고 있었다. 얼굴이 붉은 기운을 띠고 무거워졌다. 순간적인 일이었다.

"합!"

두위의 입에서 우렁찬 기합 소리가 터져 나왔다.

쨍!

날카로운 쇳소리가 사람들의 귀를 찔렀다. 누구도 언제 두위가 칼을 뽑아 후려쳤는지 제대로 본 사람이 없었다. 채찍이 목에 감겼다고 여긴 순간 흰 빛이 번쩍 하는 것을 보았을 뿐이다. 높이 치켜든 반천수의 손가락 세 개 중 한 개가 접히고 있었다.

"흥!"

자신의 공격을 받아냈다는 것이 의외였을 뿐, 분노로 이성을 잃은 왕창령은 그 한 번의 칼질에 대해서 깊이 생각해 볼 여유가 없었다. 그가 싸늘하게 코웃음을 치고 다시 채찍을 휘둘러 찌르고 때리며 감아왔다. 윙윙거리는 파공성이 귀곡성(鬼哭聲)처럼 스산하게 퍼졌다. 허공 가득 묵 빛의 편영이 뒤덮여 마치 먹구름이 낀 듯했다. 더욱 짙어진 살기가 수십 가닥의 쇠뇌처럼 쇄도해 들었다.

"앗!"

놀란 사람들이 외마디 비명을 질렀다. 그들의 눈에는 두위가 왕창령이 사납게 휘두르는 채찍의 그물에 갇혀 꼼짝도 하지 못하고 곧 머리통이 바수어질 것처럼 보였던 것이다.

"대단하다!"

반천수가 자신도 모르게 버럭 소리쳤다. 그에게도 왕창령의 채찍 쓰는 솜씨는 과연 무섭게 여겨졌다. 그가 눈을 부릅뜨고 두위를 바라보았다. 더욱 붉어진 두위의 얼굴에 시선을 맞춘 순간이었다.

피잇—

두위가 움직였다. 줄에 묶여 잡아당겨진 듯 갑작스럽고 빠른 움직임이었다. 채찍의 그물 속으로 무모하게 부딪쳐 들어간 그가 왼손을 불쑥 내밀었다. 그의 손 또한 불을 움켜쥔 듯 붉어져 있었다. 그것이 겁도 없이 채찍 끝을 움켜쥐는 게 보였다.

"어?"

왕창령의 입에서 처음으로 당황한 외침이 터져 나왔다. 두위의 손에 붙잡히고 만 채찍을 타고 한 가닥 불 같은 뜨거움이 순식간에 밀려들어 와 가슴을 답답하게 했던 것이다. 그것이 천마신공(天魔神功)의 무지막지한 내력이라는 것을 알 리가 없는 왕창령은 자신이 잠깐 착각을 했다고 믿었다. 그가 채찍을 흔들어 두위의 손아귀를 찢어놓으려고 하는데 문득 팔이 허전해졌다.

그의 눈에 단단히 채찍을 움켜쥐고 있는 자신의 팔이 보였다. 그것이 허공에 걸려 있다는 것이 이해되지 않았다.

쉬익—

팔꿈치를 잃은 자신의 오른팔을 물끄러미 바라보는 왕창령의 귓가에 가벼운 쇳소리가 들려왔다. 그리고 서걱! 하고 뼈가 잘리는 소리도 들린 듯했다. 그것이 마지막이었다. 왕창령의 머리가 팔꿈치를 쫓기라도 하듯 허공을 날았다. 어깨 위가 텅 비어버린 그는 아직도 두 발로 굳게 땅을 디딘 채 버티고 서 있었다.

파아─!

반천수의 나머지 세 번째 손가락이 접혔을 때 비로소 분수처럼 피가 솟구쳐 나와 하늘을 가렸다. 흔들거리던 왕창령의 몸이 천천히 기울더니 통나무처럼 떨어져 먼지를 피워 올렸다. 자신의 머리를 향해서였다.

두위는 훌쩍 뛰어 물러나 있었다. 피 한 방울도 묻지 않은 채 번쩍이는 칼을 한 번 돌려 갈무리하는 그의 손길이 태연하기만 했다. 누구도 숨조차 제대로 내쉬는 자가 없었다. 그 무겁고 단단한 정적을 뒤로하고 두위가 성큼성큼 걸어 사라져 갔다.

＊　　　＊　　　＊

무거운 침묵이 대전 안을 가득 메웠다. 음습한 어둠을 타고 향 냄새가 스멀스멀 피어올랐다. 검은 조복(弔服)을 입은 자들이 대전 가득 들어차 있었지만 숨 쉬는 소리조차 들리지 않았다.

"세 번을 셀 동안이었단 말이지?"

무겁게 가라앉은 음성이 웅웅거리며 울렸다. 정면에 마련된 제단 위에 관 하나가 놓여 있었는데, 그 앞에 서 있는 대한의 입에서 나온 소리였다. 제단 한쪽에 무릎을 꿇고 엎드려 있던 네 명의 장한들 중 한 명이 조심스럽게 머리를 들었다.

"그렇습니다."

"그리고 두 번 칼을 휘둘렀을 뿐이란 말이지?"

대한이 천천히 돌아보며 다시 확인했다. 유응백이었다.

"그렇습니다."

장한이 두려움이 완연한 얼굴로 말했다. 어깨가 미미하게 떨리고 있었다.

"음······."

깊은 탄성이 적막 속을 떠돌았다.

유웅백은 다시 한 번 관 속의 주검을 바라보았다. 아직도 믿어지지 않았다. 생사편 왕창령은 귀주에서부터 데리고 온 자신의 심복 중 한 명이자 오십 인의 천웅대를 이끄는 세 명의 두령들 중 한 명이기도 했다. 그는 아직도 귀주에서는 감히 넘볼 수 없는 고수로 기억되고 있었다.

유웅백은 왕창령이 가볍게 그 건방진 놈을 부수어 버리고 사태를 조용하게 마무리짓고 올 것이라고 믿었다. 그런데 그런 그가 팔과 목이 잘린 주검으로 돌아와 지금 그의 철편과 함께 관 속에 얌전히 누워 있었다. 그것도 놈이 휘두른 단 두 번의 칼을 당하지 못해서였다.

유웅백은 그것을 인정할 수 없었다. 인정한다면 스스로의 초라해짐을 보아야 하기 때문이다. 천웅대는 감추어두고 있는 자신만의 힘이었다. 군웅성에 들어가서도 그 힘에 의지하여 기반을 다지고 입지를 확고하게 할 속셈을 가지고 있었던 것이다. 그런데 그들 중에서도 고수로 꼽히던 왕창령의 맥없는 죽음은 그것이 자신의 착각이고 과대망상이었다는 것을 일깨워 주고 있었다.

'하찮은 낭객 놈이 감히······!'

유웅백의 눈에서 불길이 활활 타올랐다. 더 이상 참는다면 자존심에 너무 큰 상처를 입게 될 것이다.

청의검대를 이끌고 와 있는 호문량도 놀라고 있었다. 왕창령이 수하 네 명과 함께 산을 내려갔다는 소식을 듣고 곧 육오(陸五)를 내보내 뒤따르게 했는데, 그 육오가 가지고 온 소식이 그를 경악하게 했다.

"정말 두 번의 칼질에 그쳤단 말이지?"

"그렇소. 하지만 그자가 마음먹었다면 한 번이면 족했을 것이외다."

"음, 믿을 수 없군. 대체 어떤 자이기에 그 정도로 강했단 말이냐. 이건 무언가 잘못된 게 분명하다."

호문량이 잔뜩 눈살을 찌푸렸다. 왕창령을 단번에 베어버릴 정도로 강한 자라면 벌써 강호에 그 이름이 알려져 있어야 옳았다. 굳이 그 이유가 그자가 사람들의 이목이 닿지 않는 음지에서 낭객으로 떠돌았기 때문이라고 해도 역시 의문은 남았다.

'그렇게 강한 자라면 어찌 하찮은 낭객의 처지에 스스로 만족하며 살았겠는가?'

그런 의문이 호문량을 더욱 답답하게 했다.

"드디어 유응백이 직접 나설 모양입니다."

하도욱이 공손한 모습으로 말했다. 진사후의 얼굴이 어두워졌다.

"그놈이 정말 일을 벌이고 마는구나."

두위를 두고 하는 말임을 알 수 있었다. 하도욱은 그것이 못마땅했다. 귀역에 대한 그의 감정은 좋지 못했다. 그곳에서 반천수의 조롱을 받던 일을 잊을 수 없기 때문이다. 그 귀역에 몸담고 있는 두위라는 자에 대한 감정도 그래서 좋을 수가 없었다. 그런데 자신이 모시고 있는 하늘 같은 존재 진사후는 두위에 대해서 지나칠 만큼 예민하게 신경을 쓰고 있었다. 게다가 유응백이 그자의 칼에 죽을 것처럼 말하는 데에는 그만 불끈 오기가 솟구치고 말았다.

"속하의 생각에는 그자가 잠자고 있는 범의 꼬리를 밟았다고 여겨집니다만······."

진사후의 눈길을 받고서야 하도욱은 자신의 실책을 깨달았다. 그의 얼굴이 창백하게 변했다. 감히 진사후 앞에서 묻지도 않은 자신의 생각을 말한 것이다. 그것도 말대꾸에 가까운 것이었다. 하도욱은 자신의 뻣뻣한 성격에 대해 혀를 깨물며 후회했다. 하지만 이미 늦은 뒤였다.

"감히 죄를 청합니다!"

그가 넘어지듯 무릎을 꿇고 바닥에 머리를 찧었다. 잠자코 그를 내려다보던 진사후가 담담하게 말했다.

"네 말에도 일리가 있지. 제발 그렇게 되어주기를 바라는 마음이다."

더 말할 게 없다는 듯 뒷짐을 지고 돌아서서 창밖의 뜰을 바라보는 진사후의 등이 무거워 보였다. 하도욱은 문득 그가 외로워 보인다고 생각했다.

*   *   *

"나는 늘 궁금하게 여기던 게 한 가지 있다."

흐린 불빛 아래에서 칼을 닦고 있는 두위를 물끄러미 바라보던 반천수가 불쑥 꺼낸 말이었다. 입에 화선지를 문 채 기름 수건으로 칼 몸을 정성스럽게 닦고 있던 두위가 손을 멈추고 돌아보았다.

"뭘?"

"과연 네놈의 실력이 어디까지가 진짜인가 하는 거지."

"가짜도 있냐?"

"의뭉스런 놈."

반천수가 눈을 흘겼다. 불빛을 받아 은은히 빛나는 그 얼굴이 요염하다고 해야 할 만큼 고왔다.

'사악한 놈이다.'

두위는 문득 그런 생각을 했다. 사내이면서 저런 얼굴과 표정을 가질 수 있다는 게 그랬다.

"왕창령을 벨 때의 그 칼질은 여태까지 내가 보지 못한 거였다."

"소를 잡을 때와 닭의 목을 칠 때의 칼은 다른 게 당연하다. 너 같으면 시답잖은 놈을 베던 수법으로 왕창령을 상대했겠냐? 또 왕창령을 상대하던 수법으로 시답잖은 놈을 치겠냐?"

"그러면 유웅백을 상대할 때는 또 다른 칼 솜씨를 보여주겠군?"

"기대해도 좋아."

"대체 네가 감추고 있는 게 어디까지냐?"

두위가 칼을 내려놓고 조용한 얼굴로 반천수를 뚫어져라 바라보았다. 그의 눈빛이 진지해져 있었다.

"그러는 너는? 나도 아직 너의 진정한 솜씨를 구경해 보지 못했다."

"그만두자, 그만둬."

할 말이 없어지고 만 반천수가 홰홰 손사래를 치고 침상 위에 벌렁 누워버렸다.

'속을 알 수 없는 놈이다.'

두위가 머리를 흔들었다. 그가 알고 있는 반천수의 솜씨는 만금루에 모여 있는 낭객의 무리들 중 단연 최고라고 할 만했다. 하지만 두위는 그가 자신의 실력을 모두 내보였다고는 믿지 않았다. 사람들이 알지 못하고 있는 또 다른 무언가가 반천수에게는 있었다. 문득문득 느껴지는 날카로운 기운이 그걸 짐작하게 해주었다.

'언젠가는 알게 되겠지.'

그렇게 마음 편하게 생각했다. 어쨌든 지금 반천수는 자신의 동지이 자 동행자였다. 그가 평생을 그렇게 함께하며 의지하고 도와줄 것인지, 아니면 등을 돌리고 돌아서서 서로 목숨을 걸고 싸워야 할 것인지는 알 수 없었다. 그건 그때의 일이다. 지금 미리 짐작하고 고민한다는 게 어리석은 짓인 것이다.

두위를 바라보는 사람들의 눈길은 이제 완연히 달라져 있었다. 어제 까지만 해도 호기심과 장난기로 가득했던 것이 지금은 두려움과 동경 의 그것으로 바뀌어졌다.

"부디 보중하십시오, 대협."

주루의 주인이 공손하게 절하며 말했다. 두위를 올려다보는 그의 눈 길에 흠모의 빛이 가득했다. 주루 안에 가득 들어차 있던 사람들의 눈 빛도 그와 다르지 않았다. 두위는 절로 어깨가 으쓱해졌다. 그가 반천 수를 돌아보고 웃어 보였다.

"과연 유응백, 그놈이 이곳에서 온갖 포악을 다 떨었나 보다. 그렇기 에 사람들이 하나같이 통쾌해하는 거지."

"우쭐대지 마라. 그러다가 유응백의 손에 머리통이 깨지면 더 큰 망 신이다."

"썩을 놈, 아예 고사를 지내라."

눈을 흘기며 핀잔을 주었지만 두위의 마음도 실은 무겁기 짝이 없었 다. 그것을 잊기 위해 애써 가볍게 말하고 웃으며 스스로를 달래고 있 는 중이었다.

유응백은 광산의 감독관으로 와 있는 동안 광부들의 절대자로 군림 하면서 노예처럼 그들을 부렸다. 대리에 살고 있는 남자들은 누구나

한 번쯤 귀문산의 옥 광산에서 일을 해보았거나, 아니면 그곳에서 일하고 온 사람들과 친분을 맺고 있었다. 그러므로 그들은 광산 안에서 유응백이 얼마나 지독하고 모질게 굴었는지를 잘 알고 있었다. 쥐꼬리만한 급료를 미끼로 온갖 위세와 포악을 다 떨었던 것이다.

게다가 그는 이미 운남 제일의 고수로 확고히 자리를 굳히고 있었다. 그 위에 군웅성이라는 어마어마한 집단의 후광을 입고 있는 데에는 더 뭐라 말할 수가 없었다.

그런 유응백이었으니, 그가 어쩌다 한 번씩 산을 내려와 대리의 저 잣거리에 나섰을 때 보였을 오만과 위세는 짐작이 갔다. 대다수의 사람들이 그를 미워하고 있다는 것이 증거였다. 그런 유응백에게 과감하게 도전을 하고 있는 두위는 이제 그들에게 더 이상 외지에서 온 낯선 청년이 아니었다. 자신들의 원망을 대신해서 풀어줄 대협이었던 것이다.

문을 나서자 밖에서 기다리고 있던 두 명의 순검(巡檢)이 따라붙었다. 두위를 감시하기 위해 아문(衙門)에서 나온 자들이었다.

왕창령을 죽인 뒤 두위는 바로 관에 자수했다.

형률(刑律)을 담당하는 판관(判官) 양정립(楊井立)은 골치가 아팠다. 증인으로 따라온 자가 무려 삼십여 명에 달했는데, 그들이 한결같이 정당한 결투였다고 증언했기 때문이다.

두위는 명백히 살인죄를 지은 자였으나 강호의 관행을 무시할 수도 없었다. 양정립은 결국 두위에게 사흘 안으로 대리를 떠날 것을 명하고, 그때까지 두 사람의 관원(官員)을 감시자로 붙이는 데 그칠 수밖에 없었다.

두위가 꼬리를 달 듯 그들 두 명의 관원을 뒤에 붙이고 어슬렁거리며 숭성사 앞에 이르자 이미 와서 기다리고 있던 사람들이 와! 하고 함성을 질렀다. 어제의 소문을 듣고 앞 다투어 모여들었으므로 마치 대리의 사람이란 사람은 다 모인 듯 굉장한 인파가 숭성사 앞 넓은 거리를 가득 메우고 있었다.

맞잡은 손을 머리 위로 높이 치켜들고 연신 흔들며 자신의 자리로 온 두위가 어제와 다름없는 모습으로 주저앉았다. 사람들의 웅성거림과 열기가 주변의 공기마저 후끈하게 달구었다.

반천수는 멀찍이 떨어진 곳에서 사람들 속에 섞여 주변을 세심하게 관찰하고 있었다. 그의 눈에 무림인으로 여겨지는 자들이 더러 보였다. 하나같이 무거운 안색을 하고 두위를 뚫어질 듯 바라보는 것이어서 반천수는 그 어느 때보다 긴장해야 했다. 그러나 두위의 얼굴은 여전히 태평스럽기만 했다. 뒤에 서 있는 두 명의 관원을 세상에서 가장 든든한 후견인으로 여기는 듯했다.

드디어 한 사람이 무리들을 헤치고 두위에게 다가왔다.

"유 대협께서 너의 도전을 받아들이시겠단다. 그러니 이제 저 깃발들을 치우고 나와 함께 가자."

"너도 유웅백은 아닌 게로군. 그러면 쓸데없으니 꺼져 버려."

두위의 심드렁한 대꾸에 씩씩거리며 한동안 노려보던 자가 품속에서 서찰 한 장을 꺼내 건넸다. 받아서 읽어본 두위가 말없이 그것을 찢어버렸다. 장한의 얼굴이 분노로 새파랗게 질려갔다.

"좋아. 해질 무렵이면 분위기도 딱 좋지. 하지만 장소는 내가 정하겠어. 천화평(千華平)에서 하겠다고 전해. 그리고 입회인은 내가 데려간다."

천화평은 귀문산 아래에 펼쳐진 넓은 벌판이었다. 억새가 우거진 황량한 벌판 너머로 뉘엿뉘엿 해가 저물어갈 때, 칼을 들고 마주 서서 한 판 생사를 결하는 싸움을 하는 것은 꽤 운치가 있을 것이라고 생각했다.

사람들 속에 섞여서 두위를 노려보던 자들이 썰물이 빠지듯 사라졌다. 반천수가 두위의 손을 이끌고 황급히 사람들 속을 빠져나갔다.

"미쳤냐? 정말 제정신이 아닌 모양이다."

"왜?"

"하필이면 천화평이냐? 아예 귀문산 목책 안으로 찾아간다고 하지 그랬어?"

유웅백의 근거지에서 싸움을 하겠다고 한 것을 탓하는 말이었다. 적은 많고 이쪽은 혼자인데 당연히 이쪽에 유리한 곳으로 끌어들이는 것이 올바른 수단이었다. 그런데 두위는 그것을 버리고 스스로 호랑이 굴속에 기어들어 가겠다고 했던 것이다.

두위가 걱정하는 반천수의 어깨를 투덕거렸다.

"걱정도 타고난 팔자인 모양이다. 가서 말이나 끌고 와. 갈 데가 있다."

"달아나려고?"

"미친놈."

*   *   *

"이 일을 어찌하면 좋겠소?"

점창파의 장문인인 사후명의 얼굴에 잔뜩 그늘이 졌다. 그를 마주 대하고 있는 수석 장로 화문걸(華文傑)의 얼굴도 어둡기는 마찬가지였다.

"그놈이 설마 이곳에까지 찾아와 그처럼 엉뚱한 요구를 해올 줄이야……."

지금 수은당(水銀堂) 앞뜰에는 두위와 반천수가 말고삐를 쥔 채 기다리고 있었다.

"입회인이 되어주기를 원하오!"

무석문(武晳門)을 들어서자마자 장문인과의 면담을 요청하며 대뜸 외친 말이었다. 두위의 그 일갈(一喝)에 점창파가 발칵 뒤집혔다. 영문을 알지 못하는 문도들이 모여들어서 어리둥절한 얼굴로 두위를 바라보며 수군거렸다.

"허! 참으로 알 수 없는 놈이로다."

그 소식을 전해 들은 진사후도 머리를 설레설레 저었다. 저처럼 엉뚱하고 막무가내인 자가 다루기 가장 까다로운 법이다. 대체 어디로 튈지 예측할 수 없는 탓이다.

"묘한 놈이다."

진사후가 다시 중얼거렸다. 귀역에서 처음 보았을 때는 눈빛이 생생하게 살아 있고 과묵한 속에 터질 듯한 폭발력을 감추고 있는 놈이라는 느낌을 받았었다.

그 첫인상이 아직도 선연한데 대리에서 보여준 행동은 전혀 엉뚱하고 기발하기만 한 것들이었다. 가볍고 경박스럽게까지 여겨지는 그 행동이 거친 강호에서 산전수전을 다 겪은 유웅백을 낚아 올리고 있었다. 그리고 지금은 뜬금없이 점창파에 찾아와 입회인이 되어달라는 엉뚱한 떼를 쓰고 있었다.

대체 저놈의 속에 들어앉아 있는 것이 여우인지 구렁이인지 종잡을 수가 없었다.

어쨌든 점창파에서는 거절하지 못할 것이다. 누구든 찾아와 결투의 입회인이 되어달라고 청을 하면 대개는 뿌리치지 않는 것이 강호의 관례였다. 그런 청을 받는다는 것 자체가 자신의 명성을 여러 사람에게 확인시켜 주는 일이기도 했기 때문이다. 더구나 세인의 이목을 끄는 큰 싸움이라면 그곳에 입회인으로 나서는 것이 영광이기도 했다.

지금 두위는 단 며칠 사이에 대리의 유명인사가 되어 있었다. 그의 도전을 받고 있는 유응백이야 더 말할 필요도 없는 사람이다. 어찌 보면 이번 싸움에는 운남의 제일 방파로 꼽히는 점창파에서 입회인을 내보내는 게 제격이기도 했다.

"할 수 없지요. 내가 나가보도록 하겠습니다."

화문걸이 한숨을 쉬고 일어섰다. 장문인더러 나가라고 할 수는 없는 일이고, 이름없는 말단 제자를 내보내기에는 사안이 너무 컸다. 게다가 시간을 지체하면 두위, 그놈이 또 무슨 억지를 쓰고 엉뚱한 말들을 지껄여서 점창파를 곤경에 빠뜨릴지 몰랐다. 빨리 그놈을 산 아래로 끌어내리는 것이 급하고 중요했다.

"절대로 진사후, 그 늙은 여우가 우리 일을 눈치 채게 해서는 안 되오."

사후명이 노파심에서 다시 한 번 당부를 했다. 점창파 내에 그가 묵고 있다는 것이 목에 칼을 대고 있는 것처럼 껄끄럽고 위험하기만 했다. 진사후는 아직 자신들의 속셈을 눈치 채지 못하고 있는 게 분명했다. 그가 운남을 떠날 때까지 비밀은 철저하게 지켜져야만 했다.

"결과가 어찌 되었든 사후의 일에 대해서 만전을 기해야 할 것입니다."

화문걸도 장문인에게 다시 한 번 당부해 두었다. 만약 두위라는 자가 유응백을 죽여준다면 계획대로 재빨리 귀문산을 접수해야 하고, 그렇지 못한다면 진사후가 눈치 채기 전에 손을 빼고 뒤처리를 깔끔하게 해야 하는 것이다.

한숨을 쉬고 취선당(就善堂)을 나온 화문걸은 마음속으로 제발 두위가 유웅백을 죽여주기를 바랐다. 하지만 그런 바람이 클수록 불안감은 더 깊어졌다. 한낱 살수로 보내진 자가 낙성추혼 유웅백이라는 강호의 거물을 꺾는다는 것이 불가능하다는 쪽으로 마음이 기울어져 있었던 것이다.

"그런데 정말 자신은 있는 거냐?"

반천수가 다시 물었다. 이곳까지 오는 동안 벌써 세 번이나 똑같은 질문을 했다. 그리고 지금이 네 번째였다.

"두고 보면 안다니까 자꾸 그러네."

두위가 그를 흘겨보며 다소 짜증이 섞인 음성으로 말했다. 벌써 네 번이나 똑같은 대답을 한다는 것이 지겨워진 탓이다.

"유웅백은 고수라던데……."

그래도 못 미더웠던지 반천수가 두위의 눈길을 피하며 중얼거렸다.

"그러면 숨어 있다가 등을 찌르고 달아날까?"

두위의 핀잔에 이번에는 반천수가 하얗게 눈을 흘겼다. 무어라고 쏘아주려던 그는 화문걸이 다가오는 걸 보고 마지못해 입을 다물었다.

"늦는다."

태연히 의자에 앉아 있던 유웅백의 얼굴에 짜증기가 배어나기 시작했다.

천화평 넓은 들 저쪽 점창산의 주봉(主峰)인 중화봉(中和峰) 너머에 해가 걸려 있었다. 붉은 노을이 점점 그 빛을 짙게 하며 하늘을 물들여 오고 있었다. 그러나 '해질 무렵'이라고 했던 두위의 모습은 아직 보이지 않았다.

하나둘 천화평을 향해 모여들고 있는 사람들의 무리만 시간이 갈수록 더해갔다. 그것이 유응백을 더욱 짜증나게 했다. 이처럼 많은 사람들 앞에서 겨우 그깟 이름도 없는 놈 하나를 때려죽이기 위해 손발을 움직이고 고함을 질러야 한다는 것이 그를 기분 나쁘게 한 것이다.

'놈, 나를 광대로 만들겠단 말이지?'

그런 생각이 두위에 대한 분노를 더욱 짙게 했다. 손을 뻗어 잔을 집자 곁에 시립하고 있던 자가 재빨리 뜨거운 차 한 잔을 따랐다. 입 안이 데일 듯 뜨겁던 그것이 목구멍을 타고 넘어가자 서늘한 느낌으로 뱃속까지 얼얼하게 했다. 정신이 번쩍 들었다. 흥분해서는 안 된다고 스스로를 타이르는데 저 멀리 억새풀 위로 세 필의 말이 모습을 드러냈다.

"왔습니다!"

수하가 더 흥분되었던지 떨리는 음성으로 고했다. '음' 하고 대답해준 유응백이 바라보고는 눈살을 찌푸렸다. 가운데의 말등에 앉아 꺼덕이며 다가오는 사람을 알아본 것이다.

"빌어먹을 점창파 같으니."

다시 한 잔의 차를 입 안에 머금었다가 풋, 하고 멀리 뱉어내며 불편한 심기를 드러냈다. 점창파가 귀문산에 눈독을 들이고 있는데 유응백과의 사이가 좋을 리가 없었다. 그건 유응백도 마찬가지여서 그는 점창파가 구대문파에 속해 있다는 것까지를 못마땅하게 여기고 있었다.

"쥐새끼 같은 놈들."

그가 잔뜩 못마땅한 낯으로 중얼거렸다. 화문걸이 눈알을 반짝이며 한쪽에서 이 싸움을 재미있게 구경하겠다는 뜻으로 생각한 것이다. 자신이 이기면 당연한 일에 우쭐댄다고 코웃음 칠 것이고, 만에 하나 지기라도 한다면 '그것 봐라. 유 뭐라는 작자는 역시 형편없는 자였다'

라고 온 천하에 떠들어댈 게 뻔했다.

"촌구석에 처박혀서 군웅성의 눈치나 보는 것들이……."

하필 그 점창파의 장로라는 자를 입회인으로 데려온 두위에 대한 노여움이 더욱 커졌다. 저 어린놈이 끝까지 자신을 놀리고 있다고 생각하자 속이 부글부글 끓어올랐다.

두위를 본 사람들이 와아! 하고 함성을 질렀다. 그새 얼마나 많은 사람들이 왔던 것인지, 억새밭 곳곳에서 일어선 머리들이 헤아릴 수 없었다.

유웅백의 위세에 질려서 숨을 죽이고 있던 사람들이 두위를 향해 일제히 함성을 지르는 것을 본 화문걸이 회심의 미소를 지었다. 유웅백이 인심을 잃었다는 것을 확인할 수 있었던 것이다. 그렇다면 그자를 비난하고 귀문산을 장악하는 명분도 얻을 수 있다. 두위가 이기기만 하면 되는 일이다. 하지만 두위를 돌아보는 화문걸의 안색은 여전히 밝지 못했다.

"유웅백은 장법이 대단하다고 알려져 있지만 그것 못지않게 신법 또한 뛰어난 자다. 사람들은 그 사실을 잘 알지 못하고 있지. 그가 갑자기 빠르게 움직일 때 조심해야 한다."

화문걸이 눈으로는 엉뚱한 곳을 보면서 수염을 쓰는 척, 소매로 입을 가리고 낮은 소리로 빠르게 말했다. 두위의 눈가에 웃음이 번졌다.

"값을 더 받아야겠소만?"

"응?"

화문걸이 놀란 눈으로 재빨리 두위를 바라보고는 시선을 돌렸다. 그의 반응에는 신경조차 쓰지 않는다는 듯 두위가 태연하게 다시 말했다.

"저 큰 광산을 통째로 넘겨주는 대가로 묘안석 다섯 알은 너무 적다고 생각하지 않으시오? 일이 끝나면 그만큼을 더 주시오. 그래야 나도 싸울 맛이 나지. 아니면 뭐…… 할 수 없고."

'교활한 놈.'

다시 재빠른 눈길로 두위를 흘겨보는 화문걸의 얼굴에 노골적으로 불쾌해하는 기색이 떠올랐다. 하지만 이미 칼자루는 두위가 쥐고 있었다. 화문걸은 이놈이 정말 싸우는 척하다가 그대로 달아나 버리거나, 아니면 자신들의 계획을 떠벌릴 수도 있다고 생각했다. 어느 쪽이든 점창파에게는 치명적인 것이다.

'생각보다 훨씬 더 영악한 놈이다.'

다시 그런 생각이 화문걸의 얼굴을 어둡게 했다. 두위가 어느새 자신들의 속셈을 눈치 채고 있다는 것 때문이었다.

"아, 지금 몸에 그런 것을 지니고 있지 않다는 건 나도 아오. 하지만 뭐, 오늘만 날이겠소? 열흘 뒤 광주부(廣州府)의 금화전장(金華錢場)에서 찾아가겠소. 시간은 충분하겠지요?"

이쪽의 대답도 듣지 않고 그렇게 결정되었다는 듯 말을 재촉해 앞으로 나가는 두위의 등을 쏘아보던 화문걸이 한숨을 쉬었다.

"흥! 저승사자 앞인 줄도 모르고 즐겁게 오는구나?"

멀리서 두위가 무어라고 중얼거리며 오는 것을 본 유응백이 어금니를 질끈 물었다. 긴장하여 바짝 굳어 있어도 시원찮은데, 한가롭게 잡담까지 할 정도로 여유를 보이고 있다는 것이 가까스로 가라앉힌 그의 속을 다시 뒤틀리게 했다.

유응백은 의자의 팔걸이를 움켜쥔 채 애써 시선을 틀어 먼 하늘을 바라보았다. 턱을 치켜들고 입을 꾹 문 채 앉아 있는 그의 모습이 오만하기 짝이 없어 보였다. 두위쯤은 안중에도 없다는 태도였다.

그는 두위가 앞에 다가와 자신을 소개하고 정중하게 도전의 말을 해올 때까지 그렇게 꿈쩍도 하지 않고 앉아 있을 셈이었다. 그런 다음 한 번 무섭게 노려보고 천천히 일어난다. 그리고는 번개처럼 움직여 단번에 놈의 머리통을 바수어놓는다면 얼마나 멋지고 통쾌할 것인가. 사람들은 자신을 새롭게 볼 것이 분명했다.

내심 그렇게 순서를 정하고 여전히 하늘로 향한 눈길을 움직이지 않는데 곁에 있던 수하가 놀란 외침을 터뜨렸다.

"엇? 저놈이!"

동시에 두 개의 북채를 휘둘러 격렬하게 북을 두드려 대는 듯한 소리가 갑자기 커다랗게 들려왔다.

두두두두―

"응?"

바라본 유응백도 깜짝 놀라 외치며 벌떡 일어섰다. 두위가 말등에 착 달라붙은 채 맹렬하게 말을 몰아 달려들고 있었던 것이다. 조금 전에 보았을 때는 점창파의 장로와 무어라고 잡담을 나누며 태평스럽게 다가오고 있었는데, 잠시 시선을 거둔 사이에 말배를 박차고 바로 코앞까지 쇄도해 들었다. 두위의 그 갑작스러운 행동이 유응백을 당황하게 했다. 금방이라도 부딪칠 듯 코앞에 밀려와 있는 말의 떡 벌어진 가슴이 위협적으로 느껴졌다.

"죽일 놈!"

아차 하는 사이에 기선을 빼앗겼다는 당혹감으로 이를 갈며 몸을 비끼는 순간 머리 위에서 흰 빛이 번쩍였다.

씨이잉―!

두위의 칼이었다. 말배를 두 발로 꽉 감싸 조인 채 미끄러져 떨어질 듯 몸을 옆으로 내려뜨리며 쳐낸 일격이 곧장 목덜미로 떨어졌다. 순간 유응백의 가슴속을 서늘한 기운이 달려갔다. 이런 공격이 있으리라고는 꿈에도 예상치 못하고 있었던 것이다.

"앗!"

그것을 본 사람들이 모두 놀람의 탄성을 내질렀다. 가까스로 두위의 칼을 피해낸 유응백이 놀란 가슴을 쓸어내리기도 전에 두 번째, 세번째 도격(刀擊)이 숨 돌릴 새도 없이 떨어졌다.

달리는 말의 고삐를 채 재빨리 방향을 트는 기마술도 놀라웠지만, 마치 말과 한 몸이 된 듯 착 달라붙어서 자유롭게 칼을 휘두르고 내려치는 두위의 능숙한 마상술(馬上術)이 유응백을 더 놀라게 했다.

말까지도 신이 나서 거칠게 울부짖으며 두 발을 번쩍 들고 유응백의 머리를 밟아버릴 듯 위협적으로 부딪쳐 왔다. 이처럼 상대를 방심하게 하고 의표를 찔러오는 것은 상승의 수단이었다.

꿈에도 생각하지 못했던 어처구니없는 상황에 유응백은 자신의 절기를 펼쳐 보일 기회조차 잡지 못했다. 유응백은 경황 중에도 감탄할 수밖에 없었다.

대체로 입회인의 참관 아래 정식으로 겨루는 대결에서는 서로 자신을 소개하고 몇 마디 사기를 북돋우는 말싸움을 한 다음에 본격적으로 가진 바 재간을 다 펼쳐서 치고 받았다. 이처럼 무지막지하게, 그것도 말을 몰아서 짓밟아오는 방법은 누구라도 상상조차 하지 못했을 것이다.

의외의 사태에 반천수는 물론, 입회인으로 따라온 화문걸 장로도 놀라 입을 딱 벌린 채 굳은 듯 멈추어 서버리고 말았다. 대체 사태가 어떻게 돌아가고 있는 건지 알아볼 정신도 없었다.

"차핫―!"

두위의 입에서 한소리 격한 기합성이 터져 나왔다. 그의 칼이 좌우를 번갈아가며 무섭게 떨어져 내리고 휩쓸어갔다. 한 자루 청강보도(靑鋼寶刀)를 낭창거리는 채찍 휘두르듯 해대는 두위의 도법(刀法)이 눈부셨다. 뒤의 초식이 앞의 초식을 밀어내듯 끊임없이 뒤따라 이어졌다. 마치 연환도세(連環刀勢)를 보는 것 같았다.

유응백은 정신을 차릴 수가 없었다. 경황 중에도 그는 우선 저놈의 말부터 어떻게 해야 한다고 생각했다. 마상에서 칼을 휘두르는 자와 두 발로 이리저리 뛰며 싸우는 자와는 기세와 형세에서부터 확연한 차이가 있다. 당할 수가 없는 것이다.

"우얍—!"

유응백의 입에서 거친 고함이 터져 나왔다. 그의 수염이 뻣뻣이 일어선 채 부르르 떨렸다. 두 손을 내민 그가 두 발을 번쩍 들고 다시 머리통을 밟아오는 말의 발목을 힘껏 붙잡아 버린 것이다. 내리누르는 말의 무게를 팔 힘만으로 버티는 그의 용력(勇力)이 놀라웠다.

"합!"

다시 그의 입에서 짧고 격한 기합성이 터져 나왔다. 얼굴이 붉게 달아오르고 이마에 힘줄이 툭툭 솟구쳐 오른 것이 온 힘을 다하는 것이 분명했다.

그의 두 손을 타고 뜨거운 내력이 물밀 듯이 밀려들어 갔다. 말이 그것을 견디지 못하고 구슬프게 울며 고통스러워했다. 하지만 유응백의 손에 붙잡힌 두 발은 요지부동이었다. 몸부림치는 말의 진동마저 몸으로 고스란히 받아내며 버티던 유응백이 다시 한 번 짧게 기합을 터뜨렸다. 남은 힘마저 일시에 쏟아 넣은 것이다.

쩌저적—!

말의 넓은 가슴에서 뼈가 갈라지고 근육과 힘줄이 터지는 기이한 소리가 났다. 그리곤 이내 가죽이 터지며 더운 피가 폭포처럼 쏟아져 나왔다.

파아악—!

비릿한 냄새가 허공에 가득 퍼졌다. 뜨거운 피를 온통 뒤집어쓴 유웅백이 뛰어 물러서는 것과 쓰러지는 말등을 박차고 뛰어오른 두위가 잿빛 하늘을 등 뒤에 두고 맹렬하게 칼을 쳐내리는 것이 동시에 이루어졌다.

짜자자작—!

머리 위에서 번개가 작렬하는 듯한 뇌전음(雷電音)이 튀었다. 칼보다 먼저 무지막지하게 쏟아져 오는 경력(勁力)이 유웅백을 꼼짝하지 못하도록 가두었다. 주변의 공기들이 소용돌이치며 사방으로 쏟아져 나갔다. 그의 칼과 온몸에서 뇌전처럼 떨어져 내리는 기파(氣波)들이 유웅백의 눈을 가렸다.

'이게 뭔가!'

그런 외침이 머리 속에 터질 듯 가득 차 올랐다. 그리고 그는 질끈 눈을 감아버리고 말았다.

"아!"

반천수가 경악의 외침을 터뜨렸다.

"으음—!"

화문걸도 이마를 찌푸린 채 외면하며 신음성을 흘렸다. 칠십 평생을 살아오면서 저처럼 끔찍한 광경을 본 적이 없기 때문이다.

두위의 칼은 유웅백의 정수리를 단번에 쪼개 버리고도 그 힘이 남아 사타구니까지 대나무를 가르듯 곧장 갈라놓아 버렸던 것이다. 두 쪽이 난 유웅백의 몸이 쩍 벌어져 좌우로 넘어갔다. 깨끗하게 잘려진 몸 안의 모습이 고스란히 드러나 보였다. 워낙 갑작스럽고 빠른 칼질이었기에 피도 흐르지 않았다.

단번에 온 힘을 쏟아내 버린 두위가 창백해진 안색으로 입술을 악문 채 훌쩍 뛰어 물러섰다. 그리고 비로소 유응백의 몸에서 뜨거운 선혈이 뿜어져 나와 허공을 붉게 물들였다.

뭐가 어떻게 되는 건지 미처 알아보기도 전에 끝나 버린 눈앞의 일을 믿을 수가 없었다. 그들의 싸움을 보던 자들 모두는 그 자리에 굳어버린 듯 서서 입만을 딱 벌릴 뿐이었다. 천하의 유응백이 자신의 절기를 채 펼쳐 보지도 못하고 두 쪽이 나버렸다는 것을 보고서도 믿을 수 없었다.

"개자식, 내 말을 죽이다니."

발 아래 침을 내뱉은 두위가 그렇게 중얼거렸다.

"나한테 힘을 써야지 고작 애꿎은 말한테 힘을 써서야…… 원래 멍청한 놈이었잖아?"

중얼거린 그가 다시 한 번 침을 내뱉고 재빨리 뛰어서 화문걸의 말안장에 훌쩍 올라앉았다. 반천수는 아직도 얼떨떨한 얼굴로 멍하니 유응백의 주검을 바라보고 있었다. 넋이 나가 있는 그의 귓속에 두위의 외침이 쏟아져 들어왔다.

"뭐 하고 있어? 도망가야지!"

화들짝 놀라 정신을 차린 반천수의 눈에 이미 말을 몰아 억새풀 벌판 저만큼 달려가고 있는 두위의 뒷모습이 보였다.

〈제1권 끝〉